비눗방울 퐁

비눗방울 퐁

이유리 소설집

민음사

차례

크로노스

어떻게 잊겠어, 이 문을. 나는 현관문 앞에 서서 심호흡을 하며 생각했다.

모든 것이 내가 기억하는 그대로, 아니 기억보다 훨씬 더 생생했다. 도어록 위에 붙은 열쇠 수리점 전화번호 스티커며 틈새마다 먼지가 낀 초인종, 뿌연 플라스틱으로 된 신문 투입구는 안쪽에서 보면 조개껍질처럼 생긴 뚜껑이 붙어 있을 거였다. 그래, 나는 이 문을 잘 알고 있다. 이십 년이 넘도록 하루에도 몇 번씩 드나들었던 문이니까. 나는 도어록 뚜껑을 열고 천천히 비밀번호를 눌렀다. 물어보진 않았지만 비밀번호 역시 내가 기억하는 그대로겠지. 열쇠를 도어록으로 교체했던 그날부터 한 번도 바꾼 적이 없는, 엄마와 나와 양미의 생일을 차례로 조합한 여덟 자리를 누르자 과연 경쾌한 멜로디와 함께 현관문이 열렸다. 나는 손잡이를 쥐고 깊게 숨을 들이마셨다 내뱉었다. 마음속으로 중얼거렸다. 침착해, 침착해. 문득 이곳에 오기 전 양미가 했던 말이 생각났다. 분명 엄청난 충격을 받을 거라고, 아무리 언니라도 울지 않고는 못 배길 거라고 양미는 장담했었다. 그 자신 있는 어조를 떠올리자 오히려 마음이 좀 가라앉는 것 같았다. 두고 보라지. 나는 힘차게 문을 열고 들어갔다.

집 안의 풍경을 미처 둘러보기도 전, 가장 먼저 얼굴에 훅 끼친 것은 냄새였다. 너무나 익숙한, 도대체 정확히 무엇으로 이루어졌는지는 모르겠지만 항상 맡을 수 있었던 우리 집만의 고유한 냄새. 훈김이 섞인 그 냄새를 맡으며 나는 한동안 신발도 벗지 않고 멍하니 서 있었다. 그리고 이 냄새 속에서 별안간 뛰어나오며 나를 부르는 사람의 형체를 본 순간, 나는 양미가 옳았다는 것을 깨달았다.

"고미야!"

나는 입을 틀어막고 현관에 쪼그려앉았다. 저절로 입에서 엄마, 하고 비명에 가까운 부름이 튀어나올

뻔했기 때문이었다. 이곳에 오기 전, 절대로 이것을 엄마라고 부르지는 않겠다고 다짐했는데. 그러나 눈물 그렁한 얼굴로 다가와 내 손을 잡는 이 모습은 엄마, 너무나도 엄마였다.

"네가 올 거라고 양미가 그러더니, 정말 왔네. 너무 보고 싶었어."

내 앞에 마주 쪼그려 앉아 눈을 맞춘 엄마가 내 손등을 쓰다듬었다. 그 부드러운 손길이 오히려 정신을 번쩍 들게 만들었다. 침착해, 침착해. 나는 다른 쪽 손으로 눈물을 닦아 내고 엄마를 바라보았다. 숱 많은 머리카락을 귀밑으로 다듬은 엄마는 마흔 살쯤 되어 보였다. 집에서 자주 입던 검정색 고무줄 바지에 꽃무늬 덧신을 신고, 언젠가 엄마가 커튼을 재활용해 직접 만들었던 연두색 앞치마를 두르고 있었으나 얼굴에는 옅은 화장이 되어 있었다. 그 모습이 꼭 어딘가 외출했다 돌아와 급히 옷만 갈아입은 사람처럼 부자연스럽게 느껴졌다. 나는 씁쓸하게 생각했다. 몸은 양미가, 얼굴은 엄마가 만든 게 틀림없구나.

"……건강해 보이니까 좋네."

무슨 말을 해야 좋을지 몰라 입에서 나오는 대로 말했는데 내뱉고 나니 우습다는 생각이 들었다. 당연히 건강해 보일 수밖에, 건강하던 때를 떠올리며 만들었으니까. 내가 씁쓸하게 웃자 엄마가 따라 미소지었다. 천진하게까지 보이는 그 웃는 얼굴을 보자 또다시 마음 한구석이 와르르 무너지는 것 같았다. 왜 웃는지도 모르면서.

그렇다, 이것은 내가 왜 웃는지 모른다. 그렇게 생각하니 이번에야말로 기분이 차갑게 가라앉았다. 나는 머릿속으로 여기 오기 전부터 수백 번 반복했던 문장을 다시 한 번 되뇌었다.

이것은 엄마가 아니다.

이것은 엄마가, 아니다.

양미가 크로노싱을 예약한 건 엄마가 초로기 치매 판정을 받은 바로 그다음 날이었다. 내게 묻지도 않고 멋대로 결정한 게 서운하기도 했고 나로서는 썩 내키지 않는 일이기도 했지만, 이미 벌어진 일이었다. 게다가 엄마의 치매 건에 대해서라면 나는 입이 열 개라도 할 말이 없는 입장이었다. 나보다는 양미가 엄마와 더 가까이 지내고 있었으므로 어찌 보면 당연한 것이긴 했지만, 아무리 그래도 그렇지 의사가 돼 놓고선 제 엄마에게 치매가 온 것도 눈치채지 못했다는 사실은 양미에게 있어 더없이 효과적인 무기였으니까. 크로노싱뿐만이 아니었다. 치매를 잘 본다는 병원을 수소문할 때도, 치매 환자에게 좋다는 영양제를 고르던 날에도 마찬가지였다. 양미가 제시하는 의견에 조금이라도 반대할라치면 양미는 눈을 동그랗게 뜨고 쏘아붙이곤 했다. 언니가 뭘 알아, 엄마가 미역국 끓인다면서 미역 대신 당면을 꺼내서 불려 놓은 것도, 지우랑 지아 책가방 맨날 바꿔 쥐여 준 것도, 하루에도 열댓 번씩 변덕이 죽 끓고 울었다 웃었다 했던 것도, 아무것도 몰랐으면서. 억지라는 건 알고 있었지만, 양미가 그렇게 말하면 나는 딱 할 말이 없어져 슬그머니 눈을 피해 버릴 수밖에 없었다. 의사라지만 피부과 전공의인 내가 치매랑 무슨 상관이 있느냐는 말이 목 끝까지 올라왔던 때도 물론 있었으나 그러면 이번엔 양미의 고정 레퍼토리, 그러니까 "엄마 등골 쪽쪽 빨아 가며 배울 만큼 배운 천하의 양고미가……"로 시작하는 그 이야기가 시작될 게 뻔했으므로 관두는 게 차라리 나았다. 내가 그렇게 입을 다물어 버린 사이 양미는 엄마를 병원이며 크로노싱 센터로 부지런히 끌고 다녔고 기어코 만들어 낸 거였다. 우리의 기억 속에 있는 건강하고 활기차던 엄마를 메타버스 안에 그대로 재현해 낸, 이 슬프고도 기묘한 최신식 영정 사진을.

처음부터 크로노싱이 내키지 않았던, 아니 솔직히 말하자면 끔찍하게 싫었던 것은 이 때문이었다. 엄마는 아직 살아 있다. 비록 그렇게 아끼던 손녀들도 알아보지 못하고, 찾아갈 때마다 두 번에 한 번씩은 물건을 집어던지며 큰 소리로 험한 욕을 하긴 하지만 그래도 엄마는 아직 멀쩡히 살아 있는 것이다. 크로노스에 대해 언론에서 떠드는 이른바 '윤리적 오류', 그러니까 유한한 목숨을 지닌 인간을 영원히 죽지 않는 모습으로 되살려 놓는 행위의 옳고 그름 같은 문제까지 가지 않더라도 나는 도저히 이 사실을 마음으로 받아들일 수가 없었다. 말이 좋아 크로노싱이지, 사실 그건 엄마에게서 우리 입맛에 맞는 모습만 쏙쏙 뽑아내 새로운 뭔가를 만들고는 그걸 엄마라고 여기자는 거나 다를 바 없는 것처럼 느껴졌기 때문이었다. 고장난 컴퓨터에서 쓸 만한 부품만 빼내어 새 컴퓨터를 맞추는 것처럼. 그게 우리 엄마에게, 아니 사람에게 할 짓인가 생각하면 도저히 그렇다는 말을 할 수는 없었던 거였다.

크로노스에 거부감을 갖는 나 같은 사람이 드문

것은 아니었지만, 대세는 아니었다. 공식 서비스를 시작한 지 채 십 년도 되지 않은 크로노스는 이제 종합 보험의 보장 영역에까지 등장하며 그 인기를 증명하고 있었으니까. 엄청나게 비싼 비용 탓에 그간 재벌들의 최고급 디지털 영정 사진 정도로 인식되던 휴먼 데이터 클로닝이, 이제는 일반 가정집에서도 엄두를 내볼 만한 가격으로 떨어지며 보편화된 것은 모두 크로노스 덕분이긴 했다.

사실 휴먼 데이터 클로닝이라고 하면 거창하게 들리지만, 이것은 그 이름이 연상시키는 만큼의 완벽하고 과학적인 기술은 아니었다. 치매라는 질병조차 아직 정복하지 못한 이 시대의 과학으로 인간의 기억이며 내면을 그대로 복제해내는 일이 가능할 리가 없었으니까. 이것의 원리는 어쩌면 무식하다 느껴질 만큼 간단했다. 크로노스가 나오기 전까지, 데이터 클로닝은 수십 명의 심리상담사가 번갈아 달라붙어 대상자의 심리와 기억을 직접 캐내어 데이터화하는 방법으로 이루어졌다. 기본적인 인적 사항과 대인관계부터 식성, 취미, 정치 성향, 성적 취향까지 광범위하게 아우르는 주관식, 객관식 문항만 각각 1000개가 넘었다. 일일이 답하는 데만도 엄청난 시간이 걸리는 것은 당연했고, 그렇다 보니 검사 결과는 대상자의 컨디션이나 기분에 따라 크게 기우뚱거렸다. 진행이 끝나갈 때쯤이면 이미 지칠 대로 지친 대상자들이 응답을 대강 하는 경우도 흔했다. 그렇게 얻어 낸 정보를 갖고 생성한 AI가 제대로 만들어졌을 리 없었다. 때문에 엄청나게 비싼 돈을 주고 몇 년을 기다려 만들어낸 AI건만, 외형만 똑같고 속 알맹이는 대상자와 전혀 다르다는 불만이 심심찮게 제기되곤 했다.

이 문제를 해결한 것이 바로 크로노스였다. 당돌하게도 시간을 관장하는 신의 이름을 따와 저들의 이름으로 삼은 이 회사가 만들어 낸 것은 인간을 무의식과 의식의 경계에 데려다 놓는 약물이었다. 이 약은 인간의 두뇌에 직접적으로 작용해 대상자를 일종의 최면 상태에 빠뜨렸다. 이것을 기체화해 주입시킨 탱크에 들어가 누우면 대상자는 금세 깊은 잠이 든다고 느끼지만, 실제로는 탱크 내부의 스피커에서 들려오는 수천 가지의 질문에 착실하게 대답을 하고 있었다. 물론 효과는 엄청났다. 모든 과정 자체가 자기의 의식 바깥에서 일어나는 일이었으므로, 대강 응답하거나 자기가 보여지고 싶은 모습에 맞춰 답변을 바꾸는 일도 없었다. 뿐만 아니라 대상자 스스로도 잊고 있었던 오래된 기억, 말하기 힘든 아주 사적인 경험과 트라우마들까지도 이 방법으로라면 온전하게 수집할 수 있었다.

대상자의 나이와 몸 상태에 따라 다르긴 했지만, 이런 방식으로 모든 생애 데이터가 수집되는 데에는 대개 십 개월에서 일 년 정도가 필요했다. 대상자가 원하는 외형의 아바타와 아바타가 거주할 공간까지 메타버스 안에 재현하는 데에는 길어야 한 달이면 충분했으므로 모든 과정은 일 년 반 안에 끝이 났다. 신청부터 종료까지 사 년 이상이 걸렸던 기존의 방식과는 비교가 불가능한 발전이었다.

그런 크로노싱에 긍정적이었던 건 양미뿐만이 아니었다. 처음 제안은 양미가 했지만, 엄마 역시 적극적으로 찬성하곤 데이터 추출에 열과 성을 다했었다. 대상자의 의식과 기억이 또렷할수록 크로노싱 과정이 수월하다는 것은 이미 잘 알려진 사실인데다, 초로기 치매는 대부분 진행 과정이 엄청나게 빠른 편이라는 의사의 충고 역시 엄마의 마음을 급하게 만든 이유였다. 하지만 아무리 그래도 그렇지, 치매 진단을 받은 다음 날부터 바로 크로노싱을 시작한 엄마는 정말로 열심히 모든 과정을 수행했다. 마치 이것이

자기가 딸과 손녀들에게 응당 남겨 주어야 하는 유산이라고 믿는 사람처럼. 엄마는 하루도 거르지 않고 크로노싱 센터를 찾아갔고, 그때마다 일일 최대 데이터 추출 시간인 여섯 시간을 꽉꽉 채우고야 돌아오곤 했다. 센터 직원들조차 젊은 사람도 이렇게는 못 하겠다며 혀를 내둘렀을 정도였다.

데이터 추출 작업이 모두 끝나고 나자, 마치 이젠 됐다는 듯 엄마의 상태는 급격하게 나빠지기 시작했다. 의사도 특이하게 진행이 빠른 편이라며 온갖 약들을 처방했으나 효과가 미미했다. 나와 양미는 하루가 다르게 변해 가는 엄마를 참담한 마음으로 지켜볼 수밖에 없었다.

흔히 치매 환자라고 하면 막연하게 기억력이 흐려지고 사람을 알아보지 못하는 모습을 상상하는 게 보편적이었다. 엄마를 보기 전까진 나도 그랬으니까. 그러나 엄마에게 있어 기억력보다 먼저 변한 건 감정이었다. 원래 타고나길 유순한 편인 데다 느긋하여, 세상만사 좋은 게 좋은 거라고 퉁쳐 버리는 타입이었던 엄마는 갑자기 아무런 전조도 없이 악마가 들린 것처럼 변하곤 했다. 별것도 아닌 일에 무너져라 악을 쓰면서 바닥에 퍼질러 앉아 버리는가 하면, 돌연 하염없이 식탐을 부리며 냉장고 앞에 서서 손가락으로 반찬을 집어내 입에 욱여넣는 식이었다. 가끔은 그러던 도중 갑자기 영혼이 바꿔 넣어진 듯 또렷하게 정신이 돌아오는 일도 있었다. 그럴 때마다 엄마는 어머, 이게 뭐니, 뇌까리며 우리를 번갈아 바라보곤 했다. 자기가 왜 엘리베이터 한가운데에 주저앉아 있는지, 왜 콩나물 무침을 손아귀 가득 움켜쥐고 있는지 너희가 제발 좀 알려 달라는 듯한 얼굴로.

나는 간단한 짐만 챙겨 엄마가 혼자 살던 집으로 이사했다. 병원과는 두 시간 이상 떨어진 곳이었지만, 양미 혼자서는 도저히 엄마를 돌볼 수 없었으므로 어쩔 수 없는 일이었다. 내가 병원에 나간 오전에는 양미가, 퇴근하면 양미와 교대한 내가 번갈아 가며 엄마를 돌보기 시작했다. 그 전까지 엄마는 양미가 사는 아파트 바로 아래층에 살면서 양미의 두 딸을 돌봐 주었지만 이제는 상황이 완전히 거꾸로 뒤바뀐 셈이었다. 그러나 우리가 엄마를 위해 해 줄 수 있는 일은 갈수록 줄어들었다. 지난주엔 혼자 옷을 찾아 갈아입을 수 있었던 것이 이번주에는 옷을 꺼내 주어야만 갈아입었고, 오늘은 꺼내 준 옷도 입지 않겠다고 고집을 부리는 식이었다.

엄마를 이루던 것들이 하나하나 무너져 가면서 우리의 일상도 함께 어그러지기 시작한 것은 당연했다. 나는 병원을 함께 운영하고 있는 송 선생에게 대부분의 오후 진료를 맡겼다. 젊은 환자가 많은 피부과 병원이라 보통 오후에 사람이 몰린다는 것을 알면서도 어쩔 수 없었다. 학습지 방문교사인 양미의 주 고객은 대부분 방과후 오후 수업을 원하는 초등학생들이었다. 안 그래도 학습지 교사를 하겠다는 고학력 주부들이 넘쳐나는 요즘, 시간을 마음대로 바꿨다간 일자리를 잃을지도 모른다며 우는소리를 하는 양미에게 오후를 양보할 수밖에 없었다. 이런 사정을 다 아는 송 선생은 이해한다고 말해 주었지만 그 너그러움이 언제까지 갈지는 모르는 일이었다. 오후 2시쯤, 송 선생과 교대할 때마다 꽉꽉 찬 오후 예약 환자 리스트를 넘겨 보며 나는 민망해서 얼굴을 들지 못했다. 물론 출퇴근하느라 하루에 꼬박 서너 시간을 길 위에다 버려야 하는 것도, 그렇게 집에 돌아가면 쉴 틈도 없이 바로 엄마를 케어해야 하는 것도 괴롭기는 마찬가지였다. 그러나 같은 처지인 양미에게 그 괴로움을 토로할 수는 없었다. 괴롭기로 따지면 나보다 양미가 더하면 더했지, 결코 덜하진 않았으니까. 양미의 두

딸, 지우와 지아는 아직 초등학생으로 한창 돌봄의 손길이 필요한 나이였다. 위층에서는 아이들을, 아래층에서는 엄마를 돌보며 양미는 눈에 띄게 핼쑥해졌고 하루 걸러 하루를 체했다. 저는 굶어도 아이들은 유기농만 먹일 만큼 극성을 떨던 양미는 이제 배달 앱으로 아이들의 저녁을 때우곤 했다. 고추기름이 빨갛게 배인 플라스틱 배달 용기를 씻어 말리며 양미는 자주 훌쩍거렸다.

그럼에도 우리는 꽤나 오랫동안, 간병인이나 요양원 따위는 고려조차 하지 않았었다. 지금 생각해 보면 차라리 그것들을 좀 더 빨리 알아봤으면 고생이라도 덜 했으리라 싶지만 적어도 그땐 그랬다. 대부분의 치매 환자 가족들이 그렇듯, 그건 뭔가 배은망덕한 짓처럼 느껴졌기 때문이었다. 지금 내 나이보다 훨씬 어린 나이에 남편을 잃은 엄마가 혼자서 얼마나 악착같이 나와 양미를 키워냈는지 모르는 우리가 아니었다. 엄마라고 우리를 어디다 떼어 버리고 싶은 순간이 없었을까. 한 번도 힘든 내색 없이 매일 씩씩하고 용감하게 삶에 임했던 엄마를 이제 와 남의 손에 내맡길 수는 없었다.

게다가 엄마의 증세가 온종일 나쁘기만 한 것은 아

니었다. 하루에 몇 번씩은 완전히 사람이 변한 듯 이상행동을 보였지만, 그렇지 않은 순간의 엄마는 대개 온순하고 멍한 상태로 온종일을 얌전히 앉아 있었다. 약기운 때문인지 지친 것인지는 알 수 없었고 그러고 있는 모습도 기껍지는 않았지만 어쨌든 조금 덜 힘든 것은 사실이었다. 그러다가 아주 드물게는, 치매를 앓기 전의 모습으로 돌아오는 순간도 있었다. 그럴 때면 엄마는 또렷하게 우리의 이름을 불렀고 엉망진창인 집 상태에 경악했으며 스스로 머리를 감고 샤워를 했다. 그 순간이 꽤 오래갔던 어느 날은 혼자서 이불을 전부 빨래하고 건조대에 널기까지 한 적도 있었다. 그럴 때마다 우리 자매는 연약하고 무의미한 희망을 품었다. 나아지고 있을지도 모른다고. 이번에 시도한 그 약이, 영양제가, 무슨 버섯 달인 물과 무슨 이파리 끓인 물이 어쩌면 효과가 있었는지도 모른다고.

그러나 그것은 오래가지 않았다.

날이 갈수록 엄마는 폭력적이고 거칠어져 갔다. 힘을 쓰며 버티거나 물건을 집어던지며 화를 내는 일이 잦아졌다. 게다가 더욱 힘들었던 것은 그런 폭력적인 상황이 주로 근거 없는 의심에서 발생한다는 점이었다. 엄마는 쓰지도 않은 자기 가계부를 누가 훔쳐봤다고, 이불 밑에 숨겨 둔 지폐가 없어졌다고 우기며 화난 익룡처럼 악을 쓰고 길길이 뛰었다. 그럴 때는 누가 무슨 말로 달래도 통하지 않았다. 혼자 제풀에 지쳐 온순해질 때까지 내버려 두는 수밖에 도리가 없었다. 우리는 집 안의 날카로운 것을 모두 치웠고 가스 밸브며 문도 단단히 잠갔다. 가구며 탁자 모서리마다 보호대를 붙이는 것도 잊지 않았다. 엄마뿐만 아니라 우리 둘의 안전을 위해서이기도 했다.

그것으로 됐다고 생각한 게 잘못이었다. 병원이 쉬는 어느 날, 양미 대신 지우와 지아에게 점심을 먹이려던 참이었다. 집 앞 수제버거 가게에서 미리 앱으로 주문해 둔 것을 찾아오기만 하면 됐으므로 금방 올게, 말하고 잠시 집을 비웠는데 막상 가게에 오니 주문이 많이 밀려 있었다. 예상보다 오래 걸려 돌아왔을 때는 이미 일이 벌어진 뒤였다. 내가 한참이 지나도 오지 않자, 혹시 외할머니 집으로 갔나 싶어 위층에 있던 아이들이 내려온 거였다. 만에 하나 이런 일이 있을까 봐 아이들에게 웬만하면 이곳엔 내려오지 말라고 한 것이 문제였을까, 엄마는 꽤 오래 만나지 못했던 손녀들을 그만 까맣게 잊어버리곤 집에 새끼 도둑이 들어왔다고 소리 지르며 아이들을 마구 때리고 밀쳤다. 겨우 초등학교 오 학년과 일 학년밖에 안 된 아이들, 태어난 순간부터 업어 키우며 하루에도 몇 번씩 예뻐 죽겠다고 물고 빨았던 그 아이들을. 그날 지우는 크게 넘어지며 왼손 새끼손가락이 부러졌고, 현관에 몇 번이나 패대기쳐졌다는 지아는 제 송곳니에 짓눌려 찢어진 입술 안쪽을 두 바늘 꿰매야 했다. 내가 집에 오자마자 엄마를 애들에게서 떼어 놓지 않았다면 더한 일이 벌어졌을지도 모르는 일이었다.

병원으로 달려온 양미는 붕대를 칭칭 감은 두 아이를 보자마자 주저앉아 울음을 터뜨렸다. 나는 쭈뼛거리며 다가가 양미의 어깨를 감쌌다. 미안하고 참담한 마음이 가슴속에 가득했으나 뭐라고 말이 되어 나오지 않아, 입속에서 혀만 씹고 또 씹었다. 일이 어찌 됐든 책임은 엄마의 감시를 소홀히 한 내게 있었다. 누군가 다쳐야만 한다면 차라리 내가 다치는 게 나았을 거였다. 어떤 비난을 들어도 감수할 수 있을 것 같다고, 차라리 쌍욕을 해 줬으면 좋겠다고 생각하던 참에 양미가 고개를 들었다. 그러고는 나를 비스듬히 바라보며 말했다.

언니, 아무 책임도 묻지 않을게.

나는 입술을 깨물었다. 그다음 말이 무엇일지 이

미 알고 있었기 때문이었다. 양미도 내 얼굴을 보고 그것을 알아차린 듯했다. 우리는 한참 동안 말없이 서로의 어깻죽지만 바라보고 서 있었다. 일하러 나갈 때만 입는, 양미에게 전혀 어울리지 않는 시폰블라우스의 겨드랑이가 축축하게 젖어든 것이 보였다. 왜 하필 그때 그런 생각이 들었을까, 나는 지금까지 한 번도 생각해 보지 않았던 양미의 오늘 하루를 상상했다. 빨간 마티즈 조수석에 무거운 학습지가 든 나일론 가방을 던져 넣고 서울을 구석구석 돌아다녔을 양미, 자기 아이들보다 남의 집 아이와 더 오래 얘기하고 눈을 맞춰야 하는 양미, 그러다 청천벽력 같은 소식을 듣고 모든 걸 내팽개치고 달려왔을 양미를.

그래, 우린 할 만큼 한 것 같아.

나는 양미의 어깨에 대고 맥없이 말했다. 양미는 고개를 끄덕이며 눈가를 문질러 닦았다. 말하진 않았지만 양미가 고마워한다는 것을 느낄 수 있었다. 차마 꺼낼 수 없었던 그 말을 먼저 해 주어서.

마침내 크로노싱 센터에서 엄마의 크로노스가 완성되었다는 이메일과 함께 짤막한 URL을 보내온 것은, 엄마가 치매 전문 요양원에 입소한 지 삼 개월쯤 지난 어느 날의 일이었다.

사실 치매 판정을 받고 나서야 크로노싱을 시작한 엄마는 좀 늦은 편에 속했다. 내 주변 또래들, 특히 형편에 여유가 있는 의사 친구들 가운데 부모를 크로노싱한 이들은 꽤 많았다. 나이가 들었을 뿐 건강에 큰 문제가 없는 경우라도 그랬다. 건강할 때 데이터를 추출해 놓으면 나중에는 추출 시점 이후에 더해진 기억을 덧붙이는 작업만 하면 됐으므로 그게 효율적이긴 했다.

나와 같이 일하는 송 선생 역시 그랬다. 그는 크로노스가 국내에 출시되자마자 부모 두 사람을 모두 크로노싱한 이른바 '1세대'였는데, 데이터 추출이 끝난 그해에 갑작스러운 교통사고로 어머니를 잃고 말았다. 자신도 그렇지만, 크로노스가 없었다면 홀로 남겨진 아버지의 충격이 너무나 컸을 거라며 송 선생은 주변인 모두에게 크로노싱을 적극적으로 권하고 다녔다. 송 선생의 아버지는 하루의 절반 이상을 VR을 착용한 채 아내의 크로노스와 시간을 보낸다고 했다.

엄마의 크로노스가 완성되었다는 메일을 받은 날, 나는 메일 하단에 삽입된 접속용 URL을 노려보며 송 선생을 떠올렸다. 그의 아버지는 이 URL을 클릭

하는 데 아무런 죄책감이 없었을 것이다. 송 선생의 어머니는 돌아가셨으므로 그 실체는 이제 세상에 없으니까. 그러나 만약 그들이 나 같은 경우라면 어땠을까. 내가 기억하는 신체와 정신 그대로는 아니지만, 어쨌든 숨 쉬고 말하고 스스로 생각할 수 있는 그 사람이 아직 세상에 존재한다면. 그래도 송 선생의 아버지는 아내의 크로노스와 그렇게 오랜 시간을 보낼 수 있었을까.

이 질문에 나와 양미는 각각 정반대의 답을 내놓았다. 센터에서 보내 준 VR장비를 포장도 뜯지 않은 채 내버려 둔 나와 달리, 양미는 아무런 저항감도 없이 엄마의 크로노스를 받아들였다. 센터로부터 메일을 받은 첫날, 아이들을 재운 뒤 밤늦게 메타버스에 접속한 양미는 그 안에서 무려 다섯 시간을 보냈다. 그러고는 날이 밝자마자 내게 전화를 걸어와 떠들었다. 모든 것이 얼마나 생생하게 재현되어 있는지, 엄마 아바타가 실제 엄마와 얼마나 놀랍도록 똑같은지를. 처음 크로노스를 만나면 누구나 그렇듯이, 양미 역시 처음에는 반신반의하며 엄마에게 사소한 질문들을 던졌다고 했다. 초등학교 운동회 날 교문 앞에서 사 왔던 병아리의 이름이며 오래전에 한번 가 본 뒤 다신 가지 말자고 했었던 막국숫집의 상호명, 양미의 이혼 절차가 모두 끝난 날 엄마가 사 왔던 꽃다발의 색깔 같은 것들을. 그러자 엄마는 대답을 하고 난 뒤 씩 웃으며 덧붙였다고 했다. '근데 참 나도 나지만 너도 너다. 어떻게 그런 걸 다 기억하니?'라고. 엄마의 크로노스를 절대로 만날 생각이 없었던 나도 그 말에는 울컥 눈물이 날 뻔했다. '나도 나지만 너도 너다'는 엄마의 말버릇 중 하나였다. 엄마의 치매가 심해진 이후로는 한 번도 들어 보지 못했지만.

물론 양미 역시 그게 실제 엄마가 아니라는 건 알고 있었다. 그러나 오히려 그렇기 때문에 할 수 있는 말도 있었다. 우리가 어렸을 적 살았던 그 집 거실을 그대로 재현해 놓은 공간에서, 그날 양미는 멀쩡하던 시절의 엄마에게도 못 했던 말을 전부 털어놓았다. 막내인 자신은 돌아가신 아버지에 대한 기억이 거의 없어 엄마랑 언니가 아버지 얘길 할 때마다 소외감을 느꼈다는 이야기부터, 지우를 임신하고 있을 때 남편의 불륜을 알게 된 날 이혼은 하더라도 아이는 낳으라고 강권했던 엄마가 사실은 좀 원망스러울 때도 있다는 이야기까지도. 마음속에 품고 있던 독을 거기다 모두 풀어낸 양미는 시원하고 개운해 보였다. 처음엔 조금 어색하다 싶었던 메타버스도 익숙해지니 내 집처럼 편하게 느껴지더라면서, 양미는 그 뒤로도 아이들이 잠든 밤이면 매일 몇 시간씩 엄마의 크로노스를 만나는 것 같았다.

그런 양미에게 좋지 않은 소리를 할 이유는 없어 보였다. 함께 엄마의 면회를 가기로 정해 놓은 매달 둘째, 넷째 일요일에 양미는 한 번도 빠진 적이 없었고 그때마다 지극정성으로 엄마를 돌보고 살폈다. 찾아갈 때마다 엄마는 둘 중 하나였다. 강한 약기운에 취해 멍하니 허공만 바라보고 있거나, 평소 오지 않는 면회실의 풍경이며 낯선 사람들에 놀라 섬망 증세를 보이거나. 둘 다 견디기 힘든 모습이었지만 양미는 꿋꿋하게 견뎌냈다. 마치 엄마가 말썽 많고 까다로운 어린아이라도 되는 양 솜씨 좋게 어르고 달래 가며 밥을 먹이고 머리를 빗어 주는 모습에 요양원 직원조차 감탄할 정도였다.

그랬다, 옹졸하지만 사실 나는 벼르고 있었다. 엄마를 조금이라도 소홀히 대하기만 하면, 엄마보다 엄마의 크로노스를 더 사랑한다는 게 잠깐이라도 느껴지면 가만두지 않겠다는 생각을 하고 있었다. 결국 나중엔 그게 얼마나 못되고 비겁한 마음인지 자각했지만, 그건 양미가 꾸준히 성실했기 때문이지 내가 성숙한 인간이어서는 아니었다.

어느 날엔 면회 도중, 갑자기 울린 누군가의 휴대폰 벨소리에 놀란 엄마가 양미의 팔뚝을 물어뜯어 놓은 일이 있었다. 큰 상처는 아니었지만 너무나 놀라고 충격을 받아 돌아오는 길에는 둘 다 말이 없었다. 그날 밤, 양미는 처음으로 엄마의 크로노스에게 '실제 엄마'에 대해 말했다고 했다. 엄마 이것 봐, 엄마가 나를 이렇게 물어뜯었어, 하고. 그랬더니 그게 뭐라디? 한껏 비꼬아 물었으나 양미는 차분하게 대답했다. 미안하대. 미안하고 고맙대.

이번에 말문이 막힌 건 내 쪽이었다. 나는 한동안 아무 말도 하지 못하고 있다가 그만 전화를 끊고 말았다. 그러고 나니 문득 아주 잠깐, 부럽다는 생각이 스쳐 지나간 것도 같았다. 공치사를 듣자고 한 일도 아닌데, 사실은 나도 그런 말이 듣고 싶었는지도 몰랐다. 고생시켜 미안하고 돌보아 주어 고맙다는 뭐 그런 말들을. 그런 생각을 하다가 나는 입술을 꼭 깨물었다. 무의미한 일이었다. 그건 엄마가 아니니까. 엄마는 이제 그런 말을 해 줄 수 없는 상태가 되었으니까.

나는 크로노스에 대한 것을 그냥 잊어버리기로 결

심했다. 그렇게 정하고 나니 차라리 마음이 편하고 가벼워지는 것도 같았다. 그게 양미를 그렇게 행복하게 해 준다는데, 어떤 모습으로 어떤 말을 한들 무슨 상관이겠는가 싶었다. 어차피 나는 절대로 그것과 만날 일이 없을 테니까. 절대로 그것을 엄마라고 부르는 일은 없을 테니까.

그러나 나는 간과하고 있었다. 다짐 앞에 '절대로'라는 수식어를 붙이면 붙일수록, 그것을 어기는 일이 쉽고 빠르게 일어난다는 것을. 해 놓은 말이 무색하게도, 내가 엄마의 크로노스를 찾아간 것은 그로부터 고작 일 년도 지나지 않은 시점의 일이었다.

그날 밤, 벽장에 처박아 두었던 VR장비를 꺼내 들고 거실 소파에 앉은 나는 거의 제정신이 아니었다. 혼자서는 도저히 해결할 수 없는 어떤 고민이 몇 주째 나를 괴롭히고 있었고, 양미를 포함한 주변 사람들의 조언은 전혀 도움이 되지 않는 상황이었다. 아무리 생각해도 이 문제에 대해 속시원한 답을 내려 줄 수 있는 사람은 단 하나뿐이었다. 엄마라면 알고 있을 것 같았다. 어떻게 하면 좋을지, 무엇이 현명한 결정일지. VR을 착용했으나 막상 전원을 켜기까지는 또 오랜 시간이 걸렸다. 그래, 물어볼 것만 물어보고 오면 돼. 이건 엄마를 배신하는 게 아니야. 내가 필요해서 그러는 거야. 나는 스스로에게 몇 번이나 중얼거리며 마음을 가라앉혔다.

몇 주 전, 송 선생이 내게 청혼을 했다. 나는 한 달만 생각할 시간을 달라고 대답했고 이제 곧 그 한 달이 끝날 거였다.

"내가 누누이 말했잖니, 그 사람 너 좋아하는 거 같다고."

엄마는 호들갑을 떨고 싶은 것을 간신히 참고 있는 눈치였다. 어떻게 이렇게까지 정교하게 만들어 낼 수 있었을까, 새삼 속으로 감탄하며 나는 엄마를 곁눈질했다. 진짜 엄마라도 정말 이런 표정으로 이런 말을 했겠지 싶었다.

"그 사람이 원래 널 엄청 챙겼잖아. 명절마다 한우며 곶감이며 바리바리 보내고, 응? 속셈 없는 사람이 그런 짓을 하겠냐고. 난 이렇게 될 줄 알고 있었다. 아니 왜, 진작에 합쳐서 부부로 개원했으면 좀 좋아. 왜 이렇게 늦게 말했다니?"

"아니, 그렇게 쉽게 말할 문제가 아니라니까."

"아니기는 왜, 송 선생 정도면 차고 넘치지. 잘생겼

지, 키 크지, 직업 확실하고 성격도 좋지. 아이고 고미야, 엄마는 물어볼 것도 없이 찬성이다. 얼른 가서 알겠다고 하고 날부터 잡아."

소파에서 벌떡 일어선 엄마가 벽에 걸린 달력을 향해 성큼성큼 걸어갔다. 지금 당장이라도 결혼 날짜를 짚어 줄 기세였다. 이러려고 온 게 아닌데, 찬성인지 반대인지를 물으려는 게 아니었는데. 하지만 나는 어느새 조금 미소를 띤 채 그런 엄마의 뒷모습을 바라보고 있었다. 저렇게 기운차고 말이 많은 엄마를 대체 얼마만에 보는 걸까. 그래, 엄마는 이런 사람이었다. 어떤 심각한 문제도 명료하고 유쾌한 것으로 바꿔 버리는 사람. 충동적인 것 같지만 나중에 돌이켜보면 그 결정이 다 옳았음을 깨닫게 하는 사람. 이곳까지 엄마를 찾아온 건 그래서였다.

"일단 좀 앉아. 따져 봐야 될 게 얼마나 많은데."

"얘 좀 봐. 따질 게 뭐 있다니? 네가 좋으면 좋은 거고 아니면 아닌 거지. 그나저나 얘기 좀 해 봐, 너네 어떻게 그런 사이까지 발전한 거야? 사귀는 중이었어?"

엄마가 종종걸음으로 돌아와 앉았다. 그 걸음걸이마저 진짜 엄마와 너무나 똑같았다.

"음, 어쩌다 보니. 사귀자고 땅땅 못 박은 건 아니었긴 해."

"얼마나 됐는데?"

"세 달 정도……."

정확히 말하자면 그보다 더 된 일이긴 했다. 오래전부터 송 선생이 내게 마음이 있다는 사실은 눈치채고 있었지만, 사이가 급격히 발전한 것은 엄마가 요양원에 들어가면서부터였으니까. 송 선생은 마치 제 부모를 챙기듯 극진하게 그 과정을 도왔다. 요양 등급을 받는 과정부터 함께 알아봐 준 것은 물론, 좋다는 요양원을 여러 군데 돌아다니며 직접 견학했고 입원 대기자 명단에서 엄마를 앞쪽 순번으로 옮겨 주기까지 했다. 무슨 수를 쓴 것인지는 끝까지 알려 주지 않았지만 덕분에 원하는 곳에 시기적절하게 엄마를 입소시킬 수 있었다. 그 고마움이 애정으로 바뀐 건 도움도 도움이이었지만 그보다는 송 선생의 사려 깊은 태도가 더 크게 작용했다. 이만큼 베풀었으니 이제 너도 내가 원하는 것을 내놓을 때가 되지 않았냐는 식으로 굴 수도 있었지만 그는 그러지 않았다. 송 선생은 그저 내가 겪을 상실감과 죄의식에만 집중했고 다정하게 위로해 주었다.

하지만 그 이야기를 곧이곧대로 말할 순 없었다. 그게 오랫동안 닫혀 있던 내 마음을 열었다고, 그러니까 엄마가 아픈 것이 결국 내게 또 다른 기회였다고. 물론 이것은 엄마가 아니다. 내게 화를 내고 서운해할 수야 있겠지만 그건 크로노스의 알고리즘이 작동한 결과물일 뿐, 실제로 마음을 상하는 일은 없을 거였다. 이것은 마음이 없으므로. 그렇지만, 그렇지만…….

"생각해야 된다는 게 뭔데? 뭐, 병원 자기 명의로 바꿔라도 달래?"

엄마가 흥미진진해 죽겠다는 눈빛으로 나를 바라보며 대답을 재촉했다. 나는 이제 중요한 이야기를 해야 할 때라고 판단했다. 점점 마음이 흔들리고 있었다. 빨리 이곳을 떠나고 싶었다.

"음, 송 선생은…… 결혼하고 언제든, 내가 크로노싱을 받았으면 좋겠대."

나는 빠르게 말을 이었다.

"사람이 언제 갈지 모르는데 한쪽이 갑자기 사라지면 얼마나 충격을 받겠냐고, 자기는 그런 걸 생각만 해도 불안하다면서. 언제라도 좋으니 결심이 서는 대로 크로노싱을 받아 달래. 알잖아, 송 선생 어머니 얘기……. 그 사람 완전 크로노스 신봉자야. 한번은 진지하게 그러더라, 자기 집 개도 크로노싱하고 싶다고."

두서없이 떠들던 나는 말을 멈추고 엄마의 얼굴을 바라보았다. 엄마는 입을 꾹 다문 채 가만히 자기 발치만 내려다보고 있었다. 이건 무슨 표정일까. 어떤 감정을 입력했을 때 나오는 출력값일까. 진짜 감정이며 생각은 엄마보단 내게 있었지만, 나는 엄마의 그 얼굴을 도저히 읽어낼 수 없었다.

그러나, 한참 그러고 있던 엄마가 마침내 툭 던진 말은 더더욱 알 수 없는 것이었다.

"……뭘 고민하는 건데?"

"……응?"

예상치 못한 대답에 떨떠름하게 되물었을 때였다. 엄마가 떨구었던 고개를 들었다. 그 얼굴에 가득한 감정을 이번에는 바로 알아차릴 수 있었다. 의문이었다. 아무리 생각해 봐도 도저히 모르겠다는 듯, 엄마는 고개를 약간 갸웃한 채 치켜올린 눈썹을 하고 나를 바라보고 있었다. 물론 알고 있는 표정이었다. 뭔가가 도무지 이해되지 않을 때, "참나, 별꼴이야." 같은 말을 하며 보이곤 했던 바로 그 얼굴이었다.

"그럼 너도 크로노싱하면 되잖아. 뭘 고민하는 건

지 모르겠어서. 아유, 너도 참 걱정할 게 쌨다. 경사 앞두고 뭘 그런 걸 고민하고 있어, 그냥 눈 딱 감고 해 주면 되지. 아픈 것도 아니고 비싼 것도 아닌데."

엄마가 천연덕스럽게 말을 이었다.

"한번 해 두면 또 얼마나 요긴하니. 봐, 너도 결국 고민 있으니까 이렇게 엄말 찾아왔잖아. 안 그래?"

다음 순간, 나는 허공에 대고 눈을 부릅떴다.

방금 무심코 대답할 뻔했다, "엄마가 크로노스니까 그렇지." 하고. 뱉으려던 말을 꿀꺽 삼키고 나니 배 속 저 아래쪽에서부터 솜털이 바짝 일어서는 듯한 선듯함이 일었다. 입술을 짓뭉개며 고개를 돌렸다. 동그랗게 뜬 엄마의 눈이 여전히 나를 응시하고 있었다. 왜 그러니, 하고 묻는 것처럼. 내가 기억하는 그대로의, 아직 총기가 고스란히 남아 있는 눈이었다. 태어나자마자 가장 먼저 마주쳤던 눈, 내가 자라는 모든 모습을 좇으며 때로는 보이지 않는 것까지도 척척 보아 냈던 그 눈.

그러나 이 익숙한 동공 너머에 있는 것은 도대체 누구일까.

나는 별안간 VR을 벗어 던졌다. 시야가 검은 한 점으로 빠르게 좁아지는가 싶더니, 순식간에 화면이 픽

꺼지며 사라졌고 나는 내 집 거실에 혼자 덩그러니 앉아 있었다. 나는 숨을 가쁘게 몰아쉬며 주변을 두리번거렸다. 그 안에 아주 잠시 머물렀을 뿐인데, 갑자기 낯선 공간에 내팽개쳐진 것 같은 느낌이었다. 눈에 보이는 모든 것들이 내게 속삭이는 듯했다. 이게 진짜야, 지금까지 본 모든 건 가짜였어.

VR이 누르고 있던 양쪽 관자놀이가 지끈지끈 아팠다. 관자놀이를 문지르며, 나는 엉엉 소리 내어 울기 시작했다.

양미에게 전화가 걸려온 것은 그다음 날 밤이었다.

"언니, 어제 무슨 일 있었어?"

통화가 연결되자마자 양미는 다짜고짜 물었다. 나는 대답 대신 긴 한숨을 내쉬었다. 시계를 흘끗 보니 밤 10시가 넘어 있었다. 아마 아이들을 재우고 크로노스에 들어갔다가 그 안에서 무슨 말을 들은 모양이었다.

"엄마가 엄청 놀라고 걱정했어. 그렇게 갑자기 나가 버릴 애가 아닌데, 집에 뭐 강도라도 든 거 아니냐면서. 그런 건 아니지, 언니?"

"……놀라고 걱정했다고?"

"당연하지, 얘기 잘하다가 갑자기 강제 종료하고 나갔다면서. 왜 그랬어? 엄마가 엄청 의아하고 궁금해하더라."

나는 대답하려다 말고 어금니를 꽉 깨물었다. 크로노스의 시스템은 알고 있었다. 방문자의 모든 대화 내용은 크로노스의 데이터베이스에 기록되어 AI의 기억을 업데이트하는 데 사용되었고, 방문 권한을 가진 다른 이가 원한다면 공개 설정된 기록에 한해서는 그 내용을 열람해 볼 수도 있었다. 어제 따로 비공개 설정을 하지 않았으므로 양미는 전화를 걸기 전에 분명 그 기록을 이미 보았을 터였다. 무슨 이야기를 주고받았는지 이미 알고 있다는 뜻이었다. 그런데도 저렇게 태연자약하게 묻는다는 건, 그게 양미에게는 아무렇지 않은 대화였다는 거겠지. 거기까지 생각하자 갑자기 목줄기에서 맥이 두근두근 빠르게 뛰었다. 배 속에서, 혀뿌리 끝에서 뭔가 꿈틀거리는 것이 있었다. 어젯밤부터 시작해 오늘 내내 간헐적으로 나를 찔러 댔던 그것, 그게 무엇인지 이제야 알 것 같았다. 그건 분노였다.

"……넌 크로노스가 그렇게 좋아?"

"뭐? 갑자기 또 무슨……."

"그게 어떻게 나를 걱정해. 뭘 놀라고 뭘 궁금해한다는 거야. 너 제정신이야?"

과도하게 흥분하고 있다는 건 자각했지만 한번 시작하니 멈출 수가 없었다. 손마디가 하얗게 변하도록 휴대폰을 움켜쥔 채로, 나는 악을 쓰기 시작했다.

"너나 송 선생이나 다 미친 것 같아! 아니, 나도 미쳤지. 뭘 기대하고 거길 들어갔는지. 그래, 잘 만들긴 했더라, 막상 만나 보니까 엄청 좋더라. 당연하지. 우리 엄마한테서 좋았던 시절만 쏙쏙 뽑아서 만든 건데 안 좋겠어? 넌 진짜 그게 엄마라고 생각해? 정신 차려, 그거 우리 엄마 아냐. 우리 엄마는 스마일요양원에 있잖아. 우리 알아보지도 못하고 물어뜯고 욕하지만 아무튼 그게 우리 엄마잖아. 넌 어떻게…… 어떻게 그렇게 자연스러워? 차라리 송 선생 어머니처럼 아예 돌아가셨으면 몰라, 우리 엄마는 살아 있잖아!"

콧잔등이 따끔거렸다. 어쩔 새도 없이 뜨거운 눈물이 볼 위로 마구 쏟아졌다.

"난 어제 거기 잠깐 있었던 것만으로도 엄마를 잃은 것 같애. 지아랑 지우 때리고 널 물어뜯는 그 엄마도 우리 엄마가 아닌 것만 같은데, 그 안에 있는 건강하고 현명한 엄마도 우리 엄마 아니잖아. 한쪽을 생각하면 할수록 다른 한쪽이 부서지는 것 같아. 결국 둘 다 없다는 걸 온몸으로 뼈저리게 알게 된다고. 왜 이런 기분을 느껴야 돼? 그리고 넌 왜 이런 기분을 느끼지 않는 거야? 왜?"

나는 거친 숨을 식식 내쉬었다. 눈앞에 있었다면 머리채라도 쥐어뜯어 놓고 싶은 심정이었다. 나는 얼굴을 세게 문질러 닦았다. 알고 있었다, 양미의 잘못이 아니라는 건. 어쩌면 나는 양미가 마주 소리를 질러 주기를 바라는지도 몰랐다. 애먼 곳에 애꿎은 화풀이를 하느냐고, 너만 엄마를 잃었냐고. 결국 우리 둘이 같은 마음이고 같은 처지라는 걸 신랄하게 쏘아붙여 주기를. 그러나 수화기 너머에서는 아무런 소리도 들리지 않았다. 무덤 속 같은 침묵만이 이어질 뿐이었다.

"……언니."

한참 후 양미가 말했다.

"언니, 송 선생이랑 결혼하지 마."

"뭐? 갑자기 그 얘기가 왜……."

"언니는 아무것도 몰라. 원래 그랬어, 항상 자기만 생각하지."

양미는 차분하게 말을 이었다.

"이기적이라고 할지도 모르지만, 엄마 치매 판정 받고 나서 난 제일 먼저 지아랑 지우 생각이 났어. 내가 만약에 엄마 같은 상황에 처하면 우리 애들은 어떻게 하지, 하고. 난 애들한테 오랫동안 남아 있고 싶어. 끝까지 소용이 되고 싶다고. 지푸라기가 아니라 실오라기라도 좋으니까 내가 정말 필요할 때, 보고 싶어 죽겠을 때 붙잡을 수 있는 뭔가를 남겨 두고 싶단 말이야. 그걸 붙잡고 버텨서 조금이라도 더 행복했으면 좋겠어. 눈속임이고 가짜면 어때, 슬픔으로부터 우리 애들 눈을 가려 준다면 뭐라도 좋아. 우리 엄마라고 달랐을까? 난 아니라고 생각해. 그렇게 열심히 크로노싱을 다니면서, 엄마는 그게 자기의 빈자리를 조금이나마 채워 줬으면 좋겠다고 마음 깊이 바랐을 거야. 내가 지우랑 지아에게 그렇듯이."

나는 입을 딱 벌렸으나 아무런 말도 나오지 않았다. 무엇도 뱉어 내지 못하고 그저 뻐끔거리기만 하는 사이 양미가 덧붙였다.

"언니는 한쪽을 떠올리면 한쪽을 잃는다고, 그래서 결국 둘 다 잃는 것 같다고 했지. 난 그 반대야. 한쪽이 있음으로써 다른 한쪽에게 없는 걸 다시금 떠올릴 수 있고 그래서 난 둘 다 온전히 갖게 되는 것 같다고. 언니, 그게 사랑이야. 언니는 누군가를 깊이깊이 사랑해 본 적이 없어. 송 선생 그 사람한테도 마찬가지야. 그럴 거면 결혼, 하지 마."

힐난한다기보다는 안타까워하는 듯한 목소리였다. 나는 여전히 입을 벌린 채 허공을 노려보고 있었다. 무슨 말을 해야 할지 알 수 없었다. 뭔가 쏘아붙이고 싶기도 했고 동시에 인정하고 싶기도 했다. 둘 중 무엇도 강렬했으나 확실하지는 않았다. 다만 또렷하게 알 수 있는 건 그저 마음이 아프다는, 꼭 크고 무거운 무언가가 가슴을 짓이기는 것마냥 아프고 저리다는 사실이었다.

수화기 너머에서 양미가 흑, 하고 숨을 들이쉬었다. 이윽고 수화기 너머에서 가느다란 흐느낌이 들려왔다. 우리는 전화를 끊을 생각도 하지 못하고 한참을 그대로 울기만 했다. 울다 보면 뭐가 달라질 거라고 믿는 사람들처럼, 그렇게 아주 오랫동안을.

엄마의 요양원을 찾아간 것은 그다음 주 주말이었다.

평소보다 조금 일찍 도착한 참이었다. 나는 요양원 앞에 꾸며진 작은 공원에서 양미를 기다리고 있었다. 완연한 봄, 거리에는 따뜻하고 안온한 바람이 가득했다. 내가 앉은 벤치를 둘러싼 철쭉 덤불에는 진분홍빛 꽃이 그득했고 머리 위로는 자목련이 큼직한 꽃잎을 떨구는 중이었다. 예전의 엄마였다면 분명 그냥 흘려보내지 않았을 그런 날이었다. 이런 날 엄마는 어떤 핑계든 만들어 밖으로 나가서는 따끈한 봄바람을 실컷 들이마셨을 것이다. 눈에 보이는 꽃들마다 휴대폰 카메라를 들이밀면서. 매년 이맘때면 하루가 멀다 하고 바뀌던 엄마의 화려한 메신저 프로필 사진들을 생각하며 나는 미소 지었다.

"언니!"

부르는 소리에 퍼뜩 돌아보았다. 손에 무슨 종이가방 같은 것을 주렁주렁 든 양미가 어색하게 웃으며 걸어오고 있었다. 영 머쓱하기는 나도 마찬가지였다. 지난주, 전화기를 붙들고 서로 하염없이 통곡한 이후로 양미와 이야기하는 건 처음이었으니까. 머쓱한 김에 인사 대신 양미가 든 짐을 눈짓했다.

"그건 다 뭐야?"

"다음 주 월요일이 어버이날이잖아. 엄마 거랑, 요양원 직원분들 드릴 것 좀 샀어."

"야, 그런 건 나한테도 알려 줘야지."

"됐어, 언닌 이것저것 생각하느라 정신없을 것 같아서."

더 머쓱해진 내가 뒷목을 매만지는 사이 양미는 내 옆에 짐을 내려놓고 털썩 앉았다. 그러고는 머리 위 자목련을 올려다보며 한참 말이 없었다. 아마 양미도 알고 있을 거였다, 내가 양미에게 하고 싶은 말이 있다는 것을. 나는 벤치 아래 흩어진 목련 꽃잎을 발끝으로 으깨며 마음 속으로 말을 다듬었다. 어떻게 말해야 좋을까. 지난주 내내 혼자 곱씹고 고민했던, 기나긴 밤을 지새며 생각한 끝에 내린 결론을. 한참을 입안에서 말만 돌돌 굴리고 있는데 갑자기 양미가 퍼뜩 생각난 듯 말했다.

"참, 언니. 이거 봐."

"뭐야?"

양미가 핸드백 안에서 알록달록한 것을 꺼내 내게 내밀었다. 받아들고 보니 색종이로 만든 카네이션 두 장이었다. 세모로 접은 종이 윗부분에 핑킹가위로 잘라 만든 빨간 꽃잎을 여러 겹 붙인 단순한 모양이었다.

"지우가 학교에서 만들어 온 거야. 할머니 주라고."

양미가 말했다. 둘 다 반짝이 풀이 잔뜩 칠해진 위

에 온갖 스티커가 붙어 있었다. 만듦새는 좀 엉성했지만 한껏 정성을 들였다는 건 한눈에 알 수 있었다. 나는 카네이션을 뒤집어 보았다. 역시 어지럽게 꾸며진 뒷면에 양지우 드림, 이라고 삐뚤빼뚤한 글씨가 쓰여 있었다.

"근데 왜 두 개야? 하나는 네 건가?"

"아니."

카네이션을 도로 핸드백에 챙겨 넣으며 양미가 대답했다.

"하나는 요양원에 있는 할머니 거, 다른 하나는 크로노스에 있는 할머니 거래."

뜻밖의 대답에 나는 할 말을 잃고 반짝이 풀이 조금 묻은 양미의 손만 쳐다보다가, 그만 피식 웃고 말았다. 아이가 나보다 낫구나. 꽉 막힌 어른보단 훨씬 낫구나. 그러자 양미도 알겠다는 듯 웃으며 나를 비껴 바라보았다.

"언니, 결정했구나."

"응."

"송 선생님이랑도 얘기한 거고?"

"……응."

양미는 더 묻지 않았다. 그저 고개를 깊이 한 번 끄

덕이고 나서는 말이 없었다. 어떻게 생각하는 걸까, 눈치를 살폈으나 양미는 무심한 얼굴로 그저 옆에 흐드러진 철쭉꽃을 볼 뿐이었다.

"……언니가 그렇게 정했다면, 그게 맞는 거지."

이윽고 양미가 작게 말했다. 그리고 우리는 동시에 눈을 마주 보며 멋쩍은 웃음을 지었다. 서로 같은 것을 생각하고 있다는 걸 말하지 않아도 알 수 있었다. 방금 그 말이 너무나 엄마 같다는 생각이었다. 그랬다. 예전의 엄마가 여기 있었다면, 그래서 내 말을 들었다면 바로 그렇게 대꾸했을 거였다. 네가 그렇게 정했다면 그게 맞는 거야. 그러고는 진짜 그렇지 않느냐는 얼굴로 눈을 동그랗게 뜨고 우리를 번갈아 바라보았겠지. 일단 그러고 나면, 내가 무엇을 어떻게 정했든 상관없었다. 그 순간 그건 정말로 맞는 게 되고 나는 모든 게 이대로도 괜찮다는 것을 알게 되었을 테니까. 항상 그랬던 것처럼.

"일어나자, 엄마 기다리겠다."

양미가 훌쩍 일어났다. 나도 일어나 엉덩이를 툭툭 털었다. 우리는 요양원 입구를 향해 걷기 시작했다. 봄바람이 훅 불어와 우리의 등을 부드럽게 밀었다. 따뜻한 빛이 머리 위로 쏟아지고 있었다.

"참, 날씨가 왜 이렇게 좋냐."

앞서가던 양미가 작게 중얼거리는 소리를 들은 것 같았다.

그때는 그때 가서

정우의 집을 나오면서, 나는 '머릿속이 꽃밭'이라는 말을 곱씹고 있었다.

그건 언젠가 정우가 내게 한 말이었는데 사실 나를 두고 그렇게 말한 사람이 정우 한 사람만은 아니었고 적어도 그 말을 한 순간에는 우리 둘 다 웃으며 무언가에 대해 얘기하던 뒤였으므로 기분 나쁜 기억으로 남아 있지는 않았다. 하지만 이제 와서 생각하니 그때 정우의 표정이 썩 즐거운 사람의 그것만은 아니었던 것도 같았다. 그렇다면 그게 시작이었나.

집 비웠어, 잘 지내.

마지막으로 남긴 문자에 정우는 답장하지 않았다.

나는 나대로 짐을 정리하고 나르느라 바빴으므로 휴대폰에 정신을 팔고 있을 틈이 없었지만, 막상 일 톤 트럭 조수석에 앉아 화물칸에 반도 차지 않은 짐을 싣고 새집으로 가는 도중에는 그 묵묵부답을 생각하지 않을 수 없었다. 숫자 1이 사라진 채 고요한 채팅방, 앞으로 다시는 어떤 대화도 오가지 않을 공간. 이곳이 이렇게 된 것은 내 머릿속이 꽃밭이기 때문이다. 나는 트럭 앞좌석 어딘가에서 풍기는 먼지 냄새를 맡으며 그 사실을 가만히 생각했다. 쌀이든 고구마든 되는대로 최선을 다해 작물을 심고 그 수확으로 겨울을 나야 하는 중요한 땅에 나는 고작 꽃씨를 뿌렸다. 남들이 잡초를 뽑고 약을 치며 땀흘려 일하는 때에 꽃을 보며 그저 놀았다. 그러니 애인이 떠나는 것도 당연하다. 어쩔 수 없는 일이다.

그런데 그 꽃은 무슨 꽃일까. 밭 가득 심었다면 작은 꽃은 아닐 것이고, 음 코스모스나 작약, 아니면 해바라기도 좋겠지. 샛노란 해바라기로 가득한 밭은 상상만으로도 아름답고 싱그러웠다. 그렇다면 그런 것 하나쯤 머릿속에 둔다고 해서 크게 문제가 될까, 이 삭막하고 고통으로 가득한 세상에서. 게다가 해바라기라면 씨앗을 수확해서 먹을 수도 있지 않을까. 적어도 햄스터들은 좋아할 것이다. 볼에 씨앗을 가득 문 행복한 햄스터를 떠올리자 조금 기분이 좋아졌지만 한편으론 이 와중에 이런 생각을 하다니 이거야말로 머릿속이 꽃밭이라는 증거일지도 모른다는, 이러니 과연 정우가 질릴 만도 하다는 생각도 들었다. 이제 와서 깨달아 봐야 어쩔 수 없는 일이지만. 나는 차창 밖을 바라보며 한숨을 푹 내쉬었다.

얼마 안 되는 짐이긴 해도 혼자 정리하려니 하루가 꼬박 걸렸다. 완전히 녹초가 되었고 배 속도 텅 비었지만 어쩐지 아무것도 먹고 싶지 않아 그대로 누운 참이었다. 아무래도 잠이 오지 않았다. 이사는 이사고 일은 일이므로 내일은 평소대로 새벽 4시에 일어나 출근을 해야 한다는 걸 알고 있었지만 그래도, 그래도. 나는 낯설고 딱딱한 침대 위에서 뒤척거리며 어쩔 수 없이 정우를 생각했다. 정우는 지금 뭘 하고 있을까. 밥은 먹었을까. 아마 지금쯤이면 정우도 누워서 잠을 청하고 있겠지. 지난 삼 년간 함께 누워 잠들었던 바로 그 침대에서. 무슨 생각을 하고 있을까. 슬퍼할까, 시원해할까. 정우도 내가 떠났다는 사실을, 우리의 삶이 이제는 분리되었고 앞으로 다시는 만날 수 없다는 사실을 마음 깊이 느끼고 있을까. 아마 아닐 것이다. 잡생각이며 감정에 쉽게 휩쓸리는 나와 달리 정우는 좀 냉혈한 같은 구석이 있는 사람이었으므로. 지금 정우는 아마 아무 생각도 하지 않고 그저 누워 있을 것이 틀림없다. 아침 8시까지는 틀림없이 지하철 2호선에 앉아 있어야 하니까. 잠을 설치면 내일 회사에서 하루종일 꾸벅꾸벅 졸 테고 그러면 그 대단하신 업무에 차질이 생기니까. 슬픔도 아쉬움도 없이, 다만 잠들려고 애쓰고 있을 것이고 실제로 곧 잠들 것이다. 나처럼 이렇게 어둠 속에 누워 뒤척거리며 헤어진 옛애인을 추억하는 일 따윈 하지 않을 것이다. 우리는 정말로 너무나 다른 사람이었으니까. 특히 헤어지기 직전의 마지막 몇 달 동안은 그야말로 피터지는 싸움이 잦았다. 물론 사소한 발단이야 있었지만 근본적인 원인은 매번 같았다. 우리가 서로 다른 인간이기 때문에. 끝내 서로의 생각을 이해할 수 없었기 때문에.

하지만 우리가 서로 사랑했던 이유도 사실 그 때문이었는걸.

이상하게도 거기까지 생각하고 나서야 우리가 헤어졌다는 사실이 실감이 났고 동시에 기다렸다는 듯 눈물이 왈칵 쏟아졌다. 나는 베개에 뒤통수를 꾹꾹 누르며 소리 죽여 울었다. 미적지근한 눈물이 누운 볼을 타고 흘러내려 베개 속으로 쏙쏙 스며들었다.

4시 반을 알리는 알람 소리에 화들짝 놀라 깨어났다. 언제 어떻게 잠들었는지 기억나지 않았고 다만 눈꺼풀이 아직도 축축하다는 것만 알 수 있었다. 이불깃을 끌어당겨 눈을 닦아내고 나서도 오랫동안 그대로 누워 있다가 알람이 다시 한 번 울리고 나서야 벌떡 일어났다. 이러나저러나 출근을 해야 했으니까. 낯선 화장실에 서서 부은 얼굴을 씻었고 아무리 오래 보아도 내 것이란 느낌은 들지 않을 것처럼 생긴 옷장에서 옷을 꺼내 입었다. 바지에 다리를 꿰어 넣으며 생각했다. 어쩌면 이 모든 게 직장 때문일지도 모른다고. 마지막 싸움, 그러니까 서로가 헤어짐을 결심하게 만든 그 사건의 발단은 어쨌든 직장 때문이었으니까. 그러니까 아쿠아리움 말이다.

물론 이렇게 말하면 정우는 정색한 얼굴로 단호하게 말을 잘랐겠지, 너는 아쿠아리움에서 일하는 게 아니라고. 정우가 옳을지도 모른다. 나는 그곳에서 매일 새벽 5시부터 8시까지 청소를 하고 있을 뿐이다. 아쿠아리움과 계약되어 있는 청소 업체에 고용

된, 말하자면 아르바이트생인 셈이다. 정규직도 아니고 사대보험도 안 되고 경력도 인정받지 못하는데다, 주된 업무란 쓰레기를 나르고 얼룩을 닦고 휴지통을 비우는 일. 그중 무엇도 정우의 기준에는 맞지 않았다. 정우는 이것을 나의 직업이라고 인정하지 않았다. 더 번듯하고 제대로 된 직장을 구하기 전에 잠깐 하는 용돈벌이쯤으로 여겼다.

영 근거 없는 생각은 아니었다. 그 전에는 나 역시 정우처럼 회사원이었다. 엄청나게 좋은 대학은 아니지만 누구나 이름은 아는 그런 대학에서 산업디자인을 전공했고 여러 회사의 디자인 팀에서 일했었다. 한 곳에 오래 앉아 있으면 엉덩이가 근지러워지는 못된 습관 때문에 오래 일한 곳은 없지만. 정우와 연애한 삼 년 동안에 이직을 세 번 했지만 배운 게 도둑질이라 일은 매번 비슷했다. 그러다가 문득, 그만 딱 지겨워지고 만 것이었다. 마지막으로 다니던 회사를 그만둔 뒤엔 아무것도 하지 않고 꽤 오래 쉬었다. 집에만 있자니 심심하고 모아 둔 돈도 떨어져 가던 참에 이 일을 발견했다. 아쿠아리움 청소. 시작하기 전엔 이렇게 오래 할 줄 몰랐던 일이 막상 해 보니 재미있고 적성에 맞았다. 그때부터 시작된 것이었다, 정우와의 삐걱거림은.

그 모든 과정을 곱씹어 생각하니 이번에는 왈칵 화가 났다. 속물적인 새끼. 나는 감지 않은 머리를 대충 하나로 묶은 뒤 모자를 눌러쓰며 속으로 중얼거렸다. 사람의 마음이며 기분은 전혀 생각하지 않고 오로지 돈, 현실, 뭐 그딴 것들만 우물우물 씹고 있는 꼴이란. 평생 그렇게 살라지, 직업 좋고 돈 잘 버는 여자 만나서 행복하라지 뭐. 정우의 기준에 따르면 '보편적이고 평범한' 삶을 사는 사람들은 모두 아직 자고 있을 시간이었지만, 나는 괜히 현관문을 쾅 소리나게 닫았다. 띠리링, 하고 뒤이어 울리는 도어락 소리가 유난히 크게 들렸다. 당연하게도 정우와 살던 집의 도어락 소리와는 완전히 다른 소리였고 그래서 낯설고 어색했지만 앞으로는 이게 우리 집 문이 잠기는 소리로구나, 이 소리에 익숙해져야 하겠구나. 나는 주먹을 꽉 쥐고 뚜벅이 계단을 내려갔다. 십 분 뒤면 지하철 역 앞으로 통근 버스가 도착할 것이었다.

아쿠아리움에서 일하면서 가장 좋은 건 뭐니 뭐니 해도 해파리를 오랫동안 볼 수 있다는 점이다. 관람객이 아무도 없는 시간에, 가까이 찰싹 달라붙어 내키는 만큼.

일 자체는 어렵지 않지만 어렵지 않게 하려면 숙련된 노하우가 필요하다. 예를 들면 눌어붙은 음식물 자국은 주저앉아 문지르고 있을 게 아니라 클리너를 뿌려둔 뒤 돌아오는 길에 닦아내면 훨씬 쉽다는 점이나, 유리에 붙은 스티커나 오물은 물티슈를 둘둘 감은 헤라로 상처 없이 떼어낼 수 있다는 팁 같은 것. 하지만 가장 중요한 것은 손발이 착착 맞는 파트너일 것이다. 보통 두 사람이 한 조가 되어 배정받은 구역을 청소했는데, 아쿠아리움은 무진장 넓었고 관람객들이 들이닥치기 전에 빠르게 청소를 끝내야 했으므로 최대한 효율적으로 일해야 했다. 자칫 어리바리한 사람과 짝이 되면 해파리를 구경하기는커녕 시간 안에 맡은 구역을 못 끝낼 수도 있었다.

그러므로 이곳에서 일을 오래 한 사람들은 저마다 손발이 맞는 파트너를 점찍어 두고 있는데 내 경우에는 그게 김선자 씨였다.

올해 예순 하고도 다섯 살이 된 김선자 씨는 땅딸막한 몸집에 기묘하게 어울리는 진보라색 파마를 한 여성이었다. 겨우 자기 나이의 절반쯤밖에 살지 않은 나에게도 꼬박꼬박 존댓말을 써 주는 교양 있는 사람인데다 청소에 관해서라면 모르는 게 없었다. 말하자면 베스트 파트너랄까. 그런데 의외로 그런 김선자 씨와 짝이 되고 싶어 하는 사람은 많지 않았다. 그건 아마도 김선자 씨가 갖고 있는 그 특이한 버릇 때문이겠지만.

오늘도 나는 출근하자마자 멀찍이 선 김선자 씨와 눈인사를 주고받았고 유니폼을 갈아입은 뒤엔 일렬로 주차된 노란 전동 청소 카트를 한 대 골라잡았다. 열대해양생물관 입구부터 시작해 해파리수족관까지가 우리 둘이 전담하는 구역이었다. 카트를 가운데 두고 나는 왼쪽, 김선자 씨는 오른쪽을 맡아 나아가며 보이는 것들을 닦아 나갔다. 내 머릿속에는 해파리 생각밖에 없었고 김선자 씨도 아마 비슷한 생각을 하고 있겠지, 그러나 우리 둘의 눈과 손은 잽싸고 날렵하게 움직였다. 위에서부터 시작하는 것이 청소의 기본, 유리에 윈덱스를 뿌려 스퀴지로 쓸어내리고 각종 조형물과 패널은 빠르게 먼지를 털어낸다. 바닥으로 떨어진 구정물과 먼지는 전동 카트가 한꺼번에 빨아들이고 남은 것은 돌아오는 길에 마저 처리한다. 대강대강 하는 것 같지만 동작 하나하나에 노하우가 담겨 있다. 아무나 금세 따라하지 못한다. 만약 정우에게 시킨다면 어떨까. 그따위 것은 누구나 시키면 할 수 있는 일 아니냐고, 비싼 돈 주고 대학 나와서 왜 그런 일을 하느냐고 했던 정우에게. 분명 어영부영 얼레벌레 허둥지둥하다 수조 하나 윤기나게 닦지 못하고 끝날 것이다. 매니저에게 되게 한 소리 듣고 괜히 헛기침이나 하겠지, 머쓱할 때면 늘 그랬듯이. 정우가 짓곤 하던 그 표정과 몸짓을 생각하자 어쩔 수 없이 마음은 도로 축 처지고 말았고 그럴수록 손에 힘을 빡빡 주어 가며 걸레를 문지르고 스퀴지를 밀다 보니 어느새 해파리수족관이었다. 그제서야 돌아보니 이마에 송글송글 땀이 맺힌 김선자 씨가 저만치 뒤에 따라오고 있었다.

"천천히 오세요. 저 먼저 가 있을게요."

김선자 씨에게 전해 두곤 쥐고 있던 걸레를 전동카트에 던져넣었다. 불이 꺼진 수조 앞으로 다가가 납작 엎드렸다. 전등 스위치, 요게 어디 숨겨져 있는지 아는 사람은 안단 말이지. 밑으로 손을 집어넣어 더듬자 톡 튀어나온 스위치가 손에 걸렸고 꾹 누르자 수조 안에 새파란 불이 켜졌다. 순식간에 사방이 화악 밝아졌다. 그리고 그 빛 속에서 부드럽게 유영하는 희고 둥근 해파리, 해파리들. 나는 몇 발짝 물러난 곳에 아무렇게나 주저앉아 몸을 기댔다. 수조 전체가 한눈에 들어왔다.

가로 오 미터, 높이 이 미터짜리 대형 수족관에 보름달물해파리가 가득 찬 이 해파리수족관은 아쿠아리움에서 가장 아름다운 곳이자 메인 포토 존이기도 했다. 관람 시간엔 앞은 그야말로 인산인해, 빽빽하게 몰려든 사람들로 여유롭게 구경은커녕 사진 한 장 제대로 찍기도 힘든 곳이지만 지금은 온전히 나만의 것이었다. 평소엔 머릿속에 잡생각이 가득해 꾹 찌르면 펑 터질 것 같은 나였지만 해파리를 보고 있으면 마음이 점점 차분해졌다. 저절로 온몸이 노곤해지면서 생각이 하나둘 지워지는 것 같았다. 희고 투명한 몸을 물의 흐름에 맡기고 목적도 욕심도 없이 그저 흘러다닐 뿐인 해파리들. 저들은 무슨 생각을 하며 살까, 생각이란 것을 하기는 할까 싶다가도 그게 다 무슨 소용이냐 하며 결국엔 나도 생각을 멈추고 만달까. 둥근 우산처럼 생긴 몸 가운데 네잎클로버 모양 무늬가 밤하늘에 흩날리는 꽃처럼 꿈결처럼 움직이는 모습을, 그저 바라보며 차분히 차분히 가라앉게 되는 것이다.

언젠가는 정우에게도 이 장면을 꼭 보여 주고 싶었다. 흐르는 대로 흘러가며 사는 생물들도 저기 저렇게 많다는 것을, 별생각 없이 그저 살아갈 뿐인 것들도 한 발짝 떨어진 곳에서 바라보면 저마다 아름답다는 사실을 알려 주고 싶었다. 네 나이에 너처럼 사는 사람이 어디 있느냐고 따져 묻던 정우에게 봐 저기 저렇게 많아, 하고 해파리를 가리켜 보이면서. 하지만 거기에 정우가 설득되었을지는 솔직히 알 수 없었다. 아니, 설득은커녕 한심해하는 표정을 지었을 게 틀림없다. 수진아, 제발 어른이면 어른답게 생각하고 살아. 쟤들은 해파리고 넌 사람이잖아. 쟤들은 집도 있고 때 되면 누가 밥을 주지만 넌 아니잖아. 조목조목 짚으며 재미도 감동도 없는 반박을 하다가 또다시 티격태격, 며칠간의 냉전으로 이어질 싸움을 하고야 말았을 테지.

그런 생각을 곱씹으며 멍하니 해파리수족관을 올려다보는데 김선자 씨가 다가왔다. 옆에 펄썩 앉으며 말을 건넸다.

"뭔 일이 있나, 맨날 밝던 아가씨가 오늘은 왜 이렇게 처져 있어요."

"헤어졌거든요. 마침내."

유니폼 주머니에서 휴대폰을 꺼내던 김선자 씨가 아이구, 하며 혀를 찼다.

"잘했네요. 맨날 지지고 볶더니만은."

"그러게요."

정우와 싸운 다음 날마다 신세 한탄을 해 온 터라

이러쿵저러쿵 설명할 것도 없었다. 평소의 나답지 않게 입을 꾹 다물고 해파리 수족관을 올려다보며 새파란 빛을 얼굴에 받고 있으려니 김선자 씨가 뒤로 벌렁 드러누웠다.

"그럼 오늘은 이거 불러야겠다."

김선자 씨의 휴대폰에서 음악 소리가 흘러나왔다. 무슨 노래더라, 귀에 익은 게 이전에도 몇 번 불렀던 곡인 것 같은데. 이윽고 전주가 끝나고 김선자 씨가 목청껏 노래를 시작하고서야 알았다. 「그리움만 쌓이네」였다.

다정했던 사람이여 나를 잊었나,
벌써 나를 잊어버렸나,
그리움만 남겨놓고 나를 잊었나,
벌써 나를 잊어버렸나.*

그런대로 음정 박자는 맞지만 결코 잘 부른다고는 할 수 없는 김선자 씨의 노래가 텅 빈 공간에 우렁우렁 울렸다. 그러니까 이게 김선자 씨가 매일 하는 일

---

* 여진, 「그리움만 쌓이네」(1979).

이었다. 아무도 없는 수족관 앞에서 휴대폰으로 음악을 틀어 놓고 따라 부르는 것. 보통 하루에 두 곡 정도, 그날그날 마음에 드는 곡을 불렀는데 그동안 나는 마음껏 해파리를 구경했고 노래가 끝나면 왔던 길을 되짚어 돌아가며 청소를 마무리했다. 그러니 나와 김선자 씨는 합이 잘 맞는 짝이라고 할 수 있었다. 김선자 씨에게는 시끄러운 노랫소리를 참고 들어 줄 관객이 필요했고 내게는 해파리를 마음껏 올려다보고 있어도 핀잔을 주지 않는 파트너가 필요했으니까.

처음 김선자 씨의 이 습관을 알았을 때, 그러니까 해파리수족관 앞에 선 김선자 씨가 노래 한 곡 불러도 되겠느냐고 수줍게 물었을 때는 물론 나도 깜짝 놀랐었다. 갑자기 노래를요, 하고 되묻자 역시 안 되겠지, 시끄럽고 듣기 싫지, 하면서 기운 없이 말꼬리를 흐리길래 아니 아니 마음껏 부르시라고, 그런데 갑자기 웬 노래냐고 하자 김선자 씨가 설명했다. 예전에 한번 아들네 부부와 여길 온 적이 있다고. 주말이라 사람이 다글다글 몰려든 이 해파리수족관 앞이 참으로 정신없고 복잡했는데, 거기 서 있자니 문득 노래를 한 곡 뽑고 싶어졌단다. 말했듯 김선자 씨의 노래는 애정 없이는 들어 주기 힘든 실력인데다 사람이 그토록 많은 거기서 노래를 했다간 아들 내외가 기겁할 것이었으므로 꾹 참고 집에 돌아왔지만 계속 그게 생각났다고, 그러니 사람이 하나도 없는 시간에라도 여기서 노래를 불러 보고 싶고 그러면 기분이 참 좋을 것 같다고. 그렇게 말하는 데에야 거절할 이유가 없어서 그러시라고 마음껏 부르시라고 했더니 처음으로 부른 노래가 나미의 「슬픈 인연」이었다. 마침 아는 노래라 나도 흥얼흥얼, 해파리를 보며 따라 불렀고 그게 그날부로 우리의 아침 일과가 된 것이었다.

정우에게도 김선자 씨에 대해 이야기한 적이 있다. 나는 참 이게 좋다고, 아침마다 멋진 공간을 익숙하게 청소하고 나는 해파리를 보고 김선자 씨는 노래를 부르고, 그러고 돌아와서 대강 끼니를 끓여 먹고 낮잠을 자는 것, 그런 것들이 참 좋다고. 그러나 이 이야기를 들은 정우는 미묘한 표정을 짓고는 자꾸 별 상관없는 것을 물었다. 노래를 부른다고? 무슨 노래를? 거기서 왜? 그 사람은 몇 살인데? 가족은 없어? 그런 것은 모른다고, 그냥 우리는 아침에 함께 일을 하고 일이 끝나면 헤어지는 사이라고 하니 이번에는 미묘한 표정이 갑갑하다는 얼굴로 바뀌었다. 그러고는 툭 말했다.

끼리끼리다, 끼리끼리야.

그게 무슨 말이냐고 따져 묻고 싶었지만 그러면 또 싸움이 될 것 같아 그냥 넘어갔었다. 하지만 사실 알고 있었다. 너도 이상하고 그 할머니도 이상하고 이상한 사람들끼리 서로 잘도 이상하구나, 하는 말이었겠지. 그리고 정우는 이상한 사람이 아니므로 결국 그 이상함을 버티지 못하고 나를 떠났다.

난 너 하나만을 믿고 살았네,
그대만을 믿었네,
네가 보고파서 나는 어쩌나
그리움만 쌓이네.*

아랫배에 힘을 딱 주고 부르는 김선자 씨의 노래를 들으며 눈앞에서 꿈결처럼 흘러다니는 보름달물해파리 떼를 보는 이 순간은 글쎄, 정우의 말대로 이상하긴 했다. 하지만 나쁜 건 아니었다. 세상에는 나쁜 이상함, 유해한 이상함이 있고 좀 바보 같지만 무해한 이상함이 있다. 남에게 피해를 끼치지 않는 이상함,

* 여진, 「그리움만 쌓이네」(1979).

그건 아무래도 잘못은 아니다. 이런 순간이라도 있지 않으면 어떻게 살아간담, 이 풍진 세상을.

어렸을 때 나는 도시의 비둘기가 되고 싶었다. 집도 절도 없이 자유로이 날아다니면서 아무거나 주워 먹고 아무 데서나 자는 비둘기. 행색은 지저분하고 몸은 고달프지만 광장으로 나가면 항상 친구들이 있다. 어디에도 얽매이지 않는 것들끼리 와그르르 몰려다니면서 그날그날 먹을 것을 찾아 나서는 하루. 분명 재미있을 것이다.

물론 더 나이를 먹으며 깨닫기는 했다, 사람은 비둘기가 될 수 없다는 자명한 사실을. 그러나 그 꿈을 완전히 버리지는 못해, 무언가에 소속되고 묶이는 것만은 어떻게든 요리조리 피해 왔다. 성적은 그저 그런 주제에 세상 오만 잡일에 관심을 두는 얄미운 학생이었고 성인이 되어 독립한 뒤에는 스스로 생계를 책임지긴 했지만 그뿐이었다. 남들이 착실하게 무언가를 배우고 운동을 하고 결혼이나 주식투자 따위를 하는 동안 나는 최선을 다해 하고 싶은 대로 살았다. 직급을 달거나 그럴듯한 경력을 쌓기도 전에 회사를 관뒀고

연봉은 늘 사회 초년생 수준이었으나 원래 사치스러운 편은 아니었다. 정우와 만나기 전에 세들어 살았던 반지하 원룸의 월세, 그것을 밀리지 않을 만큼의 수입만 있으면 괜찮았다. 진급에 대한 욕심도 없었다. 코딱지만 한 돈을 더 주는 대신 책임은 무한정으로 늘어나는 직급 따위, 오히려 그럴 기미가 보이면 기회는 이때다 하고 사직서를 냈다. 퇴사 사유는 언제나 '개인 사정.' 조금 여윳돈이 생기면 제철 과일을 사먹었고 주말에는 고속버스를 타고 당일치기로 바다를 보고 돌아왔다. 그런 삶이 좋았고 평생 그렇게 살고만 싶었다.

그리고 정우는 그것을 기생이라고 불렀다.

그저께, 그러니까 우리가 헤어지던 날 나누었던 이야기는 그런 것이었다. 술에 취해 돌아온 정우는 나를 붙잡고 대뜸 물었다. 언제까지 그렇게 살 생각이냐고. 정우가 취하면 으레 하는 패턴이었고 어물쩍 넘어가면 또 며칠은 잠잠했으므로 대강 들어 주고 말 셈으로 앉아 있었는데 그날은 평소와 좀 달랐다. 오늘은 끝장을 보고 말겠다는 듯, 잔뜩 지친 어른의 표정을 한 정우는 말하기 시작했다. 나는 너와 결혼을 하고 싶고 아이를 갖고 싶다고. 서로의 월급을 알뜰살뜰 모은 것에 대출금을 더해 집을 사고 그 대출을

갚는 것을 인생의 목표로 두고 싶다고. 우리 몸뚱아리에 뚫리는 세월의 구멍을 모아 둔 돈으로 틀어막으며 늙어 가고 싶다고. 그런데 지금의 너와는 그런 것을 꿈꿀 수 없고 너는 언제까지나 하고 싶은 것만 하고 살겠다고 하는데, 자 생각해 봐, 갑자기 네가 아프면. 큰돈이 필요해지면. 너는 사랑하는 나한테 기댈 수밖에 없고 나는 사랑하는 너를 책임질 수밖에 없겠지. 그러니까 너는 나한테 미래를 빚지고 있어. 넌 나한테 기생하고 있는 거야.

마지막 말을 한 뒤 정우는 오래 입을 다물었다. 아주 오랫동안 참고 참았던 말을 엉겁결에 내뱉어 버렸지만 그래서 차라리 잘됐다는 듯 시원섭섭한 표정으로. 나도 모르게 기생, 하고 반복해 말하자 정우는 고개를 돌려 버렸다. 화가 나고 자존심이 상해서 그 외면을 내 마음대로 해석했다. 그래, 그럼 헤어지자. 그 말 자체는 홧김에 툭 던진 것이었지만 뱉고 나니 이번엔 비참한 기분이 되었다. 어쨌든 지금 살고 있는 집은 정우의 명의로 된 전셋집이었고 헤어진다는 것은 내가 이 집에서 나간다는 뜻이었으며 그 사실이 어쩐지 '기생'이라는 단어와 찰떡같이 어울리는 것만 같아서였다. 나는 다급하게 덧붙였다. 내일 당장 나갈게.

붙잡지 않으리라는 것을 알고 있었고 실제로 그랬다. 다음 날 날이 밝자마자 청소 업체에는 몸이 아프다는 핑계를 대고 종일 돌아다니며 새집을 구했다. 그 와중에 시간을 좀 더 달라는 말을 하기는 죽기보다 싫었으므로 썩 마음에 들지는 않으나 바로 입주할 수 있는 고시원을 택했다.

그리고 그 도시락통처럼 좁은 방 안에 누워 있는 지금, 어쩔 수 없이 생각하고 있다. 어쩌면 정우의 말이 옳았는지도 모른다고.

제멋대로 살아갈 수 있었던 것은 제멋대로 살아가도 됐었기 때문에, 그러니까 말하자면 운이 좋았던 덕분이었다. 그럭저럭 제 몫을 하도록 키워 주고 대학까지 학비를 대어 준 부모가 있었고 아직까지는 사지가 멀쩡해서 아무 일이나 골라잡아 할 수 있었다. 정우의 말대로 더 나이가 들고 몸이 고장나고 할 수 있는 일이 점점 줄어든다면. 갑자기 큰돈을 써야 할 일이 생긴다면. 누구도 나를 책임져 주지 않는 온전히 혼자인 상태라면. 그땐 어떻게 해야 할까.

모르겠다.

아니, 사실 알고 있다. 지금이라도 취직을 하면. 적은 나이는 아니지만 어떻게든 빈자리에 비비고 들어

가서 오래오래 버티면. 월급을 쪼개어 적금을 들고 아직도 원리를 이해할 수는 없지만 그놈의 주택청약인지 뭔지도 붓고, 갑자기 일자리를 잃거나 집에서 쫓겨나더라도 몇 달은 버틸 수 있는 돈을 모아서…… 주식투자…… 아니 아니 저축은행…… 참, 저축은행에는 한 군데에 오천만 원까지만 넣어 두라고 했지, 예금자보호법이 보전해 주는 금액까지만……. 그런데 오천만 원을 모을 수는 있을까. 그런 충고를 누가 해 줬더라 아무튼 그 사람은 여러 군데의 은행에 제각기 오천만 원씩을 넣어 둘 만큼 돈이 많은 사람일까. 나는 그런 삶을 살아 볼 수 있을까. 정우가 원했던 삶. 나와 함께 누리고 싶었던 삶은 그런 것일까. 더 나은 미래를 위해 하기 싫은 것을 끈질기게 참아 가며 사는 것.

하지만 나는 그것만은 정말로 할 수 없다. 아니 뭐 눈 딱 감고 하려면 할 수야 있겠지만 금세 지치고 질려서 그만두고 말 것이다. 또다시 잔머리와 재기발랄한 꾀만 믿고 요령을 피울 것이고 도망칠 방법만 찾다가 바늘구멍만 한 틈을 발견하면 쏙 빠져나갈 게 틀림없다.

그러니 이런 나를 어떻게 믿고 평생 함께 살겠어.

그렇게 생각하니 정우가 나를 떠난 것이 정말 진심으로 이해가 되었다. 오히려 정우에겐 잘된 일이었다. 더 훌륭한 사람을 만나서 행복한 삶을 살았으면, 나는 낯선 방에서 뒤척이며 곱씹었다. 나는 여기서 이렇게 살 테니, 너는 거기서 그렇게 살아…….

그리고 다음 날 아침, 파랗게 불이 켜진 해파리수족관 앞에서 휴대폰을 뒤적이며 오늘 부를 노래를 찾는 김선자 씨에게 나는 문득 이렇게 물었다.

"돈은 많이 모으셨어요?"

말하자마자 그 즉시 후회했다. 이런 속물적인 질문을 하려던 건 아니었는데. 김선자 씨도 당황했는지 휴대폰을 쥔 채로 나를 빤히 바라보았다.

"왜요, 돈 필요해요?"

"아니요, 아니요. 그런 게 아니고."

"그럼?"

"그냥…… 어떻게 살아야 될지 모르겠어서."

앞선 질문보다는 덜 이상한 얘기였지만 이 말을 하고 또 후회했다. 모은 돈의 액수가 곧 삶의 방향을 정한다고 생각하는 사람처럼 들리지 않을까 싶어서였다. 제가 하고 싶었던 말은 그게 아니라, 그게……. 하지만 부연 설명을 하려니 이번에는 정작 그래서 하고 싶었던 말이 뭐였는지도 뚜렷이 알 수 없어서 그냥 입을 다물고 말았다. 김선자 씨는 곰곰 생각하더니 눈썹을 팔자로 모으고는 대답했다.

"참 나도 그걸 알면 좋을 텐데. 말해 줄 텐데 미안해요, 몰라서."

진심으로 미안한 듯한 목소리였다. 김선자 씨는 내 옆에 앉았다. 사방이 고요했고 우리 머리 위로는 해파리수족관이 내뿜는 푸른빛만이 가득했다. 그 빛 속에서 아무 생각 없이 흘러다니는 해파리들. 저렇게만 살 수 있다면 얼마나 좋을까. 지금 당장 저중 한 녀석과 삶을 바꾸고 싶다, 정말 진심으로 기쁘게 바꿔 줄 텐데…….

"이 앞에서 노래를 하면요."

문득 김선자 씨가 중얼거렸다.

"꼭 지구를 앞에 놓고 부르는 것 같아요. 둥그렇고 새파랗고, 그 안에 뭔가 살아 있는 것들이 오글오글 돌아다니는 게 그렇지 않아요? 나이 든 사람이 이상한 소리 한다구 생각할지 모르겠는데, 나는 그렇게 생각하면 기분이 좋더라구요."

김선자 씨가 코를 훌쩍였다. 나는 대답 대신 그저

수족관 너머 해파리만 바라보았다. 김선자 씨가 뭘 말하고 싶은지 알 것 같기도 하고 전혀 모를 것 같기도 했다.

“뭐 그렇게 살면 되지 뭐. 열심히 살라고, 돈 많이 모으라고 그런 말 해 봤자 뭐.”

하긴 그랬다. 김선자 씨가 알고 보니 대단한 현자라 엄청나게 멋지고 납득 가는 삶의 방향성을 제시해 준다고 해도 내가 그대로 따를 것 같지는 않았으니까. 왠지 한 방 맞은 것 같은 기분이었고 사실 이게 진짜 삶의 진리 아닐까, 생각하며 김선자 씨가 노래를 틀도록 내버려 두었다. 김선자 씨는 평소보다 더 오랫동안 노래를 골랐다. 그러다 한참 뒤에야 이거다 하는 듯한 손길로 화면을 쿡 찍었는데 그 모습을 본 순간 혹시 이 노래가 아닐까 싶은 것이 있었고 잠시 후 정말로 예상했던 귀에 익은 전주가 나와서 피식 웃고 말았다.

쿵짜라작작 쿵짜라작작 쿵작쿵작
산다는 게 다 그런 거지
누구나 빈손으로 와*

---

* 김연자, 「아모르 파티」(2013).

휴대폰을 마이크처럼 쥔 김선자 씨는 매일 그렇듯 목청껏 노래했고 집중한 김선자 씨의 얼굴 위로 해파리들의 그림자가 드리워졌다가 사라졌다 했다. 그 그림자를 하나하나 눈으로 쫓으며 입으로는 김선자 씨를 따라 불렀다, 세기의 명곡 「아모르 파티」.

그 주 금요일이 월급날이었다. 아침에 일하고 돌아와 그대로 낮잠에 들었다가 저녁에 깨어나 보니 통장에 돈이 들어와 있었다. 내가 확인한 금액은 카드값이며 휴대폰 요금이며 보험료 따위로 조각조각 쪼개져서 빠져나가고 남은 돈이었지만 아무튼 월급은 월급이니까. 정우와 살았을 때는 월급을 탈 때마다 함께 맛있는 걸 먹었었다. 월말에 돈이 부족해 허덕이는 한이 있어도, 이것은 한 달간 수고한 나 자신에게 보상을 주는 중요한 의식이므로 허투루 하지 않았다. 양념갈비, 샤브샤브, 스테이크, 평양냉면, 그때그때 먹고 싶은 것을 읊으며 월급날을 기다렸는데. 그 모든 것들이 어쩐지 혼자 먹기엔 부담스러운 메뉴였고 이제 와선 당기는 음식도 딱히 없어 누운 채로 뒹굴거렸다. 그러다가 생각했다. 저축. 그렇지, 저축을 해 볼까.

생각하니 의외로 쉬운 일처럼 느껴졌다. 그래, 앞으

론 돈 쓸 일도 적을 테니까. 이왕 마음을 먹은 거 당장 시작하자 싶어 휴대폰으로 주거래 은행 앱에 접속했다. 지금까지 한 번도 눌러 보지 않았던 '정기예금 상품' 메뉴에 들어가 이것저것 기웃거려 보았다. 대강 살펴보니 연이율이 삼 퍼센트 정도인 것 같았다. 삼 퍼센트면 얼마지. 그걸 계산하려면 내가 일 년 동안 저축할 수 있는 금액이 총 얼마인지를 먼저 알아야 했고 그러려면 한 달에 얼마씩을 넣을 수 있는지를 계산해야 했고 보자 그러니까…… 계산기 앱을 켜고 이것저것 빼고 더하고 곱하고 나누었는데 결과값은 정말로 코딱지만 한 금액이었다. 엥 이게 맞나, 정말 이게 다인가 싶어서 연산 순서를 앞뒤로 바꿔서도 해 보았는데 여전히 같았다. 그러니까 이 돈을 일 년간 묵히면 삼 퍼센트를 더 붙여 준다는 거지, 그 삼 퍼센트는 또 얼마인지 계산해 봤다가 이번엔 피식 헛웃음을 웃고 말았다. 프라이드 치킨 한 마리도 시켜 먹지 못하는 돈이었다.

됐다, 됐어. 휴대폰을 던져 놓고 벌렁 드러누웠다. 여전히 낯선 천장이 내 머리 위로 드리워져 있었다. 한쪽 모서리에 번져 있는 정체 모를 얼룩을 빤히 바라보았다. 저 얼룩은 언제부터 이 방에 있었을까. 어쩌면 이 방보다 저 얼룩이 먼저 있었을지도 모르지. 그런 아무짝에도 쓸모없는 생각을 하다가 천천히, 서글퍼졌다. 내게는 정말 현실감각이 조금도 없구나. 21세기를 살아가는 현대인으로서 꼭 갖춰야 할, 피부 위에 두텁게 두르고 살아가야 할 그것이 내게는 전무하구나.

하지만 없다면 어쩔 수 없다.

천장을 조금 더 노려보다가, 나는 던져 놓은 휴대폰을 다시 집어들었다. 차근차근 생각하면 되겠지. 정 안 되면 다시 취직을 하는 방법도 있다. 크게 욕심내지 않으면 아직까진 갈 만한 회사가 있을 것이고 없으면 나타날 때까지 기다리면서 아쿠아리움에서 해파리를 보고 김선자 씨와 노래를 하지 뭐. 하지만 그래도 없으면, 저금은커녕 당장 끼니를 때울 돈도 없어질 때까지도 없다면, 그때는, 그때는. 그때는 그때 가서 생각하련다. 아직도 켜져 있던 은행 앱을 꺼 버리고 대신 배달 앱을 켰다. 어쨌든 월급날 정도는 맛있는 것을 먹어도 되겠지. 아직은 그래도 되겠지. 월급날엔 누구나 맛있는 것을 먹으니까.

별로 허기가 지지는 않았지만 어쨌든 고르고 고른 무언가 거한 음식을 시켜 놓고, 나는 그 음식이 오기도 전에 다시 잠들어 버리고 말았다.

내게 남은 사랑을 드릴게요

성재가 떠났다.

내게는 텅 빈 집과 아픈 고양이, 그리고 아무짝에도 쓸모없는 사랑이 남았다.

남은 사랑을 팔기로 한 것은 그래서이다. 조심스럽게 받은 제안을 단박에 수락했고 수락하고 나서야 그래도 되나, 생각했지만 안 될 이유가 없었다. 우선 순대의 치료비 문제가 있었다. 이제 고작 다섯 살 된 내 고양이, 뽀얗고 부드럽고 한없이 착한 내 고양이 순대가 만성신부전증 판정을 받은 지 벌써 일 년째였다. 유산균이며 인흡착제며 아무튼 좋다는 영양제는 다

구해다 먹이고 피하 수액을 자가 주사해 가며 나름 대로 돌보고는 있었지만 순대는 툭하면 상태가 나빠져 동물병원 신세를 지곤 했다. 수혈을 해야 하는 때도 많았는데, 순대의 혈액형은 하필 고양이 중에서도 희귀하여 그마저도 매번 가능한 일은 아니었다. 그런 와중이니 비용까지는 생각할 겨를도 없었다. 이럴 때를 위해 순대를 키우기로 한 날부터 들어 둔 적금이 있었지만 한 번의 입원비만큼도 되지 않는 돈이었다. 얼마 먹지도 않은 것을 모두 게워 내며 금방 죽을 것처럼 몸을 떠는 순대를 제발 살려만 달라고 애원하는 사이, 예금이며 적금은 눈 녹듯이 사라졌다. 살고 있는 집 보증금이라도 빼야 될 판이었다. 그런 상황인데 돈을 준다니, 그것도 내게는 더 이상 쓸모없는 것을 사 가는 대가라니 그야말로 거절할 이유가 없었다.

게다가 사 간다는 사람이 내 이십 년지기 친구라면 더더욱 그랬다. 그러니까 그야말로 신원과 사정이 확실한 구매자라고나 할까. 내 친구 최영인은 변호사고 같은 변호사인 남편과 함께 로펌을 운영하고 있다. 그 이름하여 최앤고 법률사무소, 짐작하겠지만 성이 고 씨인 영인의 남편 말고도 세 명의 변호사가 더 일하고 있다. 뭐 재벌까지는 아니지만 삶에 절실한 무엇인가를 구매하는 데에 돈을 아낄 만한 상황도 아닌 사람들인 것이다. 그런 영인에게라면 별로 면구한 일도 아니라고 생각되었다. 뭐 나쁜 일에 쓰겠다는 것도 아니고, 영인의 사정이야 내 일만큼이나 자세하게 알고 있었으니까.

너무 쉽게 수락하자 오히려 당황한 건 영인이었다. 평소답지 않게 영인은 말이 없었고 수화기 너머에선 작게 숨 내쉬는 소리만 한참 넘어왔다.

"정말 괜찮겠어?"

한참 만에 영인이 물었다.

"뭐가?"

"너한테 그게 없어도 되겠냐고."

"야, 있어서 뭐 해. 뒀다가 국 끓여 먹을 거냐."

말하고 나서야 좀 눈치 없는 소리를 했는가 싶었다. 내게야 그야말로 짐짝 같은 감정이지만 영인에게는 돈을 주고서라도 가지고 싶은 무언가일 텐데. 그러나 영인은 그제서야 흐흐 웃고는 관련 사항에 대한 이야기를 이것저것 말했다. 감정 이식을 하기 위해서는 먼저 우리 둘 다 적합도 검사라는 것을 받아야 하는데 한 시간 정도 걸리지만 전혀 아프거나 거슬리는 것은 없을 것이고, 검사 전날에는 술을 마시거나 슬픈 영화를 보는 등 감정이 요동치는 일은 하지 않는 게 좋다나. 손으로는 순대를 쓰다듬으며 건성건성 듣고 있었는데 영인이 마지막으로 생각난 듯 덧붙였다.

"아 그리고, 마늘이나 파김치 같은 거 먹고 오지 말래."

"뭐? 그건 왜?"

"몰라, 그렇대. 아무튼 내일 시간 돼?"

"어어."

그런 것을 먹진 않았고 먹을 예정도 없었지만 대체 무슨 검사를 하기에 그런 얘기를 하지? 알쏭달쏭했지만 어쨌든 영인과 내일 감정전이센터 앞에서 10시에 만나기로 약속한 뒤 전화를 끊었다.

지도 앱을 켜고 감정전이센터가 어디인지 찾아보았다. 삼성역 4번 출구, 투썸플레이스 방향으로 오백미터 직진하라고 되어 있었다. 지도 옆에 그곳을 방문한 사람들이 남긴 짧은 후기 여러 개가 떠 있었다. '오 개월 전에 예약해서 겨우 검사했어요.', '예약이 너무 오래 걸리네요.', '상담 예약 전화가 연결조차 안 됩니다.'…… 후기들은 대부분 예약에 관해 불평하고 있었고 그것들을 슥슥 내려보다 흐음, 과연 최변답군, 하고 생각했다. 영인이 내게 감정전이를 해 줄 테냐고 물은 것은 방금 전의 일이지만, 검사 예약은 사실 오래전에 해 둔 게 틀림없었다. 내가 성재와 헤어진 것이 6개월 전쯤의 일이니 아마 그 소식을 듣자마자 예약했을 것이다. 변호사 특유의 철저한 대비성을 발휘해 예약은 해 두었지만, 최영인 특유의 우유부단함으로 입이 떨어지지 않아 내게 알리기를 미루고 미룬 거겠지. 그 두 가지가 모두 내가 아는 최영인이고 이해가 되지 않는 바도 아니었으므로 나는 피식 웃고 말았다. 이게 뭐라고.

순대가 무릎 위에서 끙, 소리를 냈다. 나는 순대의 뜨끈뜨끈한 머리를 부드럽게 쓰다듬었다. 순대야, 영인이 언니 기억나지. 영인이 언니가 내 사랑을 사 가겠대. 그거 팔아서 우리 순대 수혈도 받고 약도 먹고 빨리 낫자. 건강해지자 응. 순대의 귀에 대고 속삭였다. 순대는 눈을 동그랗게 뜨고 뭔가를 묻고 싶은 얼굴로 나를 올려다보았다. 정말 그래도 되겠냐고? 응, 응. 그럼 당연히 되지. 나는 품에 파고드는 순대를 끌어안으며 자문자답했다. 어차피 성재는 돌아오지 않으니까. 아직은 차마 입 밖으로 꺼내기조차 슬픈 말이라 마음속으로만 덧붙였다. 영인이에게 이 감정을 다 줘 버리고 나면 이젠 이게 슬퍼지지 않을까, 그럼 성재를 떠올릴 때마다 가슴이 쿵 무너지는 것 같은 이 감정도 사라지는 걸까 생각하며 나는 오래오래 순대의 앞발을 주물렀다.

감정전이센터 내부는 고급스러운 호텔 로비처럼 꾸며져 있었다. 깔끔한 남색 투피스 차림의 데스크 직원이 영인의 이름을 확인하고 우리를 작은 상담실로 안내했다. 테이블을 사이에 두고 둥근 의자가 네 개 놓여 있었다.

"감정전이는 처음이신가요?"

의자에 앉는 우리에게 직원이 물었다. 둘 다 고개를 끄덕이자, 품에 안고 있던 종이를 두 장 꺼내어 우리 앞으로 한 장씩 밀어 주었다.

"전이 과정은 이 안내문에 잘 설명되어 있으니 읽어 보시고요, 일단 간단하게 설명을 좀 드릴게요. 우선, 어느 분이 감정 제공자이신가요?"

"저예요."

"네, 그러시면 우선 헷갈리지 않게 이걸 옷에 달아 주세요. 센터 안에서는 계속 달고 계시면 됩니다. 이쪽 분은 이걸."

직원이 손바닥만 한 종이 딱지를 꺼내 나와 영인에

게 주었다. 내 것은 연두색으로 안에 D라고 쓰여 있었고, 영인의 것은 주황색으로 R이라고 쓰여 있었다. 무슨 의미인지 모르겠지만 일단 달으라니 달아야지, 딱지 뒤에 붙은 옷핀으로 각자 주섬주섬 옷섶에 그것을 달았다.

"D는 도너(Donor, 기증자), R은 레시피언트(Recipient, 수령자)예요. 앞으로 센터에선 두 분을 각각 D님, R님이라고 부를 거고요. 개인정보를 최대한 보호해 드리기 위한 차원이니 처음엔 조금 어색하시더라도 이해해 주시면 감사하겠습니다."

영인이 긴장한 얼굴로 내 옷섶에 붙은 딱지를 흘끔거렸다. 아마 나도 비슷한 표정을 짓고 있을 거였다.

"자, 그럼 일단 감정전이 과정을 설명드릴게요."

직원이 볼펜을 꺼내들고 앞에 놓아둔 안내문을 톡톡 쳤다.

"우선 오늘은 D님, R님 모두 심층 조사지라는 서류를 작성하실 거예요. 주고받으실 감정에 대해서 서로 구체적으로 정확하게 알고 계신지, 서로 어떤 사이이시고 얼마나 알고 계신지 등등을 조사하는 거고요. 서류 작성이 끝나시면 본격적으로 감정 샘플 추출에 들어갑니다. 작성해 주신 서류와 감정 샘플을 토대로 분석해서 감정 적합도가 얼마나 나오는지를 체크할 거예요. 적합도가 팔십 퍼센트 이상 나와야 전이가 가능하다는 점은 알고 계시죠?"

당연히 처음 듣는 이야기였다. 나는 의아한 눈을 하고 영인을 바라보았다. 그러나 영인은 이미 알고 있었다는 듯 가만히 고개만 숙이고 있었다.

"그럼 그 적합도라는 게 팔십 퍼센트에 못 미치면 어떻게 되나요? 그런 경우가 많나요?"

"네, 꽤 있어요. 감정이라는 게 단순하게 '사랑' 혹은 '용기' 같은 단어로 뭉뚱그려 놓으면 같은 것 같지만, 실제로 조사해 보면 그 종류가 다 다르거든요. 어느 정도 결이 같은지를 조사해서 기준치에 못 미치면 전이는 불가능합니다. 사실, 불가능하다기보단 소용이 없어요."

직원이 종이 위에 볼펜으로 동그라미 두 개를 그려고는, 각각 안에 D와 R이라고 적었다.

"자, 여기서부터가 중요한데요. 우선 D에게서 감정을 추출하고, 그 추출한 감정을 흡수가 가능한 형태로 변환한 뒤 R에게 주입할 거예요."

말하며, 직원은 볼펜으로 D라고 적힌 동그라미에서 귀퉁이를 조금 떼어내 빗금을 치고는 그것을 화살

표로 R에게 얹었다. 그리곤 빗금이 그어진 부분을 가리켰다.

"그럼 D에게는 주어 버린 감정만큼의 공간이 남겠죠. D님께서는 전이하시려는 감정을 크게 중요하지 않게 여기시기 때문에 전이를 선택하신 것이겠지만, 이 빈 공간을 그냥 두면 굉장히 큰 상실감과 공허함을 느끼게 돼요. 정신 건강에 아주 좋지 않은 일이지요. 때문에 저희 센터에서는 이 공간을 채울 방법을 꼭 미리 마련해 두신 뒤에 전이에 임하시기를 권해 드리고 있어요."

"네?"

도대체 무슨 소리인지 알 수가 없었다. 빈 공간을 뭘 어쩐다는 거지, 좀 더 자세히 설명해 달라고 말하려는 차에 영인이 테이블 밑에서 가만히 손을 잡아 왔다.

"내가 나중에 설명할게."

영인이 속삭였다. 직원은 영인을 흘끗 쳐다보고는 말을 이었다.

"자세한 방법은 두 분이 상의하셔서 정하시면 되고요. 곧 심층 조사지 작성하는 공간으로 이동하실 텐데 거기서 감정 샘플 추출도 같이 진행될 거예요. 작은 컵을 드릴 건데, 밀봉 포장이 되어 있으니까 우선 포장을 뜯어 주시고요. 숨을 깊게 들이쉬시고 D님은 전이하시려는 감정을, R님은 전이받으려는 감정을 집중해서 떠올려 주세요. 그 상태로 컵에 대고 깊게 숨을 후우우, 하고 내쉬시면 됩니다. 그러면 컵 내부의 색깔이 조금씩 바뀔 건데요. 완전히 다 바뀔 때까지 반복하신 뒤에 그대로 컵은 두고 나오시면 돼요."

"그럼…… 그러면 그 안에 감정이…… 모이나요?"

"네, 그게 저희 센터의 특허받은 기술이거든요."

직원이 미소 지었다. 같은 질문을 수백 번 받아 본 사람의 미소였다.

"자, 더 궁금하신 것 있으신가요?"

무엇부터 물어야 할지 알 수조차 없을 만큼 궁금한 것투성이였지만, 말을 꺼낼 새도 없이 영인이 나섰다.

"괜찮아요, 나머지는 저희끼리 얘기할게요."

"네, 그럼 준비되면 로비로 나와 주세요. 심층 조사지를 준비해 두고 있겠습니다."

직원이 방을 나갔다. 문이 닫히자마자 나는 영인을 째려보았다.

"야, 너는 왜 말도 못 하게 해."

"……너 진짜 아무것도 안 알아보고 왔구나. 너답

다, 너다워."

영인이 머리를 절레절레 흔들며 한숨을 내쉬었다.

"뭘 알아보고 와, 오면 다 설명해 줄 줄 알았지. 그러라고 돈 내는 건데."

"그렇기야 한데 인터넷이라도 좀 대강 찾아보고 오지 그랬어. 넌 겁도 안 났냐?"

그러고 보니 그랬다. 감정전이라고 하니 그렇구나 했을 뿐 그게 어떤 방법으로 어떻게 이루어지는지는 생각도 해 보지 않았다. 뭔가 검사를 한다니 막연하게 몸에 전극 같은 것을 여럿 붙이고 앉아 있는 장면쯤을 떠올리긴 했었지만 이미 들은 설명에 의하면 그것조차 완전히 틀린 이미지였으니까.

"아무튼 뭐 필요한 얘기는 이미 다 들었으니까. 그냥 하라는 대로만 하면 돼."

"아니 잠깐, 그 빈 공간이란 거에 대해서 얘기해야지."

"음, 그건…… 내가 준비해 둔 게 있긴 한데. 자세한 건 검사 다 하고 나서, 적합도 판정 보고 얘기하자. 어때?"

나는 눈을 가늘게 뜨고 영인을 쳐다보았다. 영인은 시선을 슬쩍 피했다. 확실히 뭔가 수상했다. 영인이 저런 말투로 어영부영 눙치려고 드는 건 꼭 뭔가 켕기는 게 있을 때였다.

"야, 걱정 마. 내가 설마 너한테 문제가 생긴다는데 준비도 안 해 놨을까 봐. 어차피 적합도 판정에서 떨어지면 다 소용없는 거니까 일단 검사부터 해 보자고."

영인이 책상에 놓여 있는 안내문을 부산스레 챙기며 일어섰다. 어차피 여기까지 따라온 이상 뭐라고 하더라도 감정전이는 할 거였고, 최영인이 한번 저렇게 나오면 아무리 캐물어도 소용없다는 사실도 익히 알고 있으므로 엉겁결에 따라나가긴 했지만 아직도 뭐가 뭔지 알 수 없기는 매한가지였다. 긴 설명을 들으니 오히려 더 혼란스러워진 것 같기도 했다.

문 너머 로비에선 아까 그 직원이 우리를 기다리고 있었다.

"준비되셨나요? 두 분 서로 분리된 공간에서 조사 진행하실 거고요. 따라오시면 됩니다."

우리는 직원이 이끄는 대로 좁은 복도를 걸어갔다. 밖에서 봤을 땐 그다지 크게 느껴지지 않았는데, 지금 보니 센터 내부는 상당히 넓은 듯했다. 직원은 성큼성큼 앞서 걸으며 작은 방 여러 개를 지나쳤다. 불이 켜진 곳도 있었고 안에서 뭔가 낮은 말소리가 새어 나오고 있는 방도 있었다. 직원과 영인을 따라 종종걸음치다 나는 문득 우뚝 멈춰 섰다. 누군가 우는 소리를 들은 것 같아서였다. 문에 나 있는 기다란 창문을 슬쩍 들여다보려 했는데 간유리가 들어간 창이라 아무것도 보이지는 않았다. 영인이 돌아보며 눈빛으로 발걸음을 재촉했다.

이윽고 직원이 멈춰 섰다.

"R님은 이쪽, D님은 이쪽입니다."

직원이 복도 양쪽으로 난 작은 방 두 개의 문을 열어 보였다. 책상과 의자가 하나씩 놓인 좁은 방이었다. 내 몫의 방에는 안에 연두색 벽지가, 영인의 방에는 주황색 벽지가 발려 있다는 점만이 달랐다.

"다 끝나시면 책상에 달린 벨을 눌러 주세요. 저희가 모시러 들어갈 거예요."

직원이 가리키는 책상 위에는 작은 컵과 볼펜, 그리고 제본된 종이 뭉치가 놓여 있었다. 두꺼운 종이로 된 표지에 '감정전이 심층 조사서'라고 적혀 있는 것이 보였다. 영인이 내게 고개를 한번 끄덕여 보이곤 방으로 들어갔다.

"이따 봐."

나도 방에 들어가 책상에 앉았다. 직원이 문을 닫

아 주었다. 이윽고 문 너머로 직원이 복도를 걸어가는 발소리가 들렸다.

나는 방 안을 두리번거렸다. 마른 꽃이 꽂힌 디퓨저 병과 크리넥스 티슈가 놓여 있었고, 그 옆에 조그마한 버튼이 하나 달려 있었다. 서류를 다 작성하고 나면 누르라고 한 버튼이 저것인 듯했다. 일단 이것부터 살펴봐야지 싶어 서류를 집어들고 후루룩 넘겨 보았다. 설문지라고 하기에 대답해야 할 질문이 가득 있을 줄 알았는데, 안의 내용물은 꼭 무슨 논술시험지처럼 줄이 쭉쭉 그어진 백지만이 열몇 장 제본되어 있을 뿐이었다. 그제서야 제일 첫 장을 펼쳐보자 다음과 같은 안내문이 쓰여 있었다.

감정전이를 위한 심층 조사서: Donor용

※해당 조사는 감정전이 이전에 Donor와 Recipient의 감정 상태를 분석하고 유사성을 파악하기 위한 조사입니다. 거짓이나 과장 없이 최대한 사실만을 서술해 주시길 바랍니다.

※아래 내용이 명확하게 드러나게 서술해 주세요.

☑ 전이하려는 감정은 언제, 어떻게, 왜 발생한 감정인가요? 왜 그 감정을 전이하려고 하시나요? 나에게 그 감정은 어떤 의미인

가요?

☑ Recipient와는 어떤 관계인가요? 현재 그/그녀에게 어떤 감정을 갖고 있나요?

☑ 감정전이 이후에 나와 Recipient는 어떤 사이가 될까요? 각자의 삶은 어떻게 달라질까요?

※자유로운 방식으로 편안하게 서술해 주시면 됩니다. 수정이 필요한 부분은 두 줄로 긋고 옆에 적어주세요.

※문의 사항이 있으시면 벨을 눌러서 직원을 호출해 주세요.

아이고, 보기만 해도 머리가 아프구먼. 여하간 여길 나간 뒤엔 영인에게 거한 저녁을 얻어먹고 말겠다고 다짐하며 나는 설문지 첫 장을 넘겼다. 넘기긴 넘겼는데 자아, 그럼 무슨 얘기부터 해야 좋을까.

볼펜을 꼬나쥐고 빈 백지를 노려보았다. 마음속에 든 것은 많은데 그게 얼른 글자가 되어 나오지 않는 느낌이었다. 결국 한참 망설이다 첫 번째 줄에다 저는, 이라고 고작 두 글자를 적어 둔 뒤 나는 한동안 입술만 깨물었다. 어디서부터 어떻게 말해야 한단 말이야, 이 모든 것들을. 나는 고개를 들고 문 너머를 바라보았다. 저쪽 어딘가에서 영인도 백지를 마주한 채 눈을 꾹 감고 있겠지. 문득 아까 복도를 걸어오며 들었던 우는 소리며, 책상에 뜬금없이 크리넥스 티슈가 놓여 있는 이유를 이제서야 알 것 같다는 생각이 들었다.

~~저는~~ 저는 지금으로부터 육 개월 전에 애인이던 S와 헤어졌습니다. ~~삼 년 오 개월 이십사 일째의 일이었~~ S는 여러모로 다정하고 착한 사람이었습니다. 우리는 사귀기 시작한 이후부터 한집에서 같이 살았지만 거의 다투지 않았습니다. S는 요리를 잘했고 화분 가꾸기를 좋아했고 매일 아침 수영을 다녔습니다. 머리가 젖어서 돌아온 S의 머리를 말려 주고 함께 아침을 먹는 것이 우리 하루 일과의 시작이었습니다. 우리는 생활의 모든 것을 함께했습니다. 같은 드라마를 보고 같은 잠옷 바지를 입고 함께 고양이를 길렀습니다. 서로의 친구들과 친해지고 부모님을 만났습니다. 저는 매일 더할 나위 없이 행복했습니다. 이렇게만 늙어 갈 수 있다면 나이 드는 것도 나쁘지 않다고 여겨질 만큼 행복했습니다.

그런데 어느 날 S가 할 말이 있다고 했습니다. 다른 사람을 사랑하게 됐다는 얘기였습니다. 수영장에서 만난 사람이라고 하기에 어떤 여자냐고 물으니 여자가 아니라 남자라고 했습니다. 자꾸 마음이 커져서 걷잡을 수 없었고 결국 오늘 서로 같은 마음임을 확인했다고 했습니다. 게이임을 숨겼던

건 아니라고, 자기도 몰랐는데 그 사람 때문에 깨닫게 됐다면서 너무 미안하다고 했습니다. 미안해야 할 것은 그게 아니었는데. S는 우는데 저는 당황해서 아무 말도 할 수 없었습니다. S는 다음 날 집을 떠났고 그 뒤로는 연락하지 않았습니다.

지금 S에 대한 마음이 어떤지는 정확히 설명하기 어렵습니다. S가 밉기도 하고, 잘 지내지 못했으면 하는 생각도 듭니다. 하지만 그 모든 나쁜 감정보다 아니 비교할 수도 없을 만큼 아직 사랑하고 있습니다. 그것만은 어떤 사건으로도 부정될 수 없는, 확실하고 명료하게 존재하는 감정입니다. 이 감정은 시간이 지난다고 사라지는 종류의 것이 아니라는 것도 확신하고 있습니다. 때문에 없앨 수만 있다면 없애고 싶습니다. ~~너무나 고통스럽습니다. 여전히 S가 돌아왔으면 좋겠다는 생각~~을 S가 돌아온다고 해도 예전처럼 지낼 수는 없을 것입니다. 이미 모든 것은 고칠 수 없이 망가졌으니까요.

R과는 중학교 때부터 친구이며 지금까지도 절친한 사이로 지내고 있습니다. R은 비교적 이른 나이에 같은 학교에서 만난 남자와 결혼했고 아이는 없습니다. R 역시도 저처럼 남편과 더할 나위 없이 행복하게 지내고 있었습니다만, 작년 말쯤에 남편이 조건 만남을 했다는 사실을 알게 됐습니다. 그저 호기심이었고 처음이자 마지막이었다고 싹싹 빌어 넘

어갔지만 그 이후로 남편에 대한 마음이 예전 같지 않다고 했습니다. R의 남편은 그 이후 R과의 관계를 회복하려 매우 애쓰고 있고, R도 잊으려고 노력하고 있지만 잘되지 않은 것 같습니다. 그러던 중에 R이 감정전이를 부탁했습니다. 저는 아픈 고양이를 키우고 있습니다. R은 감정전이의 대가로 제 고양이의 치료비를 전부 부담하겠다고 했습니다. 물론 그것도 제겐 중요한 일이지만, 이 감정을 제게서 없애는 것 역시 간절히 바라고 있습니다. 그리고 이왕 제게 쓸모없는 것이라면 R에게 소용이 되어 R이 행복해졌으면 좋겠습니다. S가 떠난 지금 R은 제게 남은 유일한 친구이고 소중한 존재입니다. 저와 R의 차이라면 R은 그들의 관계가 예전으로 돌아갈 수 있다고, 단지 자신의 감정을 조금만 조절하면 되는 문제라고 믿고 있다는 점일 것입니다. ~~S와 제가 행복했던 것만큼~~ R이 남편을 용서하고 다시 사랑하고 싶다면, 그렇게 되었으면 좋겠습니다. 제 고양이도 건강해지고, 저도 이 괴로움에서 벗어날 수 있겠지요. 결국 모든 게 좋아질 거라고 생각합니다.

마지막 문장을 적은 뒤, 나는 볼펜을 내려놓았다.

컵을 집어들고 직원이 말한 대로 컵 위에 둥글게 덮인 은박 포장지를 뜯어냈다. 흰색 종이로 된, 언뜻 보아선 평범한 테이크아웃 커피 컵처럼 생긴 물건이었다. 바닥 부분에 센터 로고가 찍혀 있었다. 컵에 입을 가져다 대고 나는 숨을 훅 들이켰다.

이윽고 후우우우, 숨을 깊이 내쉬며 내가 떠올린 것은 오래전 어느 오후, 내가 취직을 하려고 애쓰던 때의 일이었다. 유난히 힘든 면접을 보고 돌아왔는데 집 앞 복도에서부터 맵싸한 김치찌개 냄새가 풍겼다. 김치찌개는 내가 제일 좋아하는 음식이자 성재가 제일 잘하는 요리였고 이건 분명 우리 집에서 나는 냄새다, 하는 확신에 신이 나서 도어락 비밀번호를 빠르게 누르고 들어갔다. 과연 문을 열자마자 얼큰한 냄새가 얼굴에 확 끼얹어졌고 가스렌지 앞에 서 있던 성재가 돌아보며 왔어, 하고 웃었다. 나는 무작정 성재의 허리를 끌어안고 등에 얼굴을 비볐다. 성재는 간지럽다며 몸을 배배 꼬았고 옆에서는 칙칙칙칙, 밥솥에 밥 지어지는 소리가 났다. 나는 성재를 안은 팔에 힘을 꽉 주며 생각했다. 바깥에서 어떤 고통과 수모를 겪든 나는 견딜 수 있다, 그 후에 성재가 기다리는 이 집으로 돌아올 수만 있다면. 나는 언제든 성재를 만날 수 있고 성재와 맛있는 음식을 먹고 함께 몸을 씻은 뒤 잠을 청할 수 있다. 오늘도, 내일도, 아마 죽을 때까지 평생. 그 사실을 되새기자 기쁘고 행복해서 마음 깊은 곳이 파들파들 떨렸다. 감히 내가 이런 걸 누려도 될까. 어느 날 누군가 나타나 착오였다고, 다른 누군가에게 갈 행운이 잘못 도달한 모양이라고 말하며 이것을 빼앗아 간대도 반박할 수 없을 것 같았다. 하지만 지금 이 순간 성재는 내 것이지, 성재는 나를 사랑하고 나는 성재를 사랑하고 우리는 서로 이토록이나 사랑하지, 그런 것을 생각하며 나는 오래오래 성재를 끌어안고 있었다. 발밑에서는 순대가, 아직 건강하고 기운찬 순대가 우리 주위를 맴돌았다. 너희들의 행복에 나도 한몫 끼고 싶다는 듯이.

컵에서 입을 뗐다. 처음엔 평범한 흰색이었던 컵 안이 신기하게도 진한 분홍색으로 물들어 있었다. 본래의 흰색이 전혀 보이지 않을 만큼 골고루 색이 든 채였다. 여러 번 해야 된다고 했던 것 같은데 이상하다, 직원의 말을 떠올리며 의아해하다 이윽고 슬퍼졌다. 아무래도 감정이 그만큼 진하고 강렬하기 때문이 아닐까. 단지 떠올리며 숨을 내쉬기만 했는데도 날숨에 뚝뚝 묻어나올 만큼, 내 안에 이 기억들이 아직 생생하게 살아 있는 탓이겠지. 그건 아직도 이렇게 예쁜 색깔이구나. 이토록 고통스러운데도 이토록 아름답구나. 컵 속의 분홍색을 골똘히 들여다보며, 나는 한참을 그렇게 앉아 있었다.

검사를 마치고, 영인과는 저녁을 먹고 헤어졌다. 이럴 땐 고기지, 외치며 각자 휴대폰으로 맛집 검색에 돌입했는데 마침 감정전이센터 근처에 유명하다는 소고깃집이 있었다. 영인은 자리에 앉자마자 먹고 싶은 것 다 시키라며 호기를 부렸고 나는 정말로 먹고 싶은 것을 모두 먹었다. 육회에 물냉면까지 콧잔등에 땀을 흘려 가며 야무지게 먹는 동안, 검사에 대한 얘기는 서로 일절 하지 않았음은 물론이었다. 나보다 한참 뒤에야 코가 빨개진 채 검사실에서 나온 영인이 그 안에서 무슨 생각을 했는지는 말하지 않아도 알고 있었다.

그러고 돌아온 밤이었다. 사실 마음 같아서는 술이라도 한잔 하고 싶었지만 혼자 있을 순대가 걱정도 되었고, 이런 기분에 알코올이 들어갔다간 무슨 말이 튀어나올지 모른다는 것에는 둘 다 암묵적으로 동의했으므로 깔끔하게 헤어진 거였다. 현관에서 나를 반기는 순대를 한참 쓰다듬고 부비는데 전화가 걸려왔다. 이 시간에 누구지 싶어 보니 '고변'이라고 떠 있었다. 영인의 남편이었다.

"여보세요."

"수진 씨? 오랜만이에요. 저 고민후입니다."

"예에, 크흠, 오랜만이에요."

목소리가 저절로 어색해지는, 아니 정확히 말하자면 삐딱해지는 것을 느끼고 나는 목을 가다듬었다. 이 사람이 무슨 짓을 저질렀는지 들어 알고 있었으니 좋은 목소리가 나올 리가 없는 게 당연했다. 그러나 무턱대고 싸늘하게 굴기도 뭣한 것이, 이전에 우리는 성재까지 넷이서 자주 만나 왁자지껄하게 놀았던 사이이기도 했다. 우리 집에서든 영인의 집에서든, 아무 와인이나 한 병 안고 가면 언제든 서로를 환영했다. 날짜를 맞춰 캠핑을 떠나고 야구장을 가고 맛집 투어를 다녔었다. 두 쌍의 사람들이, 서로 진심으로 사랑하면서. 이제는 정말로 많은 것이 달라졌구나. 그 사실을 실감하며 나는 품 안의 순대를 힘주어 안았다.

"저, 오늘 영인이 만나셨죠? 감정전이…… 때문에."

"그랬죠."

"저어, 뭐라던가요? 전이가 된대요?"

"검사 결과가 나와 봐야 안대요. 오늘은 검사를 했을 뿐이고요."

영인이에게 물어보시지 그러세요, 하고 쏘아붙이고 싶은 걸 참았다. 민후 씨도 그것을 눈치챘는지 머쓱해하는 것이 수화기 너머로도 느껴졌다.

"저한테는 말을 안 해 줘서…… 그럼 검사 결과는 언제 나온대요?"

"내일이나 모레 바로 나온대요."

그러자 민후 씨는 한참이나 말이 없었다. 하고 싶은 말을 입속에서 굴리는 중이라는 것을 알 수 있었다. 나는 휴대폰을 어깨와 볼 사이에 끼우고는 기다렸다. 한참 뒤, 민후 씨가 입을 열었다.

"저는 그게 좋다고 생각하지 않아요. 감정전이라는 거."

"왜요?"

"대강 사정은…… 사정은 들어서 알고 계실 거예요. 제가 너무 큰 잘못을 저질렀고……."

"네, 알아요. 다 들었어요."

"……네. 저는 그게…… 제가 감당해야 할 일이라고 생각해요. 당연히. 그리고, 뭐랄까 이렇게 말씀드리면 뻔뻔하다고 욕하실지 모르겠지만, 영인이에게도 마찬가지로 감내해야 하는 부분이 있다고 생각하고요."

이 남자가 지금 뭐라는 거야. 이번에야말로 한마디 쏘아붙이려고 막 입을 연 순간이었다.

"그리고 수진 씨의 감정에 대한 제 생각 역시 같아요. 성재 씨랑 헤어져서 너무 괴롭고 슬픈 마음 정말 이해해요, 정말 마음 깊이 이해해요. 근데 이건…… 이런 방식은…… 저는 좀 아닌 것 같아요. 수진 씨에게 남는 사랑을 영인이에게 주입해서 수진 씨는 성재 씨를 잊고 영인이는 다시 저를 사랑하게 된다, 말은 좋고 모든 게 해결된 것처럼 들려요. 정말 모두에게 좋아 보여요. 근데 그게 진짜 해결일까요?"

반박당할 것을 예상했다는 듯, 민후 씨가 빠르게 말을 이었다.

"물론 제가 무슨 말을 할 입장이 아니라는 거 알아요. 영인이랑 수진 씨가 하고 싶다고 한다면 저는 당연히 해야 한다고 생각해요. 그런데…… 그런데 저는 정말로 모르겠어요."

"뭘 모르겠다는 건데요?"

"그러게요. 콕 집어 설명할 순 없지만…… 감정이라는 게, 무슨 장기 이식하듯이 누구 것을 빼서 다른 누구에게 넣는다고 그게 진짜 자기 것이 될까요. 그게 무슨 의미가 있겠어요."

"……민후 씨, 지금 민후 씨가 그런 말을 할 입장이 아닌 건 알고 계시죠?"

날카롭게 쏘아붙이는 서슬에 무릎에 누워 있던 순대가 소파 밑으로 슬금슬금 기어 들어갔지만, 할 말은 해야 했다.

"영인이가 민후 씨 때문에 얼마나 힘들어했는데 그게 지금 민후 씨가 할 말이에요? 영인이에게 도움이 된다면 그게 뭐든 간에 민후 씨가 제일 먼저 발 벗고 나서서 해 주려고 해야 되는 거 아니에요?"

"알아요, 저도 잘 아는데……."

"아무 말 마시고 영인이나 잘 챙겨 주세요. 그리고 제 감정에 대해선 제가 알아서 할 테니까 간섭하지 마시고요. 제가 어떤 마음인지, 그리고 영인이가 어떤 마음인지 민후 씨는 진짜 아무것도 모르니까요."

다다다 쏘아붙인 뒤, 민후 씨가 뭐라고 대답할 새도 없이 전화를 끊어 버렸다. 그러고도 화가 풀리지 않아 나는 한참을 씩씩거렸다. 염치도 없지, 와이프 놔두고 찌질하게 조건 만남이나 하려고 했던 인간이.

하지만 사실은 알고 있었다. 이토록 화가 난 이유는 내 마음속 어딘가에 민후 씨의 말이 옳을지도 모른다는 생각이 있기 때문이라는 것을. 이 감정을 이렇게 처리하는 게 옳을까. 성재가 떠난 충격에 일도 운동도 집어치우고, 겨우겨우 순대를 돌보는 것 외에는 아무것도 못 하며 살고 있는 주제에 이런 생각을 하는 것조차 사치긴 했지만 생각하지 않을 수 없었다. 나는 지금 영인이의 사정이나 순대의 병원비를 핑계 삼아 내가 책임져야 할 것을 외면해 버리고 있는 거 아닐까. 밥을 먹었으면 설거지를 해야 하고 옷을 입었으면 빨래를 해야 하듯 사랑을 했다면 끝난 자리에 남은 것은 남은 사람이 깨끗이 치워야 하는 것, 그렇다면 죽이 되든 밥이 되든 이 슬픔을 꼭꼭 씹어서 소화시켜야 되는 것인지도 모른다. 사람들이 흔히 말하듯 시간이 약이 될 때까지, 언젠가 그런 사람도 있었지 하고 지나가듯 이야기할 수 있게 될 때까지 꾹꾹 누르고 다져서 결국 내 마음의 굳은살로 만들 수 있다면.

하지만 그건 도저히 불가능했다.

나는 아까 내던졌던 휴대폰을 도로 집어들었다. 습관처럼 메신저 앱을 켜고 친구 목록을 쭉쭉 내렸다. 야속하게도 성재의 프로필 사진은 아직도 헤어지기 전과 같은 것이었다. 우리 집 소파에서 순대를 안고 활짝 웃는 얼굴. 물론 내가 찍어 준 사진이었고 이 사진을 찍은 순간의 날씨며 기분이며 모든 것이 아직도 생생하게 기억나서, 그리고 사진 속의 성재와 순대가 너무나 편안하고 행복해 보여서 눈물이 핑 돌았다. 그때는 그런 날이 영원할 줄 알았는데. 이럴 줄 알았다면 한 번이라도 더 안아 보고 조금이라도 더 이야기할걸. 나는 소파에 픽 쓰러졌다. 관자놀이를 거쳐 귓바퀴로, 미지근한 눈물이 지치지도 않고 줄줄 흘렀다. 어떻게 이걸 혼자 이겨낼 수 있단 말이야, 이렇게 고통스러운 걸.

감정전이센터에서 걸려 온 전화를 받은 것은 그다다음 날 오후였다. 적합도 검사 결과는 팔십일 퍼센트, 아슬아슬하게 통과였다.

"자, 지금부터 감정전이 방법을 설명드릴게요."

나와 영인은 긴장한 얼굴로 직원의 설명을 듣고 있었다. 이전번에 왔던 그 상담실에 앉아 가슴팍에는 같은 종이 딱지를 단 채였다. 지난번과 다른 것이라면 책상 위에 투명한 아크릴로 된 상자 같은 것이 놓여 있다는 점이었는데, 그 안에는 정체 모를 진분홍색 기체가 가득 차 있었다. 꼭 솜사탕을 조금 떼어다가 넣어 놓은 것처럼 보였다.

"여기 이건 D님께 채취했던 감정 샘플을 배양해서 만들어진 특수 기체에요. 저희는 감정 기체라고 부르는데, 미리 한번 보여 드리려고 가져왔어요. 두 분, 여기 손을 넣어 보시겠어요?"

직원이 상자의 뚜껑을 열었다. 기체라더니, 신기하게 뚜껑을 열었는데도 그것은 새어 나오지 않고 분홍빛 구름처럼 상자 안에 둥둥 떠 있었다. 서로 눈을 한번 마주본 뒤, 우리는 시키는 대로 조심스럽게 손을 집어넣었다. 따뜻했고 부드러웠다. 체온보다 사오 도 높은 정도일까, 적당히 기분 좋은 온도에다 꼭 베개솜 안에 손을 쑥 집어넣은 듯 몽글몽글한 촉감이 나쁘지 않았다.

"어떠세요? 거부감이 들거나 싫은 느낌이신가요?"

"아뇨, 생각보다 느낌이 좋네요."

"네, 저도요."

대답하며 손을 빼냈는데 손에는 아무것도 묻어 있지 않았다. 깨끗하게 쏘옥 빠져나온 손을 보며 눈을 동그랗게 뜨는데 직원이 웃었다.

"신기하죠. 다들 신기해하세요. 아무튼 이따가 감정전이실로 이동하시면, 커다란 캡슐 모양의 전이관이라는 곳에 들어가시게 될 거예요. 전이관 안에는 이 감정 기체가 가득 차 있어요. 물론 숨이 막히는 일은 없으니 걱정 안 하셔도 되고요. 전이관 안에 보시면 작은 의자가 두 개 있어요. 두 분은 손을 잡으시고, 서로 눈을 마주보면서 숨을 천천히 들이쉬고 내쉴 거예요. D님께서는 전이하시려는 감정을, R님께서는 전이받으시려는 감정을 생각하시면서 숨쉬기를 반복해 주시면 됩니다. 전혀 어려운 건 없을 거예요. 손을 잡고, 눈을 마주보고, 감정을 떠올리고, 심호흡을 한다. 이 네 가지만 생각하세요."

나는 영인과 시선을 교환했다. 직원의 말대로 어려운 과정은 아니었지만 그래서 더 못 미더웠다. 겨우 그런 걸로 감정이 전이될까. 영인도 비슷한 생각을 하는 듯 영 찜찜한 얼굴을 하고 있었다.

"그럼, 가실까요? 전이실은 바로 옆방이에요."

직원이 아크릴 상자를 챙기며 일어섰다. 우리도 엉거주춤 일어나 직원을 따라 방을 나갔다. 직원이 몇 걸음 떨어진 문을 열어 주며 우리를 들어가게 했다. 쭈뼛거리며 안으로 들어가니 서너 평 정도 되어 보이는 방 안은 어두웠다. 방 네 귀퉁이마다 켜진 작은 LED 촛불만이 유일한 조명이었다. 한가운데에 놓인, 꼭 곤충의 알처럼 생긴 커다란 물건만 아니었다면 꽤나 분위기가 좋다고 생각했을지도 몰랐다. 사람 두 명이 들어가면 꼭 맞을 듯한 크기의 길쭉한 타원형 물체에는 여러 가지 버튼이 붙어 있었다. 직원이 그 버튼 중 몇 개를 누르자 별안간 푸슉, 소리가 나며 있는 줄도 몰랐던 문이 열렸다. 안에 아까 보았던 진분홍색 기체가 가득찬 것이 보였다.

"들어가시면 됩니다. 너무 걱정 마시고요. 금방 끝날 거예요."

직원이 열린 문을 가리켰다. 우리는 서로 눈을 마주본 뒤, 문을 넘어가며 진분홍색 공기 속으로 쑥 들어갔다. 직원의 말대로 숨쉬기가 어렵지는 않았다.

"문을 닫겠습니다. 혹시 무슨 일이 생기시면 안의 빨간 벨을 눌러 주세요."

직원이 버튼을 조작하자 다시 한 번 푸슉 소리와 함께 문이 닫혔다. 전이관 안은 조금 어둑어둑한 데다 분홍빛 기체 때문에 꼭 구름 속에 들어온 것 같은 기분이었다. 그러나 불편하거나 겁나진 않았다. 그보단 오히려 뭔가 포근하여 몽실몽실하고 안락한 느낌이었다. 더없이 어색한 장소였지만 이상하게도 편안한 기분마저 드는 것 같았다. 조금씩 숨을 쉬어보다 이윽고 평소처럼 편하게 숨을 쉴 수 있게 되자, 나는 분홍빛 기체 너머를 두리번거리며 전이관 안쪽을 살펴보았다. 벽은 반들반들한 조약돌처럼 이음매가 하나도 없는 기묘한 재질로 되어 있었고 천장에는 기체가 나오는 곳인 듯 작은 구멍이 세 개 나 있었다. 다리가 높고 둥근 의자가 두 개 있었는데 의자에 앉으면 눈높이쯤일 만한 곳에 빨간 버튼 하나가 달려 있었다. 그 의자에 무심코 털썩 주저앉았을 때였다.

도너가 감지되었습니다. 편안한 자세로 앉아 주세요.

전이관 어딘가에서 기계 음성이 들려왔다. 으악, 깜짝이야. 우리는 동시에 펄쩍 뛰었다가 키득키득 웃었다. 영인도 의자에 앉자 이번에도 같은 목소리가 나왔다.

레시피언트가 감지되었습니다. 편안한 자세로 앉아 주세요.

서로 손을 잡으시고 눈을 마주보아 주세요.

시키는 대로 우리는 손을 맞잡고 얼굴을 바라보았다. 둘 다 어색해서 비슬비슬 웃고 있었다. 오랫동안 허물없이 지내온 영인이지만 이렇게 손까지 잡은 채 눈을 마주보고 앉아 있는 것은 처음이었으니까.

이제 감정전이가 시작됩니다. 두 분 모두 천천히 심호흡을 하시며 전이할 감정을 떠올려 주세요.

나는 영인의 눈을 똑바로 바라보았다. 영인도 나를

바라보고 있었다. 숨을 한가득 가슴속에 모았다가 끝까지 내쉬었다. 빠져나가라, 전부 빠져나가. 속으로 되뇌었다. 이 고통스러운 마음, 쓸데없는 미련아, 모두 내 몸에서 나가 줘. 한 가닥도 남지 말고 전부 없어져라. 분홍빛 기체를 뚫고 영인의 숨결이 얼굴에 와 닿는 게 느껴졌다. 어둑어둑한 가운데 보이는 영인의 눈은 어느새 고인 눈물로 반짝이고 있었다. 영인도 같은 생각을 하고 있겠지, 그저 이 괴로움에서 벗어나 행복해지고 싶다는 생각만을. 제발 그것이 이루어지길 마음 깊이 바라며, 나는 끊임없이 숨을 내쉬고 들이쉬었다.

잘하고 있습니다. 조금만 더 심호흡하세요.

기계음이 나를 격려했다. 잘하고 있다는 말을 듣자 이상하게 가슴 한쪽이 울컥했다. 그래, 잘하고 있어. 잘하고 있는 거야. 나는 좀 더 깊게 숨을 들이마셨다. 느리게 내쉬자 몸이 부드럽게 이완되며, 이윽고 점차 나른한 기분이 온몸으로 퍼졌다. 따뜻한 분홍빛 기체로 된 팔이 나를 안아 주는 것 같았다.

"민후야!"

센터를 나서자마자, 영인이 핸드백을 내던지고 달

려갔다. 그대로 돌진하며 펄쩍 뛰어올라 안기는 서슬에 민후 씨가 휘청거렸다. 어찌어찌 균형을 잡으며 영인을 받아 안았지만, 민후 씨의 표정은 멀리서도 어색해 보였다. 나는 민후 씨와 눈인사를 주고받으며 영인이 내팽개친 핸드백을 집어들었다.

"민후야, 나 이제 괜찮아. 너 다 용서할 수 있어."

영인이 빠르게 말했다.

"그 사실이 없었던 게 될 순 없어, 하지만 그보다 훨씬 더 네가 소중해. 네가 없으면 난 진짜 안 될 거 같아. 우리 다 잊자. 잊고 잘해 보자. 잘할 거지? 그치?"

"그럼. 잘할게. 정말 잘할게."

"그래, 그래. 아, 정말 보고 싶었어, 민후야. 우리 민후."

영인이 민후 씨를 끌어안고 춤추듯 빙글빙글 돌았다. 지나가던 사람들이 영인을 흘끔거렸다. 나는 영인의 핸드백을 든 채 그 광경을 몇 발짝 떨어져 지켜보았다. 공중에 흩날리는 영인의 머리끝이 햇빛에 반짝거리고 있었다. 그 반짝임을 눈으로 쫓다 보니 그래, 다 괜찮다는 생각이 들었다. 다 괜찮아, 정말 괜찮아.

내 계좌에 돈이 입금된 건 집에 돌아오고 얼마 되

지 않아서였다. 신규 입금 내역을 알리는 문자와 거의 동시에 영인이 보낸 메시지가 도착했다. "수진아 진짜 고마워 덕분에 잘 해결됐어 치료비 부족하면 언제든 말해. 순대 빨리 낫길." 나는 은행 앱에 들어가 계좌를 확인해 보았다. 입금된 금액은 이천 만 원, 입금자명은 고민후로 되어 있었다.

다음 날엔 청소를 했다. 아직도 성재의 체취가 조금씩 남아 있던 이불과 베개를 깨끗이 세탁했고 성재가 먹다가 냉장고에 넣어 뒀던 음식 부스러기를 음식물 쓰레기통에 부었다. 서랍들은 아예 통째로 뒤집어 엎어 성재가 두고 간 잡동사니를 집어내 커다란 종량제 봉투에다 모아 버렸다. 훨씬 깨끗해진 거실 소파에 앉아, 마지막으론 휴대폰을 열었다. 사진첩을 하나하나 넘기며 성재의 사진들을 모두 삭제했다. 웃는 성재, 누운 성재, 밥을 먹는 성재, 농구하는 성재, 책을 읽는 성재의 모습들이 차례차례 지워졌다. 이 일을 울지 않고 할 수 있는 날이 오다니, 슬프지도 아련하지도 않은 채 다만 그 사실을 신기해하기만 하며 손가락을 움직였다. 이것들이 너무 소중하고 아파서 차마 들여다볼 수도 없었던 시간이 내게 있었다니, 고작 이런 것들을. 내가 특히 좋아했었던, 곤히 잠들어 있는 성재의 사진을 나는 유심히 들여다보았다.

나는 성재를 완전히 잊었구나.

물론 김성재라는 사람이 내 인생에 존재했던 것은 분명하게 기억하고 있으나 성재를 떠올리면 뭐랄까, 그래 마치 이런 기분이랄까. 아마도 초등학생 때의 일이었는데, 시골에 계신 할머니 댁에 성묘를 갔다가 그 동네에 살고 있는 동갑내기 아이와 이틀을 재미있게 논 적이 있었다. 정확히 누구 집 아이인지도 모르고 다만 눈이 예뻤다는 것만 기억나는 아이였다. 그 아이와 나는 가을볕에 목덜미가 새카매지도록 산이며 들이며 뛰어다니며 놀았다. 각자의 학교에서 유행하는 놀이를 알려 주고 때로는 새로운 놀이를 만들기도 하면서. 그러나 서울로 돌아오는 차에 오르자마자, 나는 단 한 번도 그 아이를 떠올리지 않았다. 억지로 떠올리려 하면 기억나는 것은 그런 시간이 있었다는 흐릿한 확신, 혹은 그날 개울에서 부서지던 햇빛이나 풀잎에 맨종아리가 베이는 느낌 같은 두루뭉술한 감각들뿐이었다. 성재를 떠올리면 꼭 그와 같았다. 그 얼굴을, 목소리를 떠올리기만 해도 차바퀴에 깔린 과일처럼 와그작 터져 버리던 가슴이 이제는 아무렇지 않았다. 그저 예전에 함께 즐거운 시간을 보냈던 사람, 이제 다시는 그 시간이 돌아오지 않을 것을 알지만 그것이 그다지 슬프지는 않은 사람. 맞아, 그런 사람이 있었어 하고 끄덕거리다 곧 다른 일로 생각을 옮겨 갈 수 있는 그런 사람. 성재는 내게 그런 사람이 되었다.

내가 진정으로 원하던 것이었다.

부작용이 찾아온 건 며칠 뒤였다.

순대와 함께 동물병원에 다녀오는 길이었다. 순대를 넣은 이동장을 가슴에 안은 채 아무 생각도 기분도 없이 그저 걷고 있었는데 갑자기 발이 뚝 하고 한순간에 멎어 버렸다. 뭐지, 왜 이러지. 어리둥절한 채로 멈춰 서 있을 때 이윽고 그게 왔다. 가슴속에 번지는 차가운 구멍이.

나는 그대로 길 한복판에 쪼그려 앉았다. 이동장 안에서 순대가 야옹야옹 미친 듯이 울어 댔지만 신경 쓸 겨를이 없었다. 그저 가슴을 양팔로 끌어안고 헉, 헉 숨을 고르는 게 내가 할 수 있는 전부였다. 왜 이런 일이 일어났는지는 모르겠지만 무슨 일이 일어났는지는 직감할 수 있었다. 구멍이었다. 그저 비유가 아니라 정말로 가슴 한가운데에 구멍이 뻥 뚫린 것처럼 허전했고 그 사이로 드나드는 시리고 싸늘한 바람까지 온몸으로 느낄 수 있었다. 뭐지, 이게 무슨 일이지. 당황하고 있는데 이번에는 갑자기 얼굴이 축축했다. 손으로 얼굴을 쓸어 보고서야 알았다, 내 눈에서 눈물이 펑펑 쏟아지고 있었다는 것을. 깨달은 것이 신호라도 되듯 걷잡을 수 없이 울음이 터졌다. 나는 흑흑 흐느끼다가 종내는 끄억끄억 흉한 소리를 내며 울기 시작했다. 길 가던 사람들이 힐끔거렸다.

한 손에 순대의 이동장을 들고 다른 손으로 얼굴을 닦으며 집으로 왔다. 한참을 울고 나자 조금 진정되는 것 같았다. 도대체 이게 무슨 일이지. 가만히 앉아 생각해 보았는데 아무래도 도저히 모를 일이었다. 다 큰 어른이 길거리에서 끅끅 울었다면 분명 무슨 일이 있어야 하는데 내게는 어떤 일도 없었다. 슬픈 것도 아니고 우울한 것도 아니었는데. 그렇다면 혹시 감정전이 때문일까.

하도 울어서 꽉 막혀 버린 코를 킁킁거리며 휴대폰을 켜고 포털사이트에 들어갔다. '감정전이 부작용'을 검색하자 수많은 게시물이 나타났다. 맨 위의 것을 클릭하고 눈으로 빠르게 읽어 내려갔다. 감정전이 후

갑작스레 눈물이 흐르고 허전한 느낌…… 놀랄 수 있어…… 미리 대비책을 마련해 두는 게 중요…… 그제서야 생각났다. 첫날 직원이 설명해 준 내용에 이런 이야기가 있었던 것도 같았다는 것을. 그때 영인이 의뭉스런 말투로 얘기했었지, 뭔가 준비해 둔 것이 있다고. 내친김에 곧바로 영인에게 전화를 걸었다.

"어, 수진아!"

영인은 바로 전화를 받았다. 근래에 들은 적 없던 밝은 목소리였다.

"어어, 잘 지내는 것 같네."

"덕분이지 뭐. 요즘 다시 신혼으로 돌아간 거 같은 기분이야. 참, 순대는 어때?"

"똑같아. 그래도 덕분에 못 썼던 약도 써 보기로 하고, 산소방도 사려고. 좋아질 거야. ……근데 있잖아."

"응?"

나는 말을 꺼내 놓고 망설였다. 내 상태를 뭐라고 설명해야 할지 모르겠어서였다. 이전에 성재를 생각했을 때 느꼈던 감정과는 종류가 아예 다른, 그러나 그보다 훨씬 깊고 넓은 무언가가 내 안에 있었다. 아니, 있었다가 없어졌다고 해야 더 정확할까. 오래된 큰 나무를 뿌리째 뽑아낸 자리에 생겨난 깊은 구덩이처럼, 마음이 푹 파인 자리에 아무것도 고일 것이 없어 텅 비어 있었다. 여기에 도대체 무엇을 채워 넣어 메꿔야 할지 모르겠는 이 감정을 뭐라고 말해야 할까. 아무리 설명한들, 지금 너무너무 행복하다는 영인이가 이 감정을 이해할 수 있을까. 말을 잇지 못하고 있는데 다행히 눈치 빠른 영인이 잽싸게 물었다.

"……너 부작용 왔구나."

"……그런 것 같아."

"야, 걱정 마. 다 예상하고 있었어."

영인이 의외로 자신만만한 목소리로 대꾸했다.

"다 준비해 뒀으니까 진짜 아무 걱정 말고 시키는 대로만 해. 다 괜찮아질 거야."

"뭘 준비해 뒀다는 건데?"

"야, 됐어. 일단 끊어 봐."

그리고 영인은 진짜로 전화를 뚝 끊어 버렸다. 어이가 없어 휴대폰을 멍하니 바라보는데 어라, 화면 위로 물방울이 뚝뚝 떨어졌다. 닦을 새도 없이 또 눈물이 줄줄 흐르고 있었다. 뭐야, 왜 이래 정말! 나는 옷소매를 길게 늘여 눈가를 눌러 댔다. 어느새 순대가 미야옹, 울며 다가와 내 어깨에 머리를 부볐다. 아니야, 순대야 나 안 슬퍼, 안 슬픈데…… 진짜로 다 괜찮은데……. 그러나 생각과는 달리 눈에서는 꼭 호스가 빠진 수도꼭지마냥 끊임없이 눈물이 펑펑 흘러나왔다.

그때 휴대폰이 울렸다. 영인이 보낸 문자였다.

'내일 1시에 니네 집 앞 스타벅스로 나와.'

최영인, 가만 안 둬.

스타벅스의 둥근 의자에 앉은 내 머릿속에는 딱 이 문장만이 맴돌고 있었다. 덫에 걸린 토끼마냥 꼼짝없이 앉아 눈알만 데굴데굴 굴리면서, 나는 내 심경을 최대한 눈빛에 담아 영인을 째려보았다. 영인은 잘도 모른 척하며 커피만 호록호록 마시고 있었다. 아마 죄 없이 끌려나왔을 민후 씨, 그리고 민후 씨 옆에 앉은 멀끔하게 생긴 남자 두 사람만이 좌불안석으로 우리 둘의 눈치를 살피고 있었다.

"저, 혹시 뭐 마실래요? 아메리카노? 라테? 차?"

정적을 견디지 못한 민후 씨가 물었다.

"……커피요. 아무래도 뇌를 좀 깨워야겠네요. 이게 무슨 상황인지 알려면."

그러자 남자가 벌떡 일어섰다.

"제가 사 올게요. 따뜻한 거, 차가운 거 어떤 걸로요?"

"아니, 아니에요. 제가 사 올게요."

다급히 따라 일어나자 남자가 만류했다.

"아닙니다. 제가 커피 정도는 사 드리게 해 주세요. 따뜻한 거, 괜찮으시죠?"

남자가 외투 주머니에서 지갑을 챙겨 카운터로 갔다. 남자가 시야에서 멀어지자마자 나는 영인의 옆구리를 아프게 콱 찔렀다.

"야, 어떻게 된 거야?"

"야, 보면 몰라? 소개팅이지. 잘생겼지? 우리 사무실에서 일하는 변호사님인데 사람 되게 괜찮아."

"괜찮고 자시고 뭔 소개팅이야, 뜬금없이. 내가 그런 거 하게 생겼어?"

"미리 말했으면 너 절대 안 나왔을 거잖아. 그리고 니가 진짜 뭘 모르는구나, 자고로 사람 빈 자리는 사람으로 채우는 거라고 했어."

출처 모를 말을 주워섬기는 영인을 한 번 더 찔러 주려고 했건만, 주문을 마친 남자가 잽싸게도 자리로 돌아오는 바람에 그러지 못했다. 하긴, 가까이서 다시 보니 잘생기긴 한 것 같았다. 약간 까무잡잡한 피부에 짙은 눈썹, 투박한 얼굴선이 건강해 보였다. 목선이며 어깨가 떡 벌어진 것이 연약한 소년 같은 분위기를 풍기던 성재와는 전혀 다른 타입이었다.

"제가 소개도 안 하고 실례했네요. 여기 두 분이랑 같이 일하는 김영욱이라고 합니다."

남자가 들고 있던 지갑에서 명함을 꺼내 내밀었다. 영인의 사무실 로고가 찍혀 있었다.

"오수진이에요. 저는 명함이 없네요, 현재 잠시 백수 상태라서요. 사실 이런 자리인지도 모르고 나왔고요. 좀 당황스럽긴 하지만, 어쨌든 반갑습니다."

남자가 씩 미소지으며 영인에게 눈짓했다.

"들은 대로 성격이 시원시원하시네요."

"그런가요……."

비슬비슬 웃으며 시선을 돌리는데 마침 유리창에 내 모습이 비치고 있었다. 세상에, 나 이렇게 하고 온 거야? 화장기 없는 얼굴에 머리는 뒤로 질끈 묶은 채, 집 앞 편의점에 갈 때나 입는 츄리닝 차림인 나는 평소보다 훨씬 초라하고 못생겨 보였다. 깔끔하게 차려입은 세 사람과 마주 앉은 터라 더 그랬다. 정말 최영인, 살짝 언질이라도 주면 덧나나. 나는 영인을 다시한 번 노려보았다. 유리창 속에서 눈이 마주친 영인은 다 안다는 듯 빙글빙글, 얄미운 미소를 지어 보였다.

그날 이후 우리는 빠르게 가까워졌다.

이야기를 나누다 서로의 공통점을 발견하고 신기해했던 것이 시작이었다. 영욱 씨도 고양이를 기르고 있었는데 우연히도 순대와 같은 유기동물 입양 홍보 앱에서 데려온 코리안숏헤어였다. 앵두라는 이름의 그 고양이도 복막염을 크게 앓으며 죽다 살아난 적이 있어, 우리는 아픈 고양이를 돌보는 일로 한참 이야기꽃을 피웠다. 물론 비슷한 점은 그뿐만이 아니었다. 둘 다 어렸을 때 첼로를 배운 적이 있는데 지금은 베란다에 방치한 지 십 년이 넘었다는 점부터 치킨을 먹을 땐 목부터 발라먹는다는 점, 잠잘 땐 꼭 다리 사이에 베개를 끼워야 잘 수 있다는 점까지. 그런 것을 하나씩 찾을 때마다 우리는 깔깔 웃으며 신기해했고 그러다가 머쓱해져서 얼굴을 붉히곤 했다.

영욱 씨는 다정한 사람이었다. 집으로 일을 싸 들고 가는 한이 있어도 퇴근길엔 꼭 우리집 앞에 들러 얼굴을 보고 갔고, 순대에게도 잊지 않고 다양한 장난감을 선물하곤 했다. 법원에 가지 않는 주말에는 함께 드라이브를 가거나 영화를 보았다. 둘이 영화 취향이며 식성도 비슷해 매번 즐거운 시간을 보냈다. 그러니까 그야말로 평범한, 시작하는 연인의 모습이었달까.

그러고 집에 돌아와서는 가끔 성재를 생각하는 때도 있었다. 성재와 사귀기 직전에는 어땠더라. 그때도 이런 기분이었나. 그다지 먼 과거의 일도 아니건만 잘 기억이 나지 않았다. 분명한 사실들, 그러니까 예를 들면 성재는 예전에 일했던 회사의 거래처 직원이었고 첫 데이트 장소는 회사 1층에 있는 이탈리안 레스토랑이었으며 그땐 해물리조토를 먹었다는 그런 사실들은 또렷하게 기억났으나 거기에서 떠오르는 감정은 아무것도 없었다. 수차례 사용하고 난 티백처럼, 아무리 뜨거운 물에 담가도 이제는 우러나는 것이 전혀 없었다고나 할까. 분명 그때도 지금처럼 설렜었을 텐데, 간질간질하고 즐거운 느낌으로 가득했었을 텐데 신기하게도 그랬다.

한번은 영인과 민후 씨까지 넷이서 더블 데이트를 하기도 했다. 교외에 있는 백숙집엘 갔는데, 이곳은 이전에 성재와 다 함께 자주 왔던 곳이었다. 물론 그런 사실을 입 밖에 낼 눈치 없는 사람은 없었기에 우리는 감쪽같이 모른 척하고 맛있는 백숙을 실컷 먹었다. 영욱 씨는 자기 뚝배기에서 닭다리를 뚝 뜯어내 내 그릇에 놓아주었다. 그게 성재가 하던 짓과 똑같아서, 나는 나도 모르게 웃음을 반쯤 물고 앞에 앉은 두 사람을 쳐다보았다. 영인은 웃고 있었는데 민후 씨는 복잡한 얼굴을 하고 있었다. 그게 무슨 표정인지 읽어 내기도 전에 민후 씨는 자기 뚝배기를 향해 고개를 숙여 버렸다.

민후 씨에게 전화가 걸려온 건 그로부터 한 달쯤 뒤, 밤이었다.

"웬일이에요?"

반갑게 전화를 받았는데 민후 씨는 한참 말이 없었다. 집 밖에 나와서 전화를 건 듯, 수화기 너머로 바람 소리만이 넘어왔다. 잠시 후 칙, 하고 라이터 켜는 소리가 들렸다. 민후 씨가 담배를 피웠었나. 몰랐던 사실에 의아해하고 있는데 민후 씨가 말했다.

"수진 씨, 요즘 잘 지내요?"

"그럼요, 잘 지내죠."

"그 공허한 느낌도 이젠 없고요?"

"네, 한 번도 없어요."

말하고 보니 정말 그랬다. 가슴에 구멍이 뻥 뚫린 것 같던 느낌, 몸 안의 물기를 전부 빼내고 말겠다는 듯 눈물만 줄줄 나던 그런 일이 영욱 씨를 만나고 나서부터는 더 이상 없었다. 그것 참 신기한 일이네. 옛말 틀린 것 하나 없다더니, 영인이가 한 말이 정답이었나.

"다행이네요."

"민후 씨는요? 좀 어때요?"

"저도 잘 지내죠."

말은 그렇게 했지만 전혀 잘 지내는 목소리가 아니었다.

"왜요, 무슨 일 있어요?"

"아뇨, 무슨 일이 없어서 탈이죠."

"무슨 일이 없으면 좋은 거지 탈일 거 있나요."

"그게……."

민후 씨는 말을 흐렸다. 후욱, 담배 연기를 내뿜는 소리만 한참 들렸다. 결국 정적을 참지 못한 내가 먼저 물었다.

"요즘 영인이랑 문제 있어요?"

"……문제가 없어요. 아무 문제가 없어서 오히려 이상해요."

"그건 또 무슨 소리예요."

"……요즘 영인이 기분이 엄청 좋아요. 항상 웃고 있고 사랑한다고 자주 말하고, 꼭 연애 초기로 돌아간 것 같달까요. 근데 그게 뭐랄까, 진짜 같지가 않게 느껴져요. 아, 제가 이렇게 말할 주제가 아니란 거 잘 알아요. 제발 나쁘게 듣진 말아 주세요."

민후 씨가 황급히 덧붙였다.

"영인이한텐 너무 고마워요. 사실 저도 이게 훨씬 좋고요. 다 좋은데, 제가 이렇게 느끼는 게 미안할 만큼 다 좋은데, 그래도 이게 진짜가 아니라는 생각이 가끔 들거든요. 그런데 문제는 저뿐만이 아니라…… 영인이도 그렇게 생각하는 것 같다는 거예요."

"영인이가요? 그런 말을 했어요?"

"말을 한 건 아니고요. 그냥 가끔 영인이 표정이나 몸짓에서 느껴져요. 지금 영인이의 생각이 온전히 영인이의 것이 아니라는 게. 껍데기는 분명 영인이인데 속 알맹이는 다른 누군가의 것을 대신 집어넣은 것 같아요. 그럴 때면 영인이도 화들짝 놀라고는, 억지로 더 크게 웃고 더 기뻐하려고 애써요."

"……"

"이게 그냥 새로 집어넣은 감정에 적응할 시간이

필요한 건지, 아니면 감정전이의 부작용인 건지 모르겠어요. 걱정이 돼서 감정전이센터에 전화로 물어봤더니 부작용인 경우엔 레시피언트뿐만 아니라 도너 쪽에도 비슷한 현상이 있을 거라고 하더라고요. 그래서 혹시…… 수진 씨도 그런지 궁금해서 연락했어요. 수진 씨도 요즘 영욱 씨랑 잘 만나고 있다면서요. 그런 와중에 이렇게 묻는 것도 정말 죄송하지만…… 혹시 수진 씨도 그런 적이 없었나요?"

"그런 적이 정확히 뭔데요?"

"음…… 수진 씨의 감정이 수진 씨 스스로가 느끼는 게 아니라고 생각될 때, 라고 설명하면 될까요. 영욱 씨에 대한 감정이나, 성재 씨에 대한 감정이나."

수화기 저편에서 여전히 넘어오는 바람 소리를 들으면서, 나는 입을 다물고 생각에 잠겼다. 우선 영인의 상태가 어떤지는 설명을 들으니 대강 짐작이 되었다. 왜냐하면 그건 사실 정말로 영인의 것이 아니었으니까. 그렇다면 그것에 적응하는 데 시간이 필요한 것도 사실일 것이다. 하지만 나는, 나는 어떨까.

물론 나도 영욱 씨가 좋았다. 떠올리면 보고 싶고 만나면 기뻤다. 아직은 서로 조심스럽게 알아 가는 단계이긴 했지만, 그 감정은 매일 착실하게 조금씩 살을 찌워 가고 있었다. 어쩌다 만나지 못하는 주말에 하루 종일 느꼈던 섭섭함이라든가, 은근슬쩍 관계 진전에 대한 암시를 주고받으며 손끝 발끝이 짜릿했던 일들. 그러느라 물론 성재에 대한 생각은 할 겨를도 이유도 없었다.

그런데 그건 정말로 나의 의지일까.

영인과 마찬가지로, 나 역시 성재를 잊은 것은 내가 스스로 한 일이 아니었다. 그러나 영욱 씨를 만난 것은 달랐다. 혹시 내가 지금 영욱 씨에게 호감, 아니 사랑을 느끼는 것도 감정전이 때문이라면. 그렇게 생각하고 나니 그게 맞는 것도 같았다. 애초에 영욱 씨를 만난 건 갑작스레 비워져 버린 감정을 채울 만한 무언가가 필요했고 마침 영인이 거기에 맞는 적당한 누군가를 마련해 준 것일 뿐이었으니까.

"……수진 씨?"

민후 씨가 부르는 소리에 나는 퍼뜩 정신을 차렸다. 이상하게도 민후 씨의 목소리를 들으니 뭔가 생각이 한 가닥으로 모아지는 것도 같았다.

"민후 씨, 생각해 봤는데요. 그게…… 중요할까요?"

"네?"

"민후 씨도 지금 상태가 좋다고 했잖아요. 저도 지금이 좋아요. 저도 성재 때문에 너무 힘들었고 영인이도 민후 씨 때문에 많이 힘들었잖아요. 지금 다 좋아졌는데 굳이 그걸 따질 필요가 있을까요? 애써 감정전이도 했는데 말이에요."

"그건, 그건 그렇지만……."

"아마 일시적인 부작용일 거예요. 너무 걱정 마시고 영인이랑 잘 지내세요. 영인이가 바라는 것도 그거일 테니까."

"그래도……."

"전 더 할 말 없어요. 이만 끊을게요."

후다닥 전화를 끊어 버렸다. 순대가 기다렸다는 듯 무릎 위로 뛰어 올라왔다. 그러고는 야옹, 울며 나를 올려다보았다. 나는 순대의 얼굴을 비스듬히 바라보며 중얼거렸다. 거짓말 아니야, 정말이야. 순대의 목에는 영욱 씨가 선물해 준 목걸이가 걸려 있었다. 그것을 쓰다듬으며 나는 생각에 잠겼다. 순대는 노랗고 투명한 눈으로 나를 오래오래 쳐다보고 있었다. 그러다가 한참 후에야 야옹, 하고 다시 한 번 울었다.

그렇게 또다시 며칠이 지났을 무렵이었다. 오랜만

에 영욱 씨가 한가한 주말이라, 우리는 바다를 보러 가기로 하고 이른 아침 출발했다. 내비게이션을 강릉 아무 카페로 맞추고 달리는 길은 기분마저 산뜻했다. 나도, 영욱 씨도 말은 안 했지만 어른의 감으로 알고 있었다. 곧 해변을 걸으며 관계 정립에 대한 이야기를, 그러니까 진지하게 만나 보자는 말을 주고받게 될 거라는 사실을. 그 예감이 맞다고 증명하듯 영욱 씨는 바다에 가면서도 평소보다 훨씬 멋진 옷을 차려입고 있었고 나도 예쁜 원피스에 새로 산 샌들을 신은 참이었다. 마침 날씨도 맑은 초여름, 바다에 가기엔 그만이었다. 나는 낮게 콧노래를 부르며 창문을 활짝 열었다. 달리는 차창 밖으로 손을 뻗자 부드러운 바람이 팔을 어루만졌다.

일은 잠시 휴게소에 들렀을 때 일어났다. 차에서 내린 영욱 씨가 화장실에 다녀오겠다며, 주머니에서 지갑을 꺼내 쥐어 주었다.

"먹고 싶은 거 다 사요, 나는 아이스아메리카노 한 잔만!"

외친 영욱 씨가 빠른 걸음으로 화장실로 사라졌다. 급했나 보네, 나는 웃으며 휴게소 안의 테이크아웃 커피점으로 걸어갔다. 내 것까지 커피를 주문하고 계산을 하려고 영욱 씨의 지갑을 열었을 때였다. 카드 수납칸 안에 뭔가 삐죽 나와 있는 것이 보였다. 명함이라기엔 너무 작았고 영수증이라기엔 두꺼운 종이였다. 이게 뭐지. 남의 지갑이라는 자각도 없이 무심코 쑥 뽑아냈는데 그건 사진이었다.

계산을 재촉하는 직원에게 카드를 뽑아 건네준 뒤, 나는 화장실 쪽을 돌아보았다. 영욱 씨는 아직 보이지 않았다. 나는 황급히 화장실 반대편으로 돌아서서는 사진을 살펴보았다. 사진 속에는 웬 여자와 영욱 씨가 다정하게 어깨동무를 하고 무슨 공원 같은 곳에 서 있었다. 한눈에 보아도 연인이었고 영욱 씨의 머리 모양이며 스타일이 지금과는 좀 다른 느낌이었지만 그다지 오래된 사진처럼 느껴지지는 않았다. 아마도 작년 혹은 재작년 여름쯤이 아닐까. 그게 아니라면, 혹시 양다리? 하지만 그렇다면 그런 사진을 이렇게 대놓고 지갑에 넣어 다닐 리가 없을 텐데…….

"뭐 해요?"

악! 어깨 너머로 영욱 씨가 고개를 쑥 들이미는 바람에 나는 깜짝 놀라 펄쩍 뛰었다. 그러느라 손에 쥔 사진을 숨길 틈도 없었음은 물론이었다.

"미안해요, 지갑을 열었는데 이게 있길래……."

나는 민망해서 고개를 들지 못했다. 영욱 씨가 손에 든 사진을 가져가더니 살펴보았다.

"아, 이거…… 아직도 지갑에 들어 있었네."

"누구예요? 예전 여자 친구?"

"네, 아마도…… 작년에 만났던 친구인 것 같네요."

아마도라니? 그 애매모호한 단어에 의아해하고 있는데 영욱 씨가 사진을 들고 뚜벅뚜벅 걸어갔다. 몇 걸음 떨어진 쓰레기통 앞에 멈춰 서더니 사진을 미련 없이 집어넣고 돌아왔다. 그리곤 혹여나 오해하지 말라는 듯 눈을 동그랗게 떴다.

"걱정 마요, 지금은 아예 생각도 안 나니까."

"에이, 생각 좀 나면 어때요. 다 그런 거지."

미안하기도 하고 머쓱하기도 해서 그렇게 대강 눙치고 넘어가려 했을 때였다.

"아니, 진짜 생각 전혀 안 나요. 감정전이했거든요."

"……네? 영욱 씨가요?"

마침 주문한 커피가 나왔다. 영욱 씨는 양손에 커피를 한 잔씩 받아 쥐고 돌아서며 가볍게 말했다.

"네, 한두 번 한 게 아닌걸요. 아마 이 친구는……

그러니까 세 번째, 아니다 네 번째였던 것 같은데."

"……."

"전 헤어지면 무조건 감정전이를 해요. 얼마나 좋아요? 사랑을 원하는 사람은 생각보다 많고, 저에게는 더 이상 이 사랑이 필요가 없고. 서로 윈윈이잖아요."

무슨 문제라도 있냐는 듯한 얼굴로, 영욱 씨가 차를 향해 걷기 시작했다. 영욱 씨를 따라가야 하는데, 가서 차에 타야 하는데. 머릿속이 꼭꼭 엉킨 실뭉치처럼 복잡해서 나는 그 자리에 못박혀 서 있었다.

"수진 씨, 안 와요?"

벌써 차 옆에 선 영욱 씨가 돌아보며 불렀다. 돌아보는 영욱 씨의 머리 위로 햇빛이 부드럽게 내리쬐고 있었다. 더없이 좋은 날씨, 쏟아지는 빛 아래 서서 나는 생각을 가다듬으려 노력했다. 바다, 그래 바다를 생각하자. 지금 해변은 반짝반짝 아름다울 것이다. 모래는 따뜻하게 데워져 있을 테고 그 위로 파도가 부서지고 있을 것이다. 시작하는 연인들에게 더없이 좋은 그런 풍경, 그곳에 있는 모두는 행복하겠지.

이윽고, 나는 영욱 씨의 차를 향해 걷기 시작했다.

* 작품 제목 '내게 남은 사랑을 드릴게요'는 동명의 노래에서 따왔다. 장혜리, 「내게 남은 사랑을 드릴께요」(1988).

담금주의 맛

우리 집에 기억-담금주 키트가 도착한 것은 나와 지찬규가 헤어지고 세 달쯤 지났을 무렵의 일이다. 물론 여기서 헤어졌다는 것은 지난 오 년간 지속되었던 지찬규와의 법적 관계, 그러니까 혼인 관계를 정리했고 그에 따른 재산분할과 거기서 비롯된 감정싸움이며 양가 부모까지 관여한 다툼 등이 모두 끝이 났다는 의미이다. 아무튼 파탄의 원인은 누가 봐도 바람을 피운 지찬규 쪽에 있었으므로 이혼 과정은 깔끔하고 신속하리라 생각했으나 의외로 그렇지가 않았달까. 이미 볼 것 못 볼 것 다 본 두 인간의 지난한 싸움이 끝난 뒤, 나는 출근은커녕 밥 한술 떠먹을 힘도 없어 배짝배짝 말라 가는 몸으로 휴대폰에 목줄이라도 매인 듯 넷플릭스, 왓챠, 유튜브를 빙빙 돌며 하루를 때우는 중이었다. 그런 나를 보다 못한 친구 하나가 그것을 보내 준 거였다. 기억-담금주 키트. 그러고는 딱 한 줄의 카톡을 덧붙였다.

우리 집엔 그거 세 병 있다.

참고로 서유진, 그러니까 내게 기억-담금주 키트를 보내 준 이 친구로 말할 것 같으면, 나는 고작 한 번으로 납작 나가떨어져 버린 이 더럽고 치사한 이혼이라는 것을 무려 세 번이나 해낸 그야말로 역전의 용사였다. 그런 대선배가 특효약이라며 권하는데 거절할 수는 없지. 게다가 이제 더 이상 볼 만한 드라마도 없었고 몸은 아예 누운 자세대로 굳어 버려 등허리에 욕창이 생기기 직전이었다. 그렇다면 나도 어디 한번 담가 볼까. 그 유명한 기억-담금주라는 것을. 아니, 그런데 사실 뭔가를 담근다면 술이 아니라 지찬규를 담가 버리는 게 맞지 않나. 아주 칼로 푹푹 응, 근데 요즘도 담근다는 말을 쓰나. 그런 쓰잘데기 없는 생각이나 하다가 나는 잠이 들었고 그사이 담금주 키트는 기특하게도 착실히 밤을 달려 그다음 날 아침, 우리 집 현관 앞에 놓인 것이다. 사람 키만 한

높이의 거대한 택배 박스가.

사실 이 기억-담금주라는 것이 전부터 궁금하긴 했다. 이름 그대로 인간의 기억을 우려내 담그는 술, 그것이 싹 익으면 참으로 맛난 술이 된다지. 누가 어떤 기억을 갖고 담그느냐에 따라 맛은 다르지만 아무튼 감칠맛이 돌고 오묘한 그 맛은 평생 못 잊을 명주로 손색이 없다지. 언뜻 듣기엔 말도 안 되는 물건 같은데 꼭 제대로 된 물건처럼 사방에 광고가 나왔고 주변에도 효과를 봤다는 사람이 두엇 있었다. 그러고 보니 올해 여름, 지찬규와 야구를 보다가 중간 광고로 지나간 담금주 CF를 보며 신기해한 적도 있었다. 저거 진짤까, 원리가 뭐지, 하면서. 하여간 요즘 세상 별게 다 있다니까 하며 조금 이기죽거렸던 것 같기도 하다. 연애 시절부터 함께 응원했던 기아 타이거즈가 처참한 스코어로 두들겨 맞던 와중이었으므로 나도 지찬규도 머리끝까지 화가 나 있었으니까. 그때 우리는 소파 테이블에 오징어땅콩을 뜯어 놓고 캔맥주를 마시고 있었다. 열받아 데워진 목구멍으로 맥주가 꼴깍꼴깍 잘도 넘어갔다. 그렇다, 때는 맑고 화창한 주말 오후, 그 아름다운 시간에 우리는 같은 것에 화를 내면서 같은 것을 먹고 있었다. 믿기지 않지만 아무튼 그랬던 때도 있었다. 있었다는 사실, 그것이 중요했다. 물론 그 순간에도 지찬규는 바람을 피우고 있었지만. 그러니까 그때 소파 팔걸이에 아무렇게나 놓여 있던 지찬규의 핸드폰에는 그 여자와 주고받은 메시지들이 잔뜩 있었을 것이고 지찬규의 머릿속에는 진 야구를 핑계 대며 울화통이 터진다고, 바람을 좀 쐬어야겠다고 집을 나서곤 그 여자를 만나러 갈 계획이 착착 세워지고 있었을 것이고…… 거기까지 생각하자 애써 펴 둔 마음이 또다시 와득, 구겨져 버렸다. 생각을 말자, 생각을 말아. 나는 중얼거리며 물에 빠졌다 나온 개처럼 머리를 파파팍 흔들었다.

뭐가 들어 있는 건지, 담금주 키트가 든 택배 박스는 크기도 컸지만 더럽게 무거웠다. 오랜만에 현관문을 활짝 열어 놓고 걸쇠를 받친 뒤 낑낑거리며 그걸 끌고 거실까지 가져왔다. 그러고 있자니 어쩔 수 없이 또 지찬규 생각이 났다. 원래 이런 일이라면 당연히 지찬규를 시켰을 테니까. 지찬규라면 분명 뭘 이런 걸 샀느냐고, 참 손 많이 간다고 툴툴댔겠지만 그러면서도 테이프와 운송장을 뜯어내고 박스를 납작하게 잘 펴다가 재활용 수거함 밑에 착착 쌓아 뒀을 텐데. 그러나 지찬규는 이제 없고, 다른 여자와 떠났고 나는 여기 남았으므로 별수 없다. 박스 테이프 위에 커터칼을 푹 찔러 넣으며 이것이 지찬규의 몸뚱이 어디쯤이라고 생각하는 수밖에.

박스 안에는 또 다른 작은 박스들이 꽉꽉 들어차 있었다. 가장 큰 박스에 든 것이 가장 무거웠는데, 안에서 출렁출렁 짤랑짤랑 하는 소리가 들렸다. 뜯어보니 에어캡에 둘둘 말린 소주 한 궤짝이 들어 있었다. 익숙한 디자인의 초록 병이었지만 아무 라벨도 붙어 있지 않았다. 그리고 다른 박스에서는 엄청나게 커다란 유리병, 내 앉은키보다 좀 낮은 높이에 어른 한 사람이 넉넉하게 들어가 앉을 수 있을 만큼 입구가 넓은 그런 유리병이 나왔다. 거의 방패만 한 플라스틱 뚜껑도 있었다. 그것들을 밀고 굴려 일단 거실 가운데쯤 놓아두고 나머지 포장을 차근차근 열었다. 두꺼운 비닐에 포장된 무슨 가루들이 여럿 있었고 반으로 접힌 종이도 한 장 들어 있었다. 종이를 펼쳐들고 느릿느릿 읽었다.

— 기억-담금주 키트를 구매해 주신 고객님께 —

우선 심심한 위로의 말부터 전합니다. 아이고, 많이 힘드시죠? 무슨 일인지야 모르겠습니다만, 괴로운 기억에 쫓길 만큼 쫓기다 지푸라기라도 잡는 심정으로 여기까지 오셨을 줄로 압니다. 얼마나 힘드셨으면 저희를 다 찾으셨을까요. 부디 기억-담금주가 고객님의 마음의 평안을 되찾아 드리기를 진심으로 바라고 또 바랍니다.

기억-담금주를 처음 구매하셨다면, 아마 아직까지는 반신반의하고 계실 테지요. 이게 진짜인가, 바보같은 짓에 시간을 낭비하는 건 아닌가 하고서요. 하지만 걱정 마세요. 장담컨대 기억-담금주가 다 익어갈 때쯤이면 고객님의 고통스러운 기억은 술에 다 우러나 사라져 있을 테니까요. 남아 있는 것은 그저 맛있는 술 한 병, 그뿐입니다. 술이 다 되었다면 한번 드셔 보세요. 잊지 못할 맛일 겁니다. 기억이 자세하고 괴로운 만큼 술맛은 좋아지게 되어 있으니까요. 좋은 술친구와 맛난 안주가 있다면 더 좋겠지요.

그날이 어서 고객님께 오기를 빕니다.

※기억-담금주 주조법

1. 몸을 깨끗이 씻으며 마음을 다스립니다.

2. 동봉된 가루들 중 마음에 드는 것을 고릅니다. 상황에 따라 여러 개 넣어도 좋습니다.

3. 술과 가루를 유리병에 모두 붓고, 잘 저어서 녹여 주세요.

4. 유리병에 들어가 앉습니다. 가능하다면 모두 탈의한 상태가 좋습니다만, 속옷 정도는 입어도 상관없습니다. 편안한 자세를 취한 뒤 괴로운 기억을 집중적으로 떠올립니다. 위 과정을 하루에 1회, 매일 비슷한 시간에 반복하세요.

술이 익는 속도는 사람마다 다릅니다. 기억이 모두 술에 녹아나고 마음이 편안해졌다 싶은 순간에 주조를 멈추면 됩니다. 잘 모르겠다면 술맛을 보는 것도 좋습니다. 술이 다 되었는지 아닌지는 저절로 알 수 있을 것입니다.

※기억하는 법

주조에 사용되는 기억은 최대한 자세하고 객관적이어야 합니다. 예를 들어 과거 어떤 날의 특정한 일을 떠올렸다면, 그날의 모든 것을 인과와 시간 순서에 맞게 되짚어 보세요. 왜 그런 행동을 했나요? 왜 그런 감정이 들었나요? 그 후엔 어떤 일이 생겼나요? 그것이 미래에 어떤 영향을 미쳤나요? 냉정하고 침착한 마음으로 기억을 곱씹으면서, 그것들이 내 피부 표면으로 스며나와 술에 흡수되는 모습을 상상하세요.

행운을 빕니다.

뭐야, 이게 끝인가.

좀 당황스럽기도 하고 황당하기도 하여 종이를 뒤집었지만 뒷장에는 아무것도 없었다. 하긴 만드는 방법이며 재료며 심플하기 짝이 없었고 여기서 더 설명이 필요한가 싶었지만 그래도 이거, 이대로 괜찮은 건가. 기억이 술이 되는 원리라든가 숙성되는 과정이라든가 하다못해 회사 소개라도 제대로 들어 있어야 맞는 거 아닌가. 혹시 다른 종이가 있었나 싶어 모아 둔 박스 쓰레기를 뒤졌지만 물론 아무것도 없었다.

어쩔 수 없지, 그럼 일단 씻어 볼까나.

옷을 홀라당 벗어던지고 화장실로 들어갔다. 그러고 보니 샤워를 며칠 만에 하는 건지, 분명 우리 집 욕실인데 여기 알몸으로 서 있기가 좀 낯설다 싶을 만큼 오랜만이었다. 머리며 목덜미가 찐득하다는 생각은 들었지만 어차피 어딜 나갈 일도, 누굴 만날 일도 없었으니까. 마침 눈이 마주친 김에 거울 속의 나를 새삼스레 훑어보았다. 원래는 군살이 좀 있었던 옆구리에 이제는 갈비뼈가 바짝 드러나 있었고 눈과 볼이 푹 꺼진 얼굴엔 개기름이 번들거리는 게 정말 인간 꼴이 아니었다. 뭐 원래도 크게 예쁘진 않은 얼굴이었지만. 언제 돋았는지도 모를 이마의 뾰루지를 유심히 살펴보던 와중, 갑자기 구차한 생각이 퍼뜩 드는 것을 막을 수는 없었다. 혹시 이 얼굴이 좀 더 예뻤다면 어땠을까. 그랬다면, 그러니까 엄청난 미인까진 아니어도 이 코가 조금 더 높았으면, 쌍꺼풀이 조금 더 선명했으면 혹시 모른다. 지찬규의 마음이 떠나지 않았을지도. 다른 여자를 만나더라도 에이, 역시 우리 와이프에 댈 건 아니지, 하는 생각이 들었을지도. 길게 자란 손톱으로 눈꺼풀을 그어 보다 문득 그만두었다. 말도 안 되는 망상이란 건 알고 있었지만 그래도 속은 상했고 그보다 더 속상한 것은 이런 비굴하고 속없는 생각을 하는 한심한 나였다. 됐다, 됐어. 뜨거운 물을 수도꼭지 끝까지 틀고는 물이 채 덥혀지기도 전에 샤워기 밑에 머리를 들이댔다. 언제 마지막으로 썼는지, 펌프 주둥이가 굳어 버린 샴푸를 꾹꾹 눌러 짜며 마음을 가다듬었다. 아무튼 깨끗이 씻는 게 좋겠지, 술에 푹 절여져야 되는 것 같으니까. 손톱으로 두피를 박박 긁어 머리를 감은 뒤엔 스펀지에 거품을 잔뜩 냈다. 피부가 벌게지도록 문지르고 또 문질렀다. 설명서에 적힌 대로 마음을 다스렸는지는 잘 모르겠지만 그러고 있으니 기분이 조금 나아지는 것 같기도 했다.

젖은 머리를 수건으로 대강 두르고 나왔다. 아까 읽고 내던져 놓은 종이를 다시 보니 이번엔 가루를 고를 차례인 듯했다. 상자에서 나온 가루들은 다섯 가지였다. 설탕 포대마냥 두꺼운 비닐에 들어 있었는데 겉면에는 각각 아래와 같은 설명이 붙어 있었다.

– 헤어짐, 상실, 사별, 번복될 수 없는 이별

– 배신, 배반, 신뢰에 치명적인 타격

– 두려움, 불안, 미래의 특정 상황에 대한 공포

– 식욕, 성욕, 권력욕, 인정욕 등 주체할 수 없는 특정 욕구

– 우울, 조울, 특정한 원인이 없는 심리적 괴로움

어디 보자, 이중에서 고르자면 일단 첫 번째 녀석이겠지. 헤어짐에 관해 적힌 가루 포대를 한쪽에 꺼내 놓고 나머지 네 개를 살펴보았다. 그런데 나머지 것들도 모두 내 상황에 크게 어긋나지는 않는 것처럼 느껴졌다. 그러니까 어디 보자, 우선 '배신'은 당연하고, '막연한 공포심'도 마음 한 켠엔 분명 있었다. 뭐랄까, 말하자면 세상 전체에 대한 두려움이라고 해야 할까. 세상 사람들 다 서로 속이고 뒤통수를 치고 자기 살자고 상대방을 짓밟는 그런 인간들일지라도 지

찬규만큼은, 내가 사랑한 지찬규만큼은 그러지 않으리라 믿었는데 그게 아니었으니까. 지찬규도 그러는데 다른 사람들은 어떨까. 이 세상의 모든 연인들이, 아니 사실은 바깥에서 마주치는 모든 이들이 겉으로는 사랑하고 아끼는 척하면서 뒤로는 칼을 갈고 있을 것 같았다. 아무렇지 않은 얼굴로 상대를 배반하고 기만할 수 있을 것 같았다. 그게 무섭고 끔찍해서 밖엘 나가기가 싫었다.

'주체할 수 없는 특정 욕구'와 '특정한 원인이 없는 심리적 괴로움' 역시 마찬가지였다. 우선 내 안에는 강렬한 욕망이, 굳이 정의하자면 인정욕에 가까운 것이 있긴 했다. 정확히 누구에게인지는 모르겠지만 아무튼 나는 확실하고 명징한 인정을 받고 싶었다. 지찬규가 바람을 피운 건 내가 모자라고 부족해서가 아니라는 사실을, 이런 일이 벌어진 건 내가 뭘 잘못해서가 아니라 그저 지찬규가 천하의 개쌍놈이기 때문이라는 것을. 인정받아 뭐가 달라지겠냐마는 그냥 그러고 싶었다. 친구들이며 직장 동료들이며 온 세상 사람들에게 창피한 줄 모르고 떠들고 싶었다.

그러나 동시에, 나는 그게 누구에게 굳이 인정을 구할 필요조차 없는 명백한 사실이라는 것도 알고 있었다. 가해자는 명확했고 원인은 내가 아니었다. 바로 그렇기 때문에 나는 이토록이나 괴로울 이유가 없었다. 물론 지난 결혼 생활 오 년에 연애까지 합치면 팔 년을 시궁창에 내다버린 셈이었고 돈이며 시간이며 건강, 그리고 가장 중요한 사랑을 잃었으므로 마음이 힘든 건 당연했다. 그러나 일에는 원인과 결과가 명명백백했고 이미 이혼이라는 형식으로 마무리까지 된 지 오래였다. 한순간에 잊어지지는 않더라도 잊으려고 애써야 했고 조금씩이라도 좋으니 서서히 잊히는 게 옳았다. 그러나 전혀 그렇지 않았다. 이렇게까지 곱씹고 괴로워할 일이 아닌데, 훌훌 털고 일어나려면 충분히 그럴 수도 있는 일인데 어쩐지 쉬이 그래지지가 않았다. 그러니 어쩌면 이 감정에는 무슨 다른 원인이 있는 것인지도 모른다. 내가 모르는 더 큰 무언가가.

나는 박스를 뜯었던 커터칼을 도로 집어들고 유리병 앞에 섰다. 다섯 개의 비닐 포대를 모두 뜯어 병 안에 쏟아부었다. 서로 미묘하게 색이 다른 가루들이 차르르, 바닥에 소복이 쌓였다. 이래도 되나 싶었지만 망해도 어쩔 수 없지 싶은 심정으로 비닐 포대를 톡톡 털어 모서리에 모인 가루까지 몽땅 털어냈다.

그 위에 소주를 한 병 따서 붓자 가루들은 불에 닿은 눈송이처럼 녹아들었다. 내친김에 나머지 병들도 전부 까드득, 까드득 경쾌한 소리를 내 가며 뚜껑을 따서는 한 손에 두세 병씩 잡고 들이부었다.

마침내 박스에 들어 있던 소주 한 짝을 다 붓고 나자 유리병은 절반 조금 넘게 찼다. 언뜻 보아도 가루는 전부 녹아 없어진 듯했지만 그래도 손을 집어넣어 한 번 휘휘 크게 저었다. 맑고 투명한 술이 팔꿈치에서 찰랑거렸다. 이제 여기에 들어가 앉으면 이게 맛난 담금주가 된다는 말이지. 지금 대체 뭘 하고 있는 건지, 이런다고 뭐가 될는지는 모르겠지만 여기까지 온 이상 시키는 대로 해 볼 수밖에.

유리병에 들어가 앉기 전 휴대폰을 가져왔다. 술이 찰랑찰랑 담긴 유리병과 그 주변에 널브러진 비닐과 종이 쓰레기들을 모두 한 화면에 담아 사진을 찍었다. 그것을 서유진에게 전송하며 덧붙였다. "나 담금주 된다." 답장은 바로 왔다. "잘될 것." 현란하게 위아래로 움직이며 파이팅 포즈를 취하는 죠르디 이모티콘이 붙어 있었다. 고 초록 괴물이 양손에 쥐고 펄럭이는 응원용 술을 빤히 내려다보며 생각했다. 잘될까. 잘되면 무엇이 될까. 지찬규를 사랑하지 않았던 때처럼, 아니 아예 몰랐던 때처럼 돌아갈까. 무의 상태가 될까. 그게 잘될까.

퐁당, 술 표면에 발을 담갔다.

첫 번째로 떠올린 기억은 당연히 그날의 일이다. 지찬규의 배신을 처음 알게 된 날. 양 무릎을 끌어안고 가만히 술에 담긴 채 그날을 생각했다. 백 일도 채 지나지 않은 일이었고 그 이후로 이날에 대해 생각하지 않은 날은 없었기 때문에 어려운 일은 아니었다.

그래, 그러니까 사건의 발단은 일요일 아침이었다. 그 전날 토요일, 나는 오랜만에 혼자 친정에 다녀왔고 지찬규는 회사 동료들과 등산을 갔다가 산 밑의 백숙집에서 늦도록 술을 마시고 왔다. 엄마와 영화를 보고 나온 뒤 카페에서 팥빙수를 먹는 사진을 보내자 지찬규는 작은 토종닭이 든 뚝배기를 앞에 놓고 찍은 사진을 보내왔었다. 우리는 서로가 없을 때 맛있는 것을 먹으면 꼭 사진을 찍어 보내는, 먹는 것에 진심인 다정한 부부였으니까. 재밌게 놀아, 좋은 시간 보내! 다정한 이모티콘을 주고받으며 대화를 마무리한 뒤에 밤에는 우리의 집으로 돌아왔다. 지찬규는 과음했고 나는 피로했으니 다음 날 아침엔 둘 다 늦잠을 잤다. 내가 먼저 눈을 떴고 잠이 덜 깬 채로 휴대폰을 찾아 베개맡을 더듬다가 우연히 지찬규의 손을 보았다. 깊게 잠들어 아무렇게나 내던져진 지찬규의 오른손 새끼손가락에, 투명한 매니큐어가 발라져 있었다.

잘못 본 것인가 싶어 그 손을 붙들고 자세히 들여다보았다. 물론 잘못 본 것은 아니었다. 이리 보고 저리 봐도 그 반들반들 반짝이는 것은 매니큐어였으니까. 그때까지만 해도 어안이 벙벙했고 사실 좀 웃기다는 생각도 했다. 서른일곱 살 먹은 남자가 어딜 가서 이런 걸 칠하고 온 거지, 어제 회식 자리에 누구네 집 어린애라도 동석했었나 싶었다. 그런 마음으로 무심코 넘어가려던 찰나 갑자기 눈이 번쩍, 크게 떠졌다. 지금 와서 생각하면 앞뒤 인과관계가 딱딱 맞지는 않는 행동이었지만 뭐랄까, 평생 그래 본 적 없었던 둔하고 무딘 내게도 날카로운 예지의 순간이 왔다고나 할까. 베개 밑에서 지찬규의 휴대폰을 살그머니 집어냈다. 이미 무슨 일이 일어날지 알고 있는 사람처럼 심장이 벌컥벌컥 뛰었다. 깊게 잠든 지찬규의 손가락을 끌어다가 잠금을 풀었다.

그 뒤에 무슨 일이 일어났더라.

생각하다 말고 나는 갑자기 몸을 웅크렸다. 눈이 저절로 꾹 감기고 턱은 딱 다물어졌다. 여기까지만 봐, 하고 마음에 셔터가 탁 쳐진 듯 기억이 우뚝 멈춰 버린 탓이었다. 어느새 코에 익었는지 마냥 독하게만은 느껴지지 않는 알코올 냄새를 깊이 들이마시며 숨을 골랐다. 생각하자. 도망치지 말고. 도망치지 마. 유리벽에 찰랑이는 술을 바라보며 머릿속에 쳐진 커튼을 천천히 걷어냈다. 그렇다, 그 휴대폰 속에서 나는 치졸하고 뻔한 것들을 보았다. 알람이 꺼진 채팅방이 있었고 상대방의 프로필 사진은 내가 모르는 여자였다. 나는 부들부들 떨리는 손으로 채팅창을 위로, 위로 스크롤했다. 대화는 며칠분밖에 남아 있지 않았다. 그것을 모두 읽었다. 옆에 누운 지찬규의 코 고는 소리를 들으면서.

그들은 마치 오래된 연인처럼, 아니 어쩌면 나와 지찬규보다 더 부부 같은 이야기를 주고받고 있었다. 에어컨 리모컨을 어디 두었냐느니, 올 때 주방세제를 사 오라느니, 욕실장을 찍은 사진을 보내며 수건을 이렇게 개어 두지 말라는 둥, 상대방 이름만 나로 바꾸면 나와 주고받은 대화라 해도 어색하지 않을 법한 그런 대화들을. 그 점이 오히려 더 나를 돌아 버리게 했다. 차라리 방금 불붙은 듯 뜨거운 금단의 사랑 같은 느낌이었다면 조금은 이해했을지도 모른다. 나도 가끔 그런 게 그리울 때가 있었으니까. 평생 다시는 느끼지 못할, 아니 느껴서는 안 되는 그 격정이 불현듯 떠오르며 아련해지는 순간이. 그런데 이건 그게 아니었다. 전혀 새롭지도 뜨겁지도 않았다. 그야말로 오래 묵은 군불 같은 느낌의 사랑이랄까. 지찬규가 정말 이런 걸 원했다면, 그러니까 친구처럼 편안한 오래된 연인을 갖고 싶었다면 그건 나와도 할 수 있었다. 떳떳하고 안전하고 합법적인 대상인 내가 여기 있었다. 그런데 그런 나를 놓아두고 굳이 다른 사람과 이런 일을 벌여야만 했을 정도라면,

나는 얼마나 별거 아닌 사람이었던 걸까.

지금 생각하면 대화 내용이며 통화 기록을 캡처해서 증거로 남기는 게 좋았을 테지만 그땐 그럴 정신이 없었다. 덜덜 떨리는 손으로 무작정 지찬규를 흔들어 깨웠다. 무슨 일이냐며 짜증을 내던 지찬규가 휴대폰을 쥔 나를 보자 벌떡 일어나 앉았다. 잘못한 사람의 모습으로 고개를 수그리고 눈을 피했다. 그걸 보면서 깨달았다. 이 모든 일이 사실이라는 걸. 그 정수리에 대고 조용히 읊조렸다. 말하라고. 처음부터 끝까지,

자세히, 아무것도 숨기거나 속이지 말고 모든 것을.

상대는 지찬규의 회사 동료였다. 둘의 관계는 재작년, 그 여자가 지찬규의 팀으로 배정되어 온 직후부터 시작됐다고 했다. 정확히는 신입 사원 환영 회식이 끝나고, 술에 취한 그 여자를 혼자 사는 집까지 데려다주면서부터. 지찬규는 그 여자가 자신이 유부남이라는 걸 이미 알고 있었고 자기도 딱히 감출 생각은 없었다고 말했다. 그러니까 그 모든 게, 나라는 존재를 완전히 부정하고 기만하면서 시작된 거였다. 두 사람은 여자의 집에서 거의 매일 만났다. 아예 지찬규의 차로 함께 퇴근한 날도 많았다. 일주일에 오 일을 그랬고 주말에도 기회가 될 때마다 만난 것이 이제 꼬박 삼 년이 되었으니, 그들의 대화가 농익은 부부처럼 보이는 것도 당연했다.

거기까진 술술 털어놓던 지찬규가 입을 다문 것은 내가 이혼하고 싶으냐고 물었을 때였다. 이것 역시 지금 생각하면 지찬규의 의견을 굳이 물을 필요도 없는 일이었지만. 한참을 바닥만 바라보고 있던 지찬규는 갑자기 결심했다는 듯 고개를 번쩍 들었다. 그러고는 조심스럽게 말했다.

그 애한테 물어보고 결정하고 싶다고.

그날 지찬규가 한 모든 말들이 고통스럽고 끔찍하긴 매한가지였지만, 진짜로 나를 산산조각 내어 침실 바닥에 수천 개의 조각으로 흩어지게 만든 말은 사실 그것이었다. 물어보고 결정하겠다니, 무엇을? 나와의 미래를? 어이가 없어 얼이 빠져 있는 사이 지찬규가 휴대폰을 집어들고 전화를 걸었다. 아마 그 여자에게 거는 거겠지, 뚜르르뚜르르 새어 나오는 수신 대기음을 듣다가 나는 벌떡 일어났다. 휴대폰이고 지갑이고 챙길 정신도 없이 그냥 무작정 현관문을 밀고 뛰쳐나갔다. 지닌 것이 없으니 당연했지만 바보같이 멀리 가지도 못했다. 한참을 복도에 멍하니 앉아 있다가 돌아갔을 때 이미 상황은 끝나 있었다. 이혼하자. 아직도 한쪽 손에 휴대폰을 쥔 채로, 지찬규는 그렇게 말했다. 등을 꼿꼿이 펴고는 내 눈을 똑바로 바라보면서. 돌아갈 곳이 있는 사람의 모습을 하고서. 왜, 그 여자가 이혼하래? 이혼하고 자기한테 오래? 비꼬는 질문에 지찬규는 대답 없이 일어났다. 벽장에서 캐리어를 내려다가 속옷가지며 출근용 정장이며 양말을 되는대로 담았다. 오 년 전 우리가 신혼여행에 들고 떠났던, 하와이에서 산 알록달록한 셔츠와 조개 모빌을 담아 왔던 그 캐리어에다가. 그걸 들고 지찬규는 그대로 나가 버렸다.

이것이 그 일요일의 전말, 술에 폭 잠긴 채 생각했다.

그러고 보니 그 일이 벌어진 이후로, 생각은 무진장 많이 했으나 이렇게 처음부터 끝까지를 돌이켜 본 적은 없었다. 그러기도 싫었고 그럴 수 있을 것 같지도 않았으니까. 내가 곱씹으며 괴로워했던 것들은 그날이 깨지는 순간 사방으로 튀었던 수많은 파편들뿐이었다. 예를 들면, 지찬규가 내 앞에서 그 여자를 '그 애'라고 불렀던 것이라든가. 그 애라니, 그 별거 아닌 단어가 왜 그렇게 귀에 박혔을까. 지찬규는 그 여자에게 나를 그 애라고 부른 적이 있을까. 물론 없겠지. 눈치도 감도 없이, 존재 자체로 방해만 되는 미련한 나를 그런 다정한 단어로 불렀을 리가 없지. 그럼 뭐라고 불렀을까. 저들끼리만 통하는 은어가 있었겠지. 그런 사소한 하나하나에 집중하며 괴롭고 또 괴로울 뿐이었다. 지찬규의 표정, 몸짓, 말투, 마음만 먹으면 그와 비슷하게 고통스러운 지점들을 수백 수천 개라도 찾아낼 수 있었다.

그러나 막상 술에 퐁당 들어앉은 채로 그날을 통째로 복기하자니 뭐랄까, 조금 다른 생각이 슬며시 드는 것도 같았다. 굳이 따지자면 그래, 진부하다는 느낌에 가까우려나.

따지자면 그렇다. 그날의 시작부터 끝까지 통틀어 모두 진부하기 짝이 없었다. 지찬규가 한 짓이며 그걸 들킨 방식과 그 이후의 행동까지 전부가, 저급한 아침 드라마처럼 뻔하디뻔했다. 내 일이니 특별하고 괴롭지만 남의 일이라고 생각하면 그저 그렇군 하며 들어 넘겼을 그런 스토리. 네이트판 같은 곳에 올려도 전혀 눈길을 끌지 못할, 뭐 그런 새끼가 다 있어! 하고 한번 분개하면 그뿐인 그런 일. 딱 그 정도의 치졸함이고 딱 그 정도의 비겁함이었다. 생각할수록 그랬다. 어디에나 널린 별다를 것 없는 흔한 개자식.

그런 생각을 하고 나니 조금 황당해져서, 나는 술에 통통 불어난 손가락으로 괜히 미간을 벅벅 긁었다. 그걸 납득하고 나니, 완전히 별거 아닌 게 됐다고는 절대 말할 수 없겠지만 확실히 단단하게 웅크려 얼어붙어 있던 마음 가장자리가 조금 노골노골해진 것 같기는 했다. 이거 이 술 덕분일까. 여기에 넣었던 가루 중에 뭔가가 진짜 효력을 발휘한 걸까. 신기하네, 정말로 신기해.

무릎에서 찰랑이는 술을 바라보며 감탄하다가, 내친김에 손바닥을 오므렸다. 술을 조금 떠서 호로록 마셔 보았다. 그 즉시 병 밖으로 목을 쭉 내밀고 바닥에 뱉어내야 했지만. 반 모금도 채 머금지 않았지만 쓰고 떫어서 도저히 삼킬 수 있는 맛이 아니었다. 아직 아니구나, 하긴 당연하지. 나는 또 머쓱해진 채로 그날 밤은 술 속에 오래오래 잠겨 있었다.

다음 날 같은 시간, 또다시 몸을 깨끗이 씻고 술에 들어앉았을 때 떠올린 것은 한 달쯤 전, 그러니까 지찬규와 그 여자가 집으로 찾아온 때의 일이었다.

내가 먼저 제안해서 이루어진 삼자대면이었다. 어떤 구체적인 용건이 있어서라기보다는 그 두 사람이 붙어 지내는 꼴을 그저 내 눈으로 한 번쯤은 보아 두어야겠다는 생각에서 제안한 것이었는데 말을 꺼내자마자 당연히 후회했다. 만남 장소를 집 근처 카페로 정했다가, 만에 하나 울고불고하거나 언성을 높일 일이 생길지도 모른다는 생각에 그냥 집으로 바꾸었다. 그래 놓고는 집을 청소하는 게 좋을지 아닐지, 차려입어야 좋을지 아닐지 따위의 문제를 놓고 약속한 당일이 될 때까지 또 고뇌했다. 뭐 반가운 손님이라고 청소를 하나 싶다가도 지저분한 집 꼴을 보이기는 싫었고, 차려입고 꾸며 봐야 애썼다는 느낌만 날 뿐이겠지만 그렇다고 그 여자 앞에서 후줄근한 모습으로 앉아 있기는 싫었다. 지금 생각하면 속도 없지, 바람난 남편과 내연녀를 불러 놓고 나는 고작 그딴 것을 고민했던 것이다.

지찬규는 아무렇지 않게 현관문 비밀번호를 누르고 들어왔다. 그 사실만으로도 속에서 열불이 나고 마음이 무너지는 듯해 뒤따라 들어오는 조그만 여자를 놓쳤다. 깡마른 몸에 푸석한 탈색 머리를 한 여자였다. 지찬규에게 달라붙다시피 한 채 긴장한 표정으로 현관으로 들어서는 그 여자를, 나는 어안이 벙벙해서 바라보았다. 너무 어려 보인 탓이었다. 당장 교복을 입히면 고등학생 사이에 섞어 놓아도 전혀 위화감이 없을 것 같았다. 내 표정을 읽었는지 여자가 신발을 미처 벗지도 않고서는 작게 말했다. 스물다섯 살이에요, 라고. 제 딴에는 나이를 먹을 만큼 먹었다는 뜻으로 한 말이겠지만 그 말이 오히려 더 어리고 앳되게 느껴졌음은 당연했다. 게다가 스물다섯 살이라니, 지찬규보다 열두 살이 어리다니. 열두 살, 그 나이 차이를 자각한 순간 깨달았다. 이 모든 일이 대충 어떤 식으로 벌어졌는지, 그 원인과 목적이 어디에서 어떻게 발생했는지를. 나는 지찬규를 가만히 쏘아보았다. 세상에 이렇게까지 몰상식하고 못돼 처먹은 인간이 내 남편이었다니. 고작 이런 인간을 데리고 오 년이나 살았다니. 지찬규도 내가 무슨 생각을 하는지 대강 눈치챈 듯 슬쩍 눈을 피해 버렸다. 그 비겁한 모습에 단전에서부터 욱하는 열기가 꾹 올라와 목으로 치받친 그때였다. 아직도 지찬규의 옆구리에 숨듯이 달라붙어 있던 그 여자가 고개를 쏙 내밀고는 말했다.

그래도 우리는 서로 사랑해요.

지금 생각해도 거기에 뭐라고 대꾸했어야 속이 시원했을지는 잘 모르겠다. 그 순간 내가 할 수 있는 거라곤 손을 휘저어 그들을 현관에서 도로 내보내는 일뿐이었다. 오히려 다행이라는 듯 부리나케 떠나 버린 그들이 복도를 걸어가는 발소리를 들으며, 신발장 앞에 멍하니 주저앉아 있었다. 물론 여러 가지 상황을 예상했긴 했다. 현관에 들어서자마자 둘이서 무릎을 꿇고 빈다거나, 아니면 반대로 두 인간을 무릎꿇려 놓고 속이 풀릴 때까지 두들겨 패 주는 장면까지도 몇 번이나 상상했었다. 하지만 언제나 현실은 상상보다 더하다고 했던가. 이럴 줄은 꿈에도 몰랐다. 새파랗게 어린 띠동갑을 데려와서는, 게다가 서로 사랑한다니. 어린 게 용감하기도 하지. 나는 턱을 어루만지며 그 말을 곱씹어 보았다. 양 볼에 여드름이 조금 돋은 성마른 여자아이가 나를 똑바로 바라보며 뱉었던 그 말을. 유부남과 불륜하다 들켜 그 아내의 집에 나란히 불려와 놓고선, 무섭고 두려워서 신발도 채 벗지 못하고 서 있던 주제에 그렇게 말했다. 세상 누구라도 자기들의 사랑을 오해하면 용서하지 않겠다는 것처럼. 그때는 그게 그렇게 분해서 밤새 가슴을 쿵쿵 치며 신음했었다. 뭐가 그렇게 고결하고 아름다운 사랑이라고, 부끄러운 줄도 모르고 뻔뻔하게 그런 소리를 내뱉은 그 입을 쥐어박아 주고 싶었다.

그러나 이제 모든 것이 끝나고 담금주병 안에 들어앉아 그때를 곱씹는 지금, 그 목소리를 되새기자 함께 떠오르는 것은 그 여자 옆에 멀뚱히 서 있었던 지찬규의 모습이었다.

그랬다. 그 여자의 앳된 얼굴에만 줌인되어 있던 카메라 렌즈가, 이제는 천천히 줌아웃되며 그 주변의 것들까지 함께 한 프레임에 담기게 된 것 같은 느낌이랄까. 그 옆에 남의 일인 양 고개를 돌리고 서 있던 지찬규를, 이제는 떠올릴 수 있었다. 아니 어쩌면 그렇게 무책임하고 무신경할 수가 있을까. 아무튼 어린 애인의 입단속을 시키든지 한마디 거들어 자기들의 사랑을 모독하지 말라고 주장하든지, 손을 축 늘어뜨리고 서서 아무렇지 않은 얼굴로 꼼짝 않고 허공을 보고 있던 지찬규의 둔하고 멍청한 실루엣이란. 하긴, 생각해 보면 지찬규는 원래 그런 인간이었다. 이미 포장을 뜯은 물건을 환불해야 할 때, 주문한 음식에 머리카락이 나왔을 때, 영화표를 잘못 샀을 때도 그랬다. 체면을 구길 것 같을 때엔 항상 한 걸음 떨어져 모른 척 딴청을 피웠다. 중요할 때는 쏙 빠져서 뒷짐을 진 채 일이 알아서 해결되기를, 누군가 대신 나서서 뒤치다꺼리를 하기만을 기다리는 타입.

참으로 안됐구나.

나도 모르게 중얼거렸다. 고작 그런 남자를 사랑한답시고 거기 서서 그러고 있었던 그 어린애나, 고작 그런 남자가 바람이 났다고 해서 직장도 건강도 팽개치고 여기 들어앉아 이러고 있는 나나 똑같이 불쌍하고 안됐구나. 그래, 아주 안됐다.

문득 술 표면이 파르르 떨렸다. 술이 떨리는 것인지 거기 담긴 내 몸이 떨리는 것인지 알 수 없었다. 안됐어, 안됐다. 나는 술을 손바닥으로 움켜다가 벗은 어깨에 끼얹으며 끊임없이 중얼거렸다. 사르르, 피부를 타고 흘러내리는 액체의 촉감이 꼭 누가 어깨를 쓰다듬어 주는 것마냥 부드럽고 간지러웠다.

갑자기 쫄면! 하고 중얼거리며 잠에서 깬 것은 그 다음 날 아침이었다.

내 입으로 말해 놓고서도 어이가 없어 한참을 허탈하게 천장만 바라보고 그대로 누워 있었다. 지금까지 몇 달을 굶다시피 해 놓고선, 음식은커녕 물도 제대로 넘기지 못해 먹는 절반은 그대로 게워냈으면서 갑자기 웬 쫄면. 그런데 지금은 그게 아니었다. 쫄면을 지금 당장 입에 넣지 않으면 큰일이 날 것만 같았다. 제대로 생각하기도 전에 일단 배달 앱을 켰다. 가장 빨리 오는 분식집에서 쫄면을 주문하고 설레는 마음으로 기다렸다. 현관문 바깥 복도에 배달원의 발소리가 들리는지 아닌지, 귀를 쫑긋 세우고선. 고맙게도 쫄면은 정말로 빨리 도착했다. 둥근 종이 그릇에 담긴 새빨간 면과 그 위에 소복이 놓인 오이채, 콩나물, 반쪽짜리 삶은 계란을 나는 황홀하게 내려다보았다. 싹싹 자르고 착착 비벼 젓가락 가득 크게 말아 한 입 가득 밀어넣었다. 입안에 퍼지는 매콤새콤 매끄러운 맛이 눈물이 나도록 반가웠다. 크으으 그래, 이

거지 이거. 나는 걸신들린 듯 쫄면 그릇에 달려들었다. 순식간에 한 그릇을 뚝딱 비운 뒤엔 서비스로 온 캔 음료까지 꿀꺽꿀꺽 원샷했다. 아니, 쫄면이 이렇게 맛있는 음식이었나. 면발 하나 남김없이 싹싹 긁어먹은 빈 그릇을 내려다보며 빨갛게 물들었을 입꼬리를 닦다가 그만, 피식 웃어 버리고 말았다. 며칠 전까지는 그냥 딱 죽을 것 같았는데 오늘은 무슨 어디 갇혔다 나온 사람처럼 쫄면을 먹네. 밥 먹은 그릇을 치우고는 배가 부르다고 트림도 꺽꺽 하고 있네.

거실 한복판에 놓인 커다란 유리병을 새삼스럽게 돌아보았다. 담금주 덕분일까. 정말 저기에 조금은 녹아난 걸까. 티백 우러나듯 내 안에서 고통이 우러나와 사라진 걸까. 그게 정말 가능한 일일까 생각해 보다가 나는 다시 한 번 미소지었다. 그랬다면 참으로 신기한 일이지만, 그렇지 않았대도 뭐.

그래 그런 거지, 생각했다.

그날 저녁에도 어김없이 담금주병 안에 들어앉았고 떠올렸던 것은 의외로 즐거웠던 시절의 일이었다.

특별한 날들은 아니었다. 물론 함께 떠난 여행에서 맛난 것들을 먹고 좋은 것을 보았을 때도 즐거웠지만, 기념일이나 생일에 아름다운 물건을 주고받고 사랑의 말을 속살거렸을 때도 행복했지만 내가 떠올린 것은 그런 순간들은 아니었다. 예를 들면, 잠결에 옆에 누운 지찬규에게 달라붙으면 당연하다는 듯 마주 안아 오던 밤 같은 때. 깊게 잠든 이 특유의 열 오른 가슴팍과 목덜미를 숨이 막히도록 들이마시며 다시 잠들었던 순간들. 그뿐만 아니었다. 집에 놀러 왔던 친구들이 돌아간 후 산더미처럼 쌓인 설거지거리를 치우며 틀어 놓은 노래를 함께 목청껏 불렀던 날. 집에서 야구를 보다 김선빈이 시원하게 홈런을 때린 순간 서로 얼싸안고 소리를 질렀던 일. 마트에서 수입 맥주 할인 코너를 발견하곤 전속력으로 카트를 밀고 달려가던 지찬규의 뒷모습. 산책을 하다 만난 고양이를 위해 급히 편의점에서 캔 참치를 사왔지만 돌아와 보니 고양이는 이미 가 버리고 없었던 일. 그런 것들을 하나하나 떠올렸다. 갈피갈피마다 세심하게 살피고 뒤져 가며 되짚었다. 지난 오 년 동안의 하루하루 매분 매초가 모래알이 되어 쌓인 그곳, 폭풍이 휩쓸고 지나간 해변에서 아름다운 조약돌을 찾아내려는 사람처럼. 그날 날씨는 어땠고 우리는 무슨 옷을 입고 있었는지, 어떤 얼굴로 얼마나 웃었는지를. 그때도 물론 지찬규는 비겁한 인간이었고 속으로는 어린애를 꼬여낼 꿍꿍이가 가득했었겠지만 그 순간에는 다만 귀엽고 예쁘기만 했었다. 살아가는 동안 이런 정도의 사소한 행복은 계속 있을 거라고 믿었다. 먼 훗날, 담금주 속에서 이날의 일을 기억하며 씁쓸하게 웃을 줄은 꿈에도 모르고선.

그랬다. 감쪽같이 속아 넘어가는 줄도 모른 채로, 별것 아닌 순간을 저 혼자 소중히 갈무리해 간직했다. 그건 단순히 사랑이 보답받지 못한 것과는 다른 차원의 일이었다. 치명적인 부상이 으레 후유증을 남기듯, 이 일은 내 남은 삶의 전반에 깊은 상처를 냈으니까. 우선 스스로의 안목을 의심하게 되는 것, 내가 이토록이나 눈치가 없고 둔했는지 삶의 전반을 돌아보며 탓하게 되는 것, 나아가 내 주변의 다른 사람들에게까지도 같은 렌즈를 들이대게 만드는 것. 그런 터무니없는 일을 나는 앞으로 어쩔 수 없이 하게 될 것이다.

하지만 또 하나의 부정할 수 없는 사실은, 그 순간들에 나는 더할 나위 없이 즐거웠다는 것이었다. 인정하기엔 밸도 없고 자존심도 상하지만 실제로 그랬다. 웃고 또 웃어서 배가 아팠던 일, 함께 있는 것만으로도 편안하고 안락해서 잠이 솔솔 오던 일, 깊은 밤 오래 나누었던 진지한 이야기들은 어떻고. 그 모두가 오롯하고 소중했다. 어떤 악의로도 훼손되지 못할 기억이었다.

나는 담금주병 너머로 보이는 거실과 주방 풍경을 바라보며 생각에 잠겼다. 지찬규가 저 테이블 모서리에 새끼발가락을 되게 찧은 적이 있었지, 허리를 꼬부리고 괴로워하는 그 모습이 왜 그렇게 웃겼던지. 그뿐인가, 이 소파에서는 둘이 앉아 수박을 먹다가 서로에게 수박씨를 뱉으며 논 적이 있었다. 어린아이들처럼 까르르 웃으면서. 그런데 이상하게도, 그 순간들을 떠올렸을 때 이제 내 머릿속에 그려지는 것은 지찬규가 아닌 나의 얼굴이었다. 마치 다른 사람의 눈으로 보았던 나를 이제 와 되새기는 것처럼. 나는 아주 편안하고 즐거워 보인다. 심지어 조금 예쁜 것 같기도 하다. 눈 코 입이 예뻐서가 아니라 행복해 보여서 예쁜, 뭐 그런 거.

술 속으로 파고들어가듯 몸을 웅크리며, 나는 창문 쪽을 넘겨다보았다. 해가 지려는지 거실이 서서히 주황빛으로 물들고 있었다. 오래전 어느 날 아마도 이 시간쯤, 둘이서 저 창문 너머로 노을을 하염없이 바라본 오후가 있었다. 새빨간 알사탕 같은 태양이 나타났다 숨었다 하는 것을 보며 고층으로 이사 온 보람이 있다, 뭐 그런 얘기를 주고받았었다. 노을이란 것이 원래 아름답지만 정말 그날의 노을은 유달리 고왔다. 떠올리자니 너무 아름다워서 속이 상하고 코가 찡할 만큼.

그리고, 또 무슨 일이 있었더라.

그렇게 하여 만들어진 기억-담금주를 맛본 것은 의외로 꽤나 오랜 시간이 흐른 뒤, 그러니까 일 년쯤 지난 어느 밤의 일이었다.

그렇다고 지난 일 년 내내 매일같이 담금주에 반신욕을 한 건 아니었다. 두어 달쯤 더 하다가 어느 날부터인가 하지 않게 되었다. 솔직히 귀찮고 번거롭기도 했지만, 그보다는 마침 그쯤에 운 좋게 재취업이 되었던 덕분이었다. 이전 직장에서 함께 일했던 상사 중 하나가 나를 기억하고 있었고 감사하게도 새로 옮긴 직장에서 연락을 해 왔던 거였다. 기쁜 마음으로 응한 뒤에는 어영부영이긴 해도 다시 사람 꼴을 갖추고 다니게 되었달까. 매일이 바빠졌으니 담금주 생각은 자연스레 멀어졌다. 아니, 어쩌면 담금주 덕분에 그게 가능했는지도 모르지만. 아무튼 기억-담금주는 그대로 뚜껑을 꼭 덮어 작은방 한구석에 가져다 놓았다. 그래도 거기 그게 있다는 사실을 잊은 적은 없었다. 작은방에 들락거릴 때마다 눈여겨보았고 가끔 그 앞에 앉아 병 너머의 액체를 가만히 노려보기도 했다. 술이 되었을까. 되었다면 무슨 맛일까. 요놈을 언제 뜯어서 맛봐야 하지.

그러던 어느 주말 저녁이었다. 거실에 늘어진 채 텔레비전을 보고 있는데 전화벨이 울렸다. 서유진이었다. 오랜만에 온 전화가 반가워 얼른 받았더니 대뜸 방방 뜨는 목소리로 선언하는 거였다. 나 애인 생겼다, 라고. 뭐? 나도 모르게 되묻고는 뜬금없고 우스워 푸하하 소리 내어 웃었다. 제 애인에 대해 조잘조잘 떠드는 서유진과 그대로 신나게 수다를 떨었음은 물론이다. 애교가 뚝뚝 떨어지는 네 살 연하에 취미는 테니스고 특기는 요리, 특히 아침에 샌드위치를 기가 막히게 만든다나. 너 원래 아침엔 곧 죽어도 밥이었잖아. 아니야, 나이 드니까 입맛도 변하더라. 머쓱하게 변명하는 목소리를 듣다가 문득, 아주 오랜만에 지찬규를 생각했다. 그러고 보니 지찬규는 아침에 뭐였더라. 밥이었나 빵이었나, 아니면 커피 한 잔으로 퉁치고 넘어가는 쪽이었던가. 분명 아침마다 함께 뭔가를 먹긴 먹었던 것 같은데 그게 구체적으로 뭐였는지는 잘 기억나지 않았다. 그 이야기를 하니 서유진이 후후 웃고는 알려 준 것이다. 너 드디어 마실 때가 됐다, 그거.

듣고 보니 정말로 그랬다.

전화를 끊자마자 작은방으로 갔다. 불을 켜고 방 구석에 우두커니 놓인 담금주병 앞에 섰다. 예전에 이 안에 들어가 앉아 있었다니, 새삼스레 우습기도 하고 스스로가 안쓰럽기도 하여 새하얗게 먼지가 앉은 병목을 잠시 매만졌다. 하지만 그건 그거고 맛은 봐야지. 숨을 크게 들이쉬고 뚜껑을 힘껏 쥐어 돌렸다. 몇 번 애쓴 끝에 빡, 하고 뚜껑이 돌아갔다. 마저 돌려 열자마자 알 수 있었다. 술이 아주 잘되었다는 것을. 물론 방 안에 순식간에 퍼져 나간 술의 향기 덕분이었다. 가슴이 뻐근하도록 아련한 이 냄새, 들이마실수록 익숙하여 손발이 탁 풀리는 이 향은 내가 분명히 알고 있는 향기였다. 그렇다면 지체할 필요가 없지, 후다닥 주방으로 달려가 국자와 작은 술잔을 양손에 들고 돌아왔다. 찰랑이는 술 표면에 국자를 풍덩 집어넣고 한 국자 가득 퍼내 잔에 담았다. 술은 맑고 투명했다. 잔을 들어올려 빛에 비추어 보니 엷은 복숭앗빛이 은은하게 감돌고 있었다. 그러나 뚫어지게 보면 어느 부분에는 푸른빛이 도는 것 같기도 했고, 그러다 고개를 조금 비틀어 다시 보면 보랏빛도 살풋 보였다. 이렇게 예쁠 일인가. 잔을 빙빙 돌리며 향이며 색을 실컷 구경하다가, 그 맛이 못 견디게 궁금해졌을 무렵 입에 툭 털어넣었다. 입안에 머금고 이리저리 굴리며 맛을 보았다.

그러고 나서, 나는 아주 신기한 경험을 했다.

술을 입에 머금고 있는 동안, 나는 아주 많은 것들을 보았다. 마치 술에 젖은 혀의 미뢰 하나하나가 새로운 눈이 되기라도 한 것처럼. 그러나 그것들은 정확히 무엇인지 알아차리기도 전에 빠르게 스쳐지나가 사라졌고, 그 자리를 금세 다른 새로운 것이 채웠다가 또다시 사라졌다. 내가 알 수 있는 것은 다만 그것들이 저마다 고통스럽고, 끔찍하고, 몸서리쳐지게 싫다는 거였다. 그러나 그것들은 또한 동시에 아름다웠다. 그것들이 각자 지닌 무수한 색깔과 온기와 냄새, 그것은 모두 사는 동안 두 번은 가져 볼 수 없는 것들이었다. 잡아 둘 수 없으나 잡아 둘 필요도 없는 그런 찰나의 반짝임들. 그 하나하나들은 사라지지만 없어지는 것은 아니었다. 오히려 존재하던 곳에서 잠깐 불려 나왔다가 다시 되돌아가는 것에 가까웠다. 내가 평생 들여다볼 수 없는 저 뒤편 어딘가에 영원히 남은 나의 일부들. 잊고 싶고 버리고 싶지만 아무래도 그럴 수가 없는 조각들, 부드러운 내면에 깊은 흔적을 새기며 끝내 나름의 무늬를 만들어 내는 까끌까끌한 알갱이들. 나는 나도 모르게 허공에 손을 뻗어 휘저었다. 눈앞에서 파스스 흩어지는 술 향기를 손등으로 감각할 수 있었다.

입에 문 술을 꿀꺽 삼켰다. 술이 독한 것인지 기억이 독한 것인지, 금세 귀뿌리며 목덜미가 새빨갛게 달아오르는 것이 느껴졌다. 나는 술잔을 쥔 그대로 바닥에 주저앉아, 그 뜨끈한 감각이 머리까지 치밀어 올라 이윽고 눈시울을 꾹 누르도록 내버려 두었다. 금세 커다란 눈물방울이 끊임없이 떨어져 내 무릎을 적셨다. 그러나 나는 내가 더 이상 슬프지 않다는 걸 알고 있었다.

아무튼, 더럽게 맛있는 술이었다.

보험과 야쿠르트

나의 애인, 혜원은 오늘부로 야쿠르트 아줌마가 되었다.

오랫동안 재취업에 애를 쓰던 혜원의 직장이 결정된 것은 분명 기쁜 일이었고 받아 온 유니폼도 내 어릴 적 기억과는 달리 꽤 세련되게 바뀌어 혜원에게 찰떡같이 어울렸지만, 그렇지만. 유니폼에 챙 달린 모자에 흰 장갑까지 끼고 서서는 어색하게 웃는 혜원을 보자 나는 속에서 치받쳐 오르는 이 말을 도저히 참을 수가 없었다. 혜원의 얼굴을 바라보며 나는 나지막이 중얼거렸다.

……야쿠르트 아줌마.

야쿠르트 주세요.

야쿠르트 없으면…….

혜원이 별안간 장갑을 벗어 내 얼굴에 던지는 바람에, 끝까지 부르지는 못했다.

그러므로 우리는 이제 야쿠르트 아줌마와 보험 아줌마 커플.

둘 다 마흔이 넘은 이 마당에 아줌마라는 단어에 발끈하고 싶지는 않으나, 우선 직함 앞에 우리가 파는 물건의 이름이 아무렇지도 않게 들러붙은 이 모양새가 멋지지 않다. 대개 이런 일을 당하는 직종은 정해져 있다. 종사하는 이는 많지만 그중 누구도 하고 싶어서 하는 일은 아닌 직업, 어린이들의 장래 희망으로는 절대 언급되지 않는 그런 직업. 예를 들어 의사는 절대 '병원 아줌마'로, 우주비행사는 절대 '우주 아줌마'로 불리지 않는다. 만약 누군가 그들을 그렇게 부른다면 즉시 맹렬한 비난을 받을 거다. 그게 무슨 교양 없는 말이냐고, 그건 의사를 혹은 우주 비행사를 비하하는 발언이라고.

하지만 우리는 어쩔 수 없는 야쿠르트 아줌마와 보험 아줌마이며 그렇다는 것은, 세상에는 비하받는 게 당연한 직업이 실제로 있으며 나와 내 애인의 직업이 바로 그것이라는 뜻일 테다.

이 이야기를 하자 혜원은 팩 짜증을 냈다. 애써 취직했는데 축하는 못 해 줄망정 답답한 소리나 늘어놓는다는 거였다. 그리고 네 생각은 너무 고루하다고도 했다. 너는 보험 아줌마가 아니라 보험설계사, 나는 야쿠르트 아줌마가 아니라 '프레시 매니저'라면서. 프레시 매니저? 묻자 혜원은 입에 침을 튀겨 가며 야쿠르트 아줌마의 본명, 아니 원래 이름이 그거라고, 아무도 모르긴 하지만 어쨌든 확실히 그런 이름이 정해져 있다고, 요즘은 때밀이 아줌마도 세신사고 급식 아줌마도 영양사님인 세상이라고 일장 연설을 늘어놓았다. 그러더니 마지막에는 급기야 뜬금없는 소리를 빽 질렀다.

"나라고 거기 그렇게 입고 서 있는 게 재밌고 좋은 줄 알아?"

그러고 나서 혜원은 잔뜩 성난 황소처럼 어깨를 위아래로 들먹이며 거친 숨만 내쉬고 서 있었다. 나는 혜원에게 다가갔다. 혜원의 머리를 가슴에 꼭 끌어안고 조심조심 쓰다듬었다. 괜찮아. 재밌고 좋지 않은 거 알아. 아냐 아냐, 취업 축하해. 우리 돈 벌고 모으고 아껴서 차곡차곡 잘살자. 응, 그렇게 하자. 나는 조용조용 속삭였다. 따끈따끈 열이 오른 혜원의 머리통이 내 품속에서 천천히 식었다.

혜원의 출근 첫날이었다. 퇴근하고 돌아오자 현관에 혜원이 벗어 던져 놓은 유니폼이며 모자가 뱀 허물처럼 널브러져 있었다. 스타킹 신은 발로 그것을 겅중겅중 뛰어넘으며 눈으로는 혜원을 찾았다. 혜원은 소파에 웅크려 깊이 잠들어 있었다. 텔레비전을 틀어 놓은 채였다. 깨우지 않으려고 발뒤꿈치를 들고 살금살금 지나가는데 기어이 혜원이 실눈을 떴다. 아직 잠에 취한 얼굴로 왔어, 말하며 턱짓으로 식탁을 가리켰다. 식탁을 보니 작고 길쭉한 플라스틱병 하나가 놓여 있었다.

"그거 제일 많이 사 가더라."

혜원이 다 까라진 목소리로 중얼거렸다. 그러고는 다시 잠들려는 듯 고개를 반대로 떨구고 눈을 감았다. 나는 식탁으로 다가가 병을 살펴보았다. 간건강간케어 쿠퍼스. 알약이 든 커다란 플라스틱 컵이 붙어 있어 꼭 외계 생물의 알처럼 생긴 음료였다.

"알약도 먹는 거야?"

돌아보고 물었지만 이미 깊게 잠든 혜원은 대답이 없었다. 나는 알약을 입에 집어넣은 뒤 음료를 꿀꺽꿀꺽 마셨다. 시큼들큼하고 묽은 맛이었다. 오늘 혜원에게 이것을 사 간 사람들도 이렇게 했겠지, 혜원의 앞에서 꿀꺽꿀꺽 목울대를 움직이면서 한 방울도 남김없이 들이켰겠지, 그리고 생각했겠지. 간아 좋아져라 좋아져라 하고. 부디 그들의 간이 좋아졌기를, 그리고 내 간도 좋아져라 좋아져. 오래오래 벌어먹으면서 오래오래 살도록.

다 마시고 나니 입안에 허연 찌꺼기가 남았다. 나는 그것을 싱크대에 퉤퉤 뱉어냈다.

돈이라도 쥐고 있어야지, 늘그막에 기댈 남편도 자식도 없으면서, 라고 누군가 말한 적이 있었고 분하게도 그 말에 담긴 악의를 감각하기도 전에 먼저 수긍해 버리고 말았다.

그렇구나.

기댈 곳이 없구나.

참으로 그렇구나.

사실 악의를 느꼈다고 해서 무슨 그런 말을 하냐고 뻗댈 처지도 아니었던 것이 첫째로 그 누군가란 바로 나의 엄마였다. 늘그막이라는 것이 구체적으로 몇 살부터 시작되는지야 모르겠으나 아무튼 엄마에겐 실제로 기댈 수 있는 남편과 자식, 물론 당연히 나는 아니고 결혼하여 엄마 무릎에 손자를 둘이나 앉혀 준 나의 오빠가 있다. 딱 남의 집 남편들만큼만 속을 썩이는 남편과 딱 남의 집 아들들만큼만 다정한 아들. 엄마는 내 나이가 되기 훨씬 전부터 이미 그런 것들을 갖고 있었고 그 편리랄지 불편이랄지를 평생 속속들이 누려 왔다. 그리고 그런 사람이 내게 말하는 것이다. 너에게는 이것이 없지, 하고. 그러므로 수긍할 수밖에.

예, 없습니다.

가지고 싶지도 않았어, 라고 쏘아붙이지 못한 것은 그날 엄마가 내게 돈을 보내 주었기 때문이었다. 달라고 하지도 않았다. 그냥 갑자기 오랜만에 전화를 걸어와 이런저런 것을 묻고 웬일인지 혜원의 안부까지 물은 끝에 돈을 좀 보내 줄까 묻는 거였다. 갑자기 웬 돈이냐고 묻자 오랫동안 묵혀 둔 땅이 갑자기 팔려 목돈이 생겼다고 했다. 묵혀 둔 땅 그런 게 있었냐, 생각하며 얼마 줄 건데? 하니 천만 원 정도, 하며 깜짝 놀랄 만한 액수를 말했다. 그러고는 저 말을 한 거였다. 너에게는 기댈 곳이 없으니, 돈이라도 쥐고 있으라고. 당시 우리에게 돈이 꼭 필요한 일은 없었다. 그러나 천만 원은 탐이 났다. 나나 혜원이 갑자기 아프다면. 지금 이 집에서 갑자기 쫓겨난다면, 같은 긴급 상황까지 생각지 않더라도 그랬다. 나는 그걸로 나와 혜원이 살 수 있는 물건과 시간을 떠올렸다. 여윳돈을 쪼개 아주 조금 모아 둔 통장에 그 정도 목돈이 더해진다면 든든할 것 같았다. 그런 마음이 왜인지 부끄럽고 서글퍼 입을 다물고 있는데 엄마는 그러거나 말거나 황급히 덧붙였다. 너희 오빠네한텐 비밀이다. 땅 판 것도, 돈 준 것도. 거기다 대고 나는 어차피 연락도 안 하는 사이에 뭘, 하고 구차한 대답을 하고 말았다. 전화를 끊고 몇 분 뒤, 돈이 입금되었다는 휴대폰 알림이 띠링 울릴 때까지 그 구차한 기분을 마음껏 곱씹고 물어뜯었다.

물론 혜원에게는 그런 이야기를 하지 않았다. 그저 엄마가 땅을 팔았다며 천만 원을 보내 주었다는 사실만을 전했다. 예상대로 혜원은 눈을 동그랗게 뜨고 뛸 듯이 기뻐했다. 받을 때 기분이 어땠든 간에 그 기뻐하는 얼굴을 보자 나도 기뻤다. 우리 이걸로 뭐 할까, 나는 신이 나서 떠들었다. 여행을 갈까? 멋진 곳은 아니어도 남들 다 가는 동남아, 아니 제주도 정도는 호화롭게 갈 수 있을 거야. 아니다, 중고 경차를 한 대 사는 건 어때? 이번 기회에 너랑 나랑 면허도 따고. 그러다 혜원의 표정을 보고서야 입을 다물었다. 무슨 생각을 하는지 말하지 않아도 알 수 있었다. 혜원은 한참 그 표정으로 나를 빤히 바라보다가 변기, 하고 말했다.

변기?

응 변기.

그래서 우리는 그 돈으로 변기를 고쳤다. 오 년 동안 살았던 월셋집의 변기를. 어느 겨울, 기온이 영하로 떨어져 변기가 얼어붙은 일이 있었다. 그걸 녹여 보겠다고 바보같이 펄펄 끓는 물을 부었는데 변기가 가운데부터 쩍 갈라져 거의 두 동강이 나 버렸다. 깨먹은 건 우리지만 원래부터 낡은 물건이었으므로, 혹시나 고쳐 주지 않을까 싶어 집주인에게 전화를 걸었으나 사정을 말하자 되려 욕을 먹었다. 꽁꽁 언 데에 뜨거운 물을 부으면 당연히 깨지지, 알 만한 사람들이 바보같이 왜 그랬느냐고. 아무튼 꼭 고쳐 놓고 나가라는 당부에 '알 만한 사람' 둘은 아무 말도 못 하고 전화를 끊었다. 일단 변기는 당장 사용해야 했으므로 실리콘으로 틈새를 덕지덕지 메꿔 놓았다. 물이 새지는 않았지만 보기에는 끔찍했다. 실리콘에 물때며 곰팡이, 배설물의 흔적들이 쌓이기 시작하자 더 그랬다. 본래 깔끔한 성격인 혜원은 변기 때문에 집에 누굴 부르기가 창피하다고 자주 말했다.

그러므로 그 돈 천만 원을 헐어서, 우리는 변기를 고쳤다. 비용을 아끼려고 인터넷 쇼핑몰에서 양변기를 주문해 동네 철물점에 설치를 부탁했다. 변기 가격에다 출장비까지 합해 삼십 만 원이 들었다.

나머지 구백칠십 만원은, 저축했다.

물론 늘그막에 기댈 대상으로 혜원을 생각지 않은 것은 아니다.

출근길에 그것을 생각했다. 나는 혜원에게, 혜원은 나에게 기댈 수 있을까. 기댈 수 있다면 어디까지 기댈 수 있을까. 기댄다는 것은 뭘까. 역시 돈일까. 엄마가 그러듯이 돈벌이를 누군가에게 전담시키고 그 대가로 살림과 돌봄을 맡는 것이 기대는 것일까. 머릿속으로 계산기를 두드려 보았다. 우리는 매달 각각 이백만 원 정도를 번다. 둘이 합하면 사백만 원. 월세에 관리비, 각종 공과금, 보험료, 휴대폰과 텔레비전과 인터넷, 거기에 교통비와 식비를 제하면 백오십만 원 정도, 아니 대부분 그보다 적게 남는다. 그것을 저축한다. 그렇게 모은 돈이, 삼천만 원 정도 있다. 그리고 살고 있는 월세방의 보증금이 이천 만 원이므로 우리가 가진 돈은 오천만 원 정도인 셈이다. 적은 돈은 아니지만 큰돈도 아니다. 둘 중 하나가 수입이 끊기거나 병이 들거나 크게 다친다면 봄볕에 눈 녹듯 녹아 사라질 돈이다. 노후를 대비할 수 없는 돈이다. 서로에게 기댈 수 없는 돈이다.

늙고 가난한 레즈비언. 보험을 파는 레즈비언과 야쿠르트를 파는 레즈비언.

그런 것이 있다고는 생각지도 못했던 시절도 있었는데. 나는 씁쓸하게 생각했다.

그러거나 말거나 지하철은 착착 달려 이윽고 사당역에 섰다. 와그르르 내리는 사람들에 섞여 나도 내렸다. 내가 다니는 보험회사가 이곳에 있다.

이곳에서 내가 하는 일을 큰 카테고리로 나누자면 두 가지다. 첫째로는 당연히 보험을 파는 일. 그렇다고 보험 아줌마 하면 흔히 생각하는 그런 일, 그러니까 친척이나 지인들에게 무턱대고 터무니없는 조건의 보험을 권유하거나 교묘하게 얼버무려 속여 넘기는 짓은 하지 않는다. 그게 가능할 만큼 아는 사람이 많지도 않고. 내가 주 타깃으로 삼는 것은 이미 우리 회사 보험에 가입되어 있는 고객들이다. 그들에게 전화를 걸어서 더 많은 질병과 상해를 보장받는 대신 가격은 조금 더 비싼 보험으로 갈아타도록 권유하는 것이다. 아예 새로운 가입을 권하는 것보다는 이게 좀 더 잘 먹힌다. 물론 몇 가지 레퍼토리가 있다. 예를 들어 암 관련 보장이 추가로 붙은 보험을 권하는 경우에는 음식에 대한 얘기를 곁들이면 좋다. 혹시 오늘 점심에도 찌개나 매운 국물 드시지 않으셨어요? 전 세계에서 우리나라가 대장암 발병률이 가장 높은 나라인 거 아시나요? 같은. 또 현재 고객이 가입한 보험보다 조금 많이 비싼 것을 권할 때는 '저도' 화법이 의외로 꽤 통한다. 그렇죠, 매월 이 가격이면 좀 부담스럽긴 하죠. 그런데 저도 사실은 이 보험에 가입해 있거든요. 제가 벌어 봐야 얼마나 벌겠어요. 근데 팔려고 공부하다 보니 이 보험이 너무 좋아서, 이건 꼭 들어야겠다 싶어서 일단 들어 놨거든요. 여기까지 들은 상대방이 솔깃해한다면 이렇게 덧붙여도 좋다. 솔직히 말씀드리는데, 이 상품은 팔면 팔수록 보험사가 손해라서 아마 금방 판매가 중단될 거 같아요, 라고.

물론 거짓말이다. 세상 어느 멍청이가 팔면 팔수록 손해인 상품을 만들고, 그걸 팔려고 사람까지 고용해서 앉혀 놓는단 말인가. 하지만 이 말은 생각보다 효과가 있다. 대기업의 허점을 찔러 그들의 눈먼 돈을 울궈낼 수 있다는 생각만으로도 사람들은 기분이 좋아지곤 하니까.

아무튼 이렇듯 전화를 걸어 더 비싼 보험을 파는 것이 나의 첫 번째 일이다. 그리고 두 번째는, 별것 아닌 것처럼 보이지만 사실은 아주 중요한 일이다. 여기에서 데이터베이스, 즉 DB라고 부르는 고객의 전화번호를 배분받는 일이 바로 그것이다. 말했듯이 타깃은 이미 보험에 가입된 이들이므로 DB에는 고객의 성별과 나이, 거주지역, 월수입 같은 대략적인 개인정보가 들어가 있다. 본사에서는 이것들을 엑셀 파일로 만들어 한 달에 한 번씩 각 부서의 팀장에게 내려보내고, 팀장이 이것을 팀원들에게 분배하는 것이다. 언뜻 듣기엔 합리적인 시스템으로 보이지만 사실은 그렇지 않다. 통계적으로 남자보단 여자, 젊은 사람보단 나이 든 사람, 수입이 적은 사람보단 많은 사람이 고액 보험에 가입할 확률이 높으니까.

이 회사에는 기본급이 없다. 오로지 새로 성사시

킨 계약 건수만큼 지급되는 인센티브가 수입의 전부다. 그뿐인가, 가입 고객이 일정 기간 내에 계약을 철회하면 받은 인센티브를 고스란히 뱉어내야 한다는 조건까지 있다. 자칫 잘못하면 한 달 내내 일은 일대로 하고 돈은 한 푼도 벌지 못할 수도 있다는 거다. 그러므로 팀장에게 좋은 DB를 넘겨받는 건 그달 수입과 직결되는 중요한 일이 아닐 수 없다.

우리 팀은 나를 포함해 세 명뿐, 팀장까지 쳐서 넷인 조촐한 구성이다. 나이대는 넷이 비슷하지만 그중에 아이가 없는 건 나뿐이다. 특히 팀장은 나와 동갑인데 벌써 아이가 셋이다. 둘째가 그만 쌍둥이로 태어났다나. 나머지 두 동료도 각각 초등학생, 중학생 아이를 키우고 있다. 뭐 고만고만하긴 하지만, 이 세 사람 중 가장 실적이 좋은 사람을 따지자면 바로 나다. 그러나 항상 가장 좋은 DB는 저 두 사람에게 주어진다.

그 이유는, 그들에게는 책임질 것이 있으니까.

언젠가 팀장이 퇴근 후 나를 따로 불러내 삼겹살에 소주를 사준 적이 있다. 그러면서 이렇게 말했다. 희주 씨, DB 때문에 마음 상하지 마. 어쨌든 희주 씨는 우리보단 팔자가 좀 낫잖아. 팔랑팔랑 혼자고, 자기

입 말곤 신경 쓸 거 없고. 퇴근하면 적어도 엉겨드는 애들이랑 남편 치다꺼리 없이 푹 쉴 거 아냐. 아무튼 나도 그렇지만, 애들 학원비라도 벌려고 애 떼어 놓고 나온 심정 생각하면 난 도저히 그 둘한테 매정하겐 못 하겠어. 그러니까 희주 씨가 조금만 이해해 줘.

하나만 해, 하나만, 하고 소리 지르고 싶었다.

누구는 나를 불쌍히 여기는데 또 누구는 나를 부러워하고, 이거 이거 진짜 이상하지 않아요? 진짜 나한테 이러면 안 되는 거 아니에요? 내가 어떻게 사는지, 우리 혜원이가 어떻게 사는지는 알아요? ……그런 말들을, 불판 위에 삼겹살을 꾹꾹 눌러 지지며 참았다. 말해 보아야 이해받을 리 없었고 돌아올 대답 역시 이미 들은 것처럼 뻔했으니까. 네가 좋아서 그런 삶을 선택한 것이 아니냐고 하겠지. 좋을 대로 하고 살면서 왜 책임은 멀쩡히 사는 타인에게 돌리느냐고 하겠지. 그렇다면 이제 내 삶이 얼마나 멀쩡한지에 대해, 내 삶과 너희의 삶이 크게 다르지 않다는 것에 대해 요구하지도 않은 증명을 열심히 해 보여야 하는 처지에 놓이고 만다. 그러나 증명한다고 알아주느냐 하면 그것도 아니다. 끄덕끄덕, 그래그래, 희주 씨도 힘들었겠네, 그리고 다음 날 아침 출근하면 나를 보는 팀원들의 눈빛은 달라져 있겠지. 저 사람 레즈비언인가 그거래. 여자 애인이랑 산대. 웬일이야, 다 늙어서 징그럽게.

그래서 그날은 아무 말도 하지 못한 채 공짜 삼겹살과 소주를 꾸역꾸역 배 속에 채워 넣는 데 집중했다. 지하철역에서 내려 집까지 걸어가는 길에는 과일 트럭에서 자두를 한 봉지 샀다. 알이 굵고 검붉게 익은 게 혜원이 딱 좋아할 것 같아서였다. 과연 집에서 기다리던 혜원은 웬 자두냐며 대뜸 봉지에 달려들었다. 뽀득뽀득 씻어낸 자두를 채반에 담아 식탁 위에 올려놓고는 싱크대에 씨를 뱉어 가며 베어 먹었다. 여름이 다 됐지 뭐야, 자두가 다 나오고. 입속에 가득한 단 즙을 삼키며 우리는 뭐 그런 말을 나눴던 것 같다. 이 계절에 자두를 먹는 대부분의 사람들이 그러는 것처럼.

혜원과 연인으로 지내 온 것이 어언 십팔 년째, 그러므로 우리는 서로의 이십 대를 알고 있다. 그뿐인가, 비록 어른이 된 이후 동창회에서 다시 만나 가까워진 사이긴 하지만 원래 우리는 여고 시절 같은 반이었던 인연이 있다. 말하자면 서로의 인생을 통틀어 모르고 지낸 시간보다 알고 지낸 시간이 더 긴 셈이다.

고등학생 시절, 혜원은 핸드볼부였고 소년 같은 헤어스타일에 전교에서 유일하게 바지 교복을 입고 다니는 아이였다. 훤칠한 키에 짙은 눈썹, 운동하는 애답지 않은 뽀얗고 매끄러운 피부. 혜원은 어딜 가나 튀었다. 같은 반 애들은 물론이고 선배들도 혜원을 왕자님 보듯, 연예인 대하듯 했다. 나중에 알고 보니 혜원은 핸드볼에 전혀 관심이 없었고 그저 교복 바지를 입을 수 있다길래 입단한 것이었지만, 어쨌든 당시 우리 여고는 전국 고교 핸드볼부 가운데 꽤나 실적이 좋은 편이었기에 선생들도 혜원을 예뻐했다.

반면에 나는 두꺼운 안경을 쓰고 교실 맨 뒷자리에 앉아 교과서 밑에 깔아 놓은 공책에 만화 끄적이기를 좋아하는 좀 음침한 아이였다. 드러내 놓고 따돌림을 당하는 건 아니었지만 마음을 붙일 만한 친구도 내게 관심을 갖는 선생도 없었다. 성적은 중하위권, 잘하는 과목 없음, 장래 희망은 최대한 눈에 띄지 않는 사람.

그리고 몇 년이 흐른 뒤에는 어땠나. 동창회에 나타난 혜원과 나는 각자의 기억 속 모습과는 완전히 달라져 있었다. 혜원은 실습 나온 교생 선생님 같은 얌전한 투피스에 분홍빛 하이힐을 신고 등장해 모두를 놀라게 했다. 가느다란 금팔찌를 낀 손으로 입을 가리고 웃는 혜원에겐 무뚝뚝한 소년 같던 모습은 온데간데없었다. 그리고 이번엔 내가 고등학생 시절 혜원과 비슷한 모습이 되어 있었다. 대학에 들어가자마자 교내 성소수자 동아리에 가입했는데 그곳 선배들의 영향을 받은 거였다. 아무튼 거기서 연락처를 교환했고 마침 사는 곳이 가까웠던 덕분에 몇 번 만나서 밥도 먹고 술도 마시고, 서로의 성향을 언뜻언뜻 내비치며 조심조심 줄다리기를 하다 어느 날 기어이 연애를 시작했다. 나는 대학교 사 학년으로 졸업을 앞두고 있었고 혜원은 첫 직장에 취직한 지 얼마 안 되었을 즈음이었다.

내가 졸업하고 직장을 구한 뒤에는 각자의 자취방을 정리하여 하나로 합쳤다. 비록 반지하지만 방이 세 개나 있는 월셋집을 얻은 것이다. 보증금 이천에 월세 오십, 관리비 오만 원. 관리비에는 주차장 사용료 만 원이 포함되어 있었다. 지금이나 그때나 둘 다 차는커녕 운전면허도 없었지만, 그때는 그런 것들이 우리에게도 조만간 생길 거라고 믿었으니까. 그래, 그때는 그런 생각을 하고 있었다. 둘 다 가진 돈도 능력도 개뿔 없었으나 그래도 이 개미 오줌만 한 월급을 차근차근 모으면 곧 남들처럼 차도 생기고 집도 넓히고, 혹여나 운이 좋으면 동성혼이 허용되는 나라로 둘이 훌쩍 이민을 떠나 거기서 결혼하고 아이도 입양하고 그럴 수도 있을 거라고. 가끔 잠자리에 누워 그런 이야기를 진지하게 하기도 했었다. 이왕이면 여자아이가 좋겠지, 그 외에는 인종도 외모도 상관없어, 근데 아이 이름은 영어로 지어 줘야 하나 그건 싫은데. 그러면서도 함께 본 외국 시트콤에서 주워 들은 영어 이름을 주워섬겼다. 똑 부러지는 「프렌즈」의 모니카, 능력 있는 「빅뱅이론」의 베르나데트, 용감한 「브루클린 나인나인」의 에이미. 나도 혜원도 그런 어른이 아니면서, 있지도 않은 우리의 딸아이가 이런 어른으로 자라길 상상하고 바랐다.

그리고 무슨 일들이 있었나.

혜원의 첫 직장은 빌딩 하나를 통째로 쓰는 중견기업의 로비였다. 혜원의 업무는 거기 차려 놓은 데스크에 남색 투피스와 하이힐 차림으로 인형처럼 서 있다가 들어오는 손님들을 원하는 층으로 안내하고 우편물을 챙기고 잡상인을 쫓아내는 것이었다. 거기서 일하며 심한 족저근막염을 얻었다. 치료를 미루고 미루다가 더 심해졌고 염증을 제거하는 수술을 받은 뒤 꽤 오랫동안 걷기는커녕 혼자 서 있지도 못하는 꼴이 되었다. 병가를 낼 수 있을 리가 없었으니 결국 스스로 그만두었다.

나의 첫 직장은 육아용품을 파는 온라인쇼핑몰이었다. 말이 좋아 MD였지 온갖 잡다한 일을 도맡아 했다. 물건 사진을 보정하고 업로드하고 재고를 체크하고 포장하고 배송하고 사이트를 관리하는 건 물론 광고 배너까지 만들었다. 스스로는 열심히 일한다고 생각했는데 사장은 나를 마음에 들어하지 않았다. 대표전화가 울려도 받지 않는다는 게 이유였다. 전화는 보통 물건의 품질이나 배송에 불만을 가진 고객들이 걸어온 거였고 어쨌든 그곳에서 내가 맡은 역할은 상품관리지 고객의 불만을 상대해 주는 것이 아니니 그럴 필요가 없었다고 지금도 생각하지만. 아무튼 사장은 구미에 맞지 않는 나 같은 직원들을 야금야금 괴롭혀 제 발로 내보내는 데 도사였다. 멀쩡한 상품 상세 페이지에 이유 없이 태클을 건다거나 발주한 물건에 불량품이 섞여 있는 것을 내 탓으로 돌리는 등, 생트집을 견디다 못해 결국 그만두고 말았다. 일 년을 채우지 않았으므로 퇴직금 없음, 자진 퇴사이니 실업급여 없음.

그 뒤로 구한 직장들도 대개 비슷했다. 이런저런 이유로 그만두거나 잘렸다. 원래부터 위태위태했던 회사가 기어이 망한 적도 있었다. 어쨌든 어디서도 이 년 이상을 버티지 못했다. 분명히 항상 어딘가에 소속되어 있긴 했고 아침에 일어나면 출근을 저녁에는 퇴근을 하는 삶을 살긴 했는데 누군가 그래서 무슨 일을 하느냐고 물으면 꼭 집어 말하긴 어려웠다. 경력도 특기도 자격증도 모은 돈도 없이, 물에 빠진 사람이 발버둥 치며 물을 먹듯 나이만 되게 먹었다.

그리고 삼십 대 후반에 접어들면서 우리는 각자 한 번씩 사이좋게 아팠다.

나는 자궁에 근종이 생겼고 혜원은 신장에 결석이 생겼다. 내 경우에는 어느 평범한 아침에 평범하게 일어나 세면대 앞에서 평범하게 양치질을 하다 말고 그대로 기절했다. 있는지도 몰랐던 근종이 안에서 터진 거였다. 혜원이 바로 발견하여 119를 불러 주지 않았다면 그대로 죽었을지도 모른다. 온 장기에 피 찌꺼기가 들러붙었다나. 응급수술을 받았고 피 주머니와 오줌 주머니를 나란히 차고 드러누웠다. 그리고 내 몸이 채 회복되기도 전에 이번에는 혜원이 배를 쥐고 고꾸라졌다. 그 전부터 옆구리가 쑤신다는 말은 종종 했었으나, 그래 우린 이제 있는지도 몰랐던 부분이 갑자기 아프기 시작할 나이지, 하며 무심히 넘긴 것이 실수라면 실수였다. 신장에 손톱만 한 돌이 여러 개 생겼다고 했다. 내가 입원했던 종합병원에 혜원도 입원했다. 결석 자체도 끔찍스럽게 아픈 병이었고 그걸 부숴서 빼내는 과정 역시 고통스럽기는 매한가지였다. 지켜보는 나 역시 입술이 거멓게 타들어 갔다. 대신 아파 줄 수 있다면 백번이고 대신 아프겠지만 그럴 방법이 없으니 애꿎은 의사를 대신 붙잡고 이게 다 무슨 일이냐고, 왜 이런 일이 생긴 거냐고 물었다. 의사는 간단히 대답했다. 몸이 피로해서 그렇다고. 그 말에 말문이 턱 막혀 버려 더 이상 묻지도 따지지도 못했다. 피로해서. 가느다란 팔목에 이런저런 줄을 끼우고 시체처럼 누워 잠든 혜원의 옆에서 그 말을 오래오래 곱씹었다. 예쁜 나의 애인 혜원은 피로했다. 장기에 돌이 생기는 줄도 모를 만큼 피로했다. 그게 돌이 아니라 혹이었을 뿐, 나 역시 마찬가지로 그랬다. 그토록 피로하여 번 돈으로 다만 피로한 삶을 겨우 유지할 수 있었다. 앞으로도 그럴 것이다.

컨디션 회복에만 집중했는데도 다시 일을 할 수 있는 몸으로 되돌아가기까지는 반년 이상이 걸렸다. 나는 그나마 부모와 연락은 하고 지내는 사이였지만 돈을 부탁할 염치는 없었고 혜원은 가족에게 의절당하고 집을 나온 지 오래인 처지였다. 도움을 구할 만한 친구도 이웃도 없었다. 그동안 모아 둔 아주 적은 돈을 조금씩 헐어다가 겨우 굶어 죽지 않는 수준의 생활을 하며 버텼다. 출퇴근길 대중교통을 견딜 수 있을 만큼 몸이 나아지자마자 나는 휴대폰 부품을 만드는 공장에, 혜원은 카메라 렌즈를 조립하는 공장에 각각 취직했다. 둘 다 월급을 근무시간으로 나누어보면 최저 시급과 비슷한 곳이었다.

슬슬 불편함을 느낀 건 일이 익숙해지고 나서였다. 쌀알만 한 부품을 핀셋으로 집어 기판에 끼워야 했는데, 눈앞이 흐릿하고 침침해서 아무래도 또렷하니 보이지 않는 거였다. 시력이 나빠졌나 하고 안과를 찾아가 시력검사를 했더니 그게 아니었다. 노안이 온 거라고 했다. 노안? 무심코 되물으니 의사가 말했다. 심하진 않지만 책을 읽거나 뭘 자세히 들여다보기엔 조금 불편하실 겁니다. 돋보기 안경을 하나 맞추시면 좋아요. 그러고는 아마도 내가 접수하며 적은 개인정보겠지, 모니터에 떠오른 뭔가를 슬쩍 보더니 덧붙였다. 좀 이르지만 이제 슬슬 그럴 나이시네요.

그때 깨달았다. 지금 이것조차 언젠가는 불가능한 시기가 온다는 것을.

그렇다. 지금은 피로를 팔아 피로한 삶을 사고 있지만 어느 시점에는 그조차 할 수 없는 때가 올 것이다. 내 노동의 가치는 조금씩 떨어질 것이고 결국에는 누구도 돈과 그것을 바꾸려고 하지 않을 것이다. 이미 노쇠하고 병들어 고칠 곳투성이인 몸뚱이를 어디서도 찾아 주지 않을 것이다.

그때가 온다면 어떻게 해야 하지.

도저히 알 수 없었다.

일단 할 수 있는 것을 하자는 심정으로 안과 바로 밑의 안경점에 갔다. 이만 원짜리 돋보기안경을 샀다. 노안이라지만 심하지는 않았으므로 돋보기를 쓴다고 해서 눈이 일그러져 보이지는 않았다. 혜원이 차분한 느낌의 얇은 금테를 골라 주었다. 그것을 쓰고 집으로 돌아왔다.

그것이 벌써 또 몇 년 전의 일이로구나.

안경 덕분인지 공장 일은 꽤 오래 했다. 해를 넘겼을 무렵 손목 연골이 삐걱거려 그만두긴 했지만, 좋은 일자리였다고 지금도 생각한다. 그 뒤에도 각자 몇 가지 일자리를 더 옮겨 다녔음은 물론이다. 떠내려가는 유빙 위에 올라탄 두 마리 펭귄처럼 조금이라도 더 안전해 보이는 곳으로, 혹은 뛰어 넘어가기 편한 곳으로, 오직 그것만을 염두에 두면서. 그러다 결국엔 여기에 도착한 것이다. 나는 보험 아줌마, 혜원은 야쿠르트 아줌마.

지금은 혜원도 돋보기안경을 하나 가지고 있다. 가끔 신문을 읽거나 영화를 볼 때면 꼭 그것을 찾아 쓴다. 내 것과 같은 금테 안경이다. 그걸 쓰고 있으면 왠지 아주 똑똑해진 것 같은 기분이 든다. 실제로는 전혀 그렇지 않겠지만.

모든 것이 처음과 크게 변하지 않았다. 살고 있는 집도, 가진 돈도, 함께 먹고 입는 것들도. 그러나 그중 가장 중요한 것은 이 긴 세월 동안 내가 혜원을 사랑했고 사랑하고 사랑할 것이며, 혜원 역시도 그럴 거라는 사실이다. 그거면 됐다. 더 바랄 것도 없고 더 바랄 수도 없다. 방법이 없다면 찾지 않으면 된다. 최소한 찾지 않는다는 것만은 스스로 정할 수 있으니까. 나는 서랍장 속에 굴러다니는 혜원의 안경을 볼 때마다 그런 말을 되뇌며 윗옷 앞섶을 길게 뺀다. 언제 혜원이 그걸 찾을지 모르니, 안경알을 잘 닦아 두려는 것이다.

여름에는 한강에 개장하는 풀장에 간다. 일 인당 오천 원에 마음껏 여름 분위기를 즐길 수 있는 좋은 곳이다. 가을에는 도시락을 싸 들고 관악산에 올라 단풍을 본다. 겨울에는 각자 목도리를 꽁꽁 싸맨 채 눈사람을 만들어 아무 집 담장에 일렬로 늘어놓는다. 봄에는 시장의 좌판에서 나물을 한 움큼씩 사 온다. 혜원은 달래장을 비빈 무밥에 냉이된장국을 먹어야 비로소 봄이 왔다고 믿는 사람이니까. 퇴근하고 돌아온 저녁에는 연속극을 함께 본다. 다음 화의 내용은 어떻게 될지부터 시작해 거기 나오는 배우들의 사생활까지, 잘 알지도 못하는 이야기를 실컷 떠들다가 잠든다. 날이 밝기도 전에 혜원의 알람이 울린다. 갤럭시 휴대폰의 기본 알람음.

어디선가 이런 글을 읽은 적이 있다. “매일매일을 미국 인기 시트콤의 주인공이라고 상상하며 살아라. 실수를 했다면, 어딘가에서 날 찍고 있는 가상의 카메라를 향해 입을 내밀고 어깨를 으쓱해 보이면 그걸로 끝이다. 한 화가 끝나면 모든 것이 리셋되고 다음 화가 시작되듯이 엉망진창인 오늘도 끝나면 내일이 된다." 왠지 그럴듯한 말이라 기억해 두었고 혜원에게도 말해 주었다. 혜원은 그런 말에 잘 감화되는 타입이 아니었으므로 흥, 하고 대꾸하고 말았지만.

혜원의 출근은 6시 반. 노란 유니폼을 입고 새벽같이 집을 나서는 혜원을 볼 때마다 나는 속으로 노래를 부른다. 야쿠르트 아줌마, 야쿠르트 주세요, 야쿠르트 없으면……. 아마 우리의 인생이 시트콤이라면, 이 노래는 혜원이라는 캐릭터의 테마 송일 것이 틀림없다. 그 노래가 어떻게 끝나더라. 동네마다 조금씩 다르긴 했지만 우리 동네의 경우 "야쿠르트 없으면 요구르트 주세요."였다.

그런데 이 노래의 끄트머리를 입속에서 돌돌 굴리다 보면 나는 문득 덜컥 불안해진다. 야쿠르트 없으면 요구르트를 달라는데, 그런데 요구르트도 없으면 그땐 어떡하지. 야쿠르트도 요구르트도 그 비슷한 것도 없다면. 그땐 뭘 줘야 하지.

그러면 그다음엔, 우리는 어떤 노래를 부르게 될까.

달리는 무릎

달리기를 시작한 지 세 달쯤 되던 어느 날 새벽, 나는 되게 넘어졌다.

그냥 콩 하고 귀엽게 넘어진 게 아니었다. 발을 헛디디면서 두 바퀴쯤 허공에서 구르고는 그대로 천변 아래로 처박혔다. 핑계를 대 보자면 집 앞 창릉천 러닝 트랙에는 군데군데 가로등이 없는 구간이 있었고 깜깜한 그곳을 달릴 때면 나도 모르게 하늘을 바라보게 되었으며 마침 사방에 반짝반짝, 눈을 홀리는 별들이 흩어져 있었기 때문이라고 해 둘까. 아무튼 왼뺨에 진흙을 처바른 채로 잠시 그렇게 누워 있었을 때에는 심하게 다친 줄도 몰랐었다. 그저 넘어졌구나, 그 사실만을 생각했고 그게 슬프고 창피해서 일어날 수도 없었다. 아무것도 없는 평지에서 별 따위를 보다가 넘어져 여기 누운 사람은 이 천변이 생긴 이래로 나밖에 없을 것이다. 온몸이 욱신거리는 걸 보니 아마 후유증이 꽤 오래갈 테고 이 멍청함을 오랫동안 떠올리게 되겠구나, 곱씹으면서 마른 갈대와 썩은 들풀이 우거진 기슭에 죽은 듯이 엎드려 있었다. 그러다 으쌰하고 일어나려 했을 때 깨달았다. 오른쪽 무릎에 커다란 상처가 났다는 것을. 어두워서 전혀 보이지 않았지만 손으로 만져 보니 두터운 바지가 세로로 쭉 찢어져 있었고 그걸 자각한 순간부터 자 이제 시작, 하듯 엄청나게, 엄청나게 아팠다. 손에 척척하게 묻어나는 이것이 진흙인지 피인지 알 수 없었다. 재수없게도 휴대폰이며 뭐며 아무것도 들고 오지 않은 터라 불빛을 비추어 볼 만한 도구도 없었고 물론 지나는 사람도 없었다. 어쩔 수 없이 아픔을 참으며 마른풀 줄기를 붙잡고 천변을 기어올랐다. 가로등이 있는 곳까지 절름거리며 이백 미터쯤을 더 걸었다. 마침내 상처를 불빛에 비추어 보았을 때, 나는 세로로 벌겋게 벌어진 무릎과 그 안의 흰 무언가를 보았고 아마도 이건 내 무릎뼈겠지, 평생 두 눈으로 볼 일이 없다고 생각했던 그것이겠지.

그때 마침 기적적으로, 등 뒤를 쌔액 하고 스쳐 지나가는 무언가가 있었고 그게 자전거를 탄 사람이라는 걸 깨닫자마자 나는 소리질렀다. 저기요, 저기요오, 잠시만요, 119 좀, 119 좀 불러 주세요오오오. 멀어지던 자전거 후미등의 빨간 불빛이 멈춰섰다. 이윽고 그것이 되돌아오는 것을 바라보며 나는 이제 살았다는 생각만 하고 있었다. 앞으로 무슨 일이 일어날지는 전혀 알지 못한 채로.

속으로 여덟 바늘, 겉으로 아홉 바늘을 꿰맸다. 꿰매는 일이야 마취 주사를 맞았으니 전혀 아프지 않았지만 정말 아픈 건 그게 아니었다. 하필 진흙밭에서 구른 터라 온몸은 물론이고 상처 깊숙한 곳 안쪽까지, 참깨에 굴린 강정처럼 꼼꼼하고 빽빽하게 흙이며 모래 알갱이가 붙은 거였다. 두 간호사가 달라붙어 한 사람은 상처를 벌리고 다른 사람은 식염수를 부어 가며 안을 씻어 냈다. 아프기야 끔찍하게 아팠지만 어떡해요, 어떡해요 하며 저들이 더 미안해하는 통에 아픈 티도 내지 못했다. 식염수를 서너 통 쓰는 동안 어금니를 부술 듯 깨물며 견뎠지만 막상 상처를 살펴

본 의사는 내키지 않는 얼굴로 혀를 찼다. 그러고는 내게 대뜸 선택지를 두 개 주었다.

"지금 기적적으로 무릎뼈랑 연골은 전혀 안 다쳤는데, 안에 잔여물이 좀 남아 있을지도 몰라요. 아예 깨끗이 다 제거하려면 지금 더 큰 병원에 가서 엑스레이를 찍으면서 일일이 핀셋으로 집어내야 되고, 아니면 이대로 소독만 좀 열심히 하고 꿰매도 되고. 어떻게 하실래요?"

머리를 굴리기엔 상처가 너무 아팠지만 그런 걸 따질 상황이 아니었다. 보아하니 전자를 택하면 무릎뼈를 드러낸 채 다른 병원으로 옮겨질 터였고 거기서도 상처를 벌리고 늘리며 온갖 고통을 당할 것이 눈에 훤했다. 게다가 핀셋이라니, 가만 둬도 아픈 상처에 핀셋을 대겠다니.

"혹시…… 꿰맸는데 안에 뭐가 남아 있으면 어떻게 되는데요?"

"글쎄요. 일단 눈에 보이는 큰 건 거의 제거했으니 큰 문제가 될 것 같진 않은데, 정 찝찝하시면 지금 큰 병원에……."

"아뇨, 아뇨. 꿰매 주세요."

나는 결연하게 말했다. 물론 무릎 속에 박혀 있을

지 모르는 잔여물이라는 게 무섭지 않은 건 아니었지만 그보다는 지금 의사가 들고 온 저 마취주사를 당장 맞고 이 고통을 끝내고 싶었다. 아니, 무릎을 어떻게든 빨리 처리하고 집에 가고 싶었다. 그럴 수만 있다면 무릎 안에 모래든 뭐든 남으라지, 집에 가자마자 러닝화부터 쓰레기통에 처넣고 팔자에도 없는 달리기는 절대 다신 하지 않을 거야…….

무릎을 꿰맨 뒤엔 택시를 타고 집으로 돌아왔다. 오른쪽 다리에 통째로 반깁스를 하고 목발을 짚은 채로 절뚝거리며 방에 들어와서는 그대로 현관에 누워 버렸다. 마취가 풀리는지 잠깐 사라졌던 고통이 서서히 다시 느껴지고 있었다. 대체 이게 무슨 일이람. 현관 천장에 달린 센서 등을 멍하니 올려다보며 곱씹었다. 늘 그랬듯, 내일 새벽엔 택배 상하차 아르바이트를 가기로 되어 있었다. 하지만 이 꼴을 하고서는 말도 안 되는 소리였다. 최소한 한 달은 무릎을 쓰지 말아야 한다고 했으니 아르바이트는 아예 쉬는 게 옳을지도 모르겠고 그러면 통장 잔고가 얼마나 남았더라. 그런데 그걸 확인해 보려면 저기 식탁 위에 놓인 휴대폰을 가져와야 했고 에라 모르겠다, 이대로 잠들어도 좋다고 생각하며 눈을 감아 버렸다. 금세 고단한 오늘 하루를 끝내 줄 잠이 찾아왔고 무릎은 물론이고 온몸이 쿡쿡 쑤시고 아픈 채로 막 잠에 빠져들려는 찰나였다. 깁스 안쪽, 정확히는 꿰매 놓은 무릎 안쪽에서 누군가 말했다.

마침내 들어왔구나.

물론 그건 잘못 들은 게 틀림없을 것이므로, 나는 신경 쓰지 않고 그대로 잠들었다.

꿈에서 나는 안개가 혼곤히 낀 숲속을 헤매고 있었다. 안개에서는 맵싸한 장작 타는 냄새가 났고 어디 먼 곳에서 누군가 자꾸 나를 찾는데, 희수야, 오희수야 하면서 내가 아니면 안 될 것처럼 애타게 부르는데 그게 어딘지 알 수가 없었다. 나는 너를 기다렸어. 목소리가 우렁우렁 울렸다. 기다렸어. 너희의 시간으로 사십억 년이 넘도록 여기에서 단지 너만을 기다렸어. 도무지 누군지 왜 기다렸다는 것인지 아무것도 모르지만 그 절박함만은 그대로 와닿아서 나도 울창한 나무들 사이를 헤매며 마주 외쳤다. 누구세요. 어디 계세요. 누구신데 그렇게 저를 찾으세요. 아무도 저를 안 찾은 지 좀 됐는데. 마지막 말을 하고 나서야 그러고 보니 그랬지, 생각하는데 서서히 세상이 흔들렸다. 목소리의 주인이 땅속을 뚫고 내게로 오고 있었다. 갈게, 지금 갈게. 다가올수록 목소리는 맑고 아름다워졌고 드디어 왔다. 발 바로 앞에서 불쑥 머리를 솟구치는 커다란 은빛 사람의 얼굴을 마주보려는 순간 나는 잠에서 깨어났다.

눈을 뜨자마자 온몸이 흠씬 두들겨 맞은 듯 뻐근했다. 천장에서 현관 센서 등이 어제 그대로 나를 내려다보고 있었다. 얼마나 잔 것인지 창밖에서 들어온 햇살로 방 안은 희끄무레 밝아진 채였다. 그리고 무릎, 무릎이 아팠다. 아픈 무릎을 끌고 식탁으로 다가가 휴대폰을 집어들었다. 오전 10시, 어차피 이 꼴을 하고는 못 갔을 아르바이트였지만 지금부터 준비하고 나가도 이미 차고 넘치도록 지각이었다. 모르겠다, 냅다 전원을 끈 휴대폰을 침대에 던지고 나도 벌렁 드러누워 버렸다. 깁스를 한 다리가 답답하고 무릎은 더럽게 아팠다. 무릎에서 시작한 아픔이 손끝 발끝까지 온몸으로 번지는 것 같았다. 아프면 먹으라고 준 약이 있었던 것 같은데 택시에 두고 내렸는지 오다가 떨어뜨렸는지 보이지 않았다. 와락 서글퍼서 콱 울어 버릴까, 정말 울어라도 볼까 생각하는데 갑자기 깁스 안에서 목소리가 들렸다.

안 아프게 해 줄까.

생각할 겨를도 없이 네, 제발요, 하고 말했고 그러자마자 고통은 없어졌다. 나는 조금씩 무릎에 힘을 주어 보았다. 다치기 전처럼 모든 것이 제대로 움직였다.

"뭐야, 이거."

기쁘기보단 당황해서 소리 내어 말했고 그러자 오른쪽 무릎이 얼른 대답했다.

너를 기다렸어.

그제서야 나는 그 목소리를 알아들었다. 꿈에서 들은 그 목소리, 먼 곳에서 나를 부르던 깨끗하고 청량한 목소리였다.

오랫동안 기다렸어.

목소리가 다시 말했다.

어쨌든 더 이상 무릎은 아프지 않았다. 지금 들리는 이것이 환청이든 환각이든 아니면 진짜 저것이 주장하는 대로 자기가 우주 바깥에서 온 무언가이든, 나는 일단 무릎이 아프지 않아졌다는 사실에 주목하려 애썼다. 둘둘 감아 놓은 붕대를 풀고 반쪽짜리 깁스를 떼어 냈다. 꿰맨 흉터는 시커멓게 그대로였지만 고통은 전혀 없었다. 걸음도 예전처럼 잘 걸어졌고 다시는 뛰고 싶지 않았지만 아무튼 뛸 수도 있었다. 그 사실이 기뻐서 누구에게랄 것 없이, 아니 무릎 쪽을 바라보며 말했다. 감사합니다.

나아졌다니 다행이야.

무릎, 아니 무릎 속의 누군가가 말했다. 나는 무릎을 조심스럽게 만져 보았다. 별다른 느낌은 없었다.

이제 내 말을 좀 믿겠어?

"아니, 갑작스럽게 무릎 속에서 말해 봤자 누가 믿어요, 그걸."

어쨌든 사실이야. 나는 너를 내내 기다렸다고. 너 같은 사람을.

"나 같은 사람이 뭔데요?"

글쎄, 그냥 알 수 있어, 너 같은 사람이라는 걸.

나 같은 사람이라, 아무리 생각해도 거기서는 부정적인 의미밖에 추출되지 않았다. 예를 들면 날백수 주제에 아르바이트도 못 가고 침대에 퍼질러 앉아 자기 무릎과 이야기를 나누는 태평한 멍청이를 말하는 거겠지. 아니면 지금 이런 이야기에 귀가 솔깃해지려고 하는, 외로워서 돌아 버리기 직전이었던 방구석 외톨이를 뜻하는 것일지도.

"일단 당신이 뭐랬더라, 그 우주 어디서 온 진짜 그거면 좀 나와 봐요. 나와서 얘기해요."

음, 미안한데 아직 못 나가.

"왜요?"

내 몸은 지구에 있으면서도 없다고 할까. 빅뱅이 일어나는 순간 내 몸은 무한대에 가까운 조각으로 쪼개져 우주 전체에 흩뿌려졌어. 아마 네 눈엔 잘 보이지도 않을 그런 조각으로.

"빅뱅도 알아요?"

당연하지, 그게 투표의 결과였는걸.

"투표요?"

그래.

목소리는 차분하게 말하기 시작했다.

너희 우주가 만들어지기 전, 그보다 훨씬 크고 공활한 공간이 있었다. 인간의 시간 따위는 초월하며 영속에 가까운 생을 누리는 우리들이 거기 살았지. 우리는 오랫동안 공간의 질서를 유지하면서 평화롭게 지냈어. 무한히 클 것 같았던 공간이 비좁아지기 전까지는. 생명은 늘어나는데 공간과 자원은 한정되어 있으니 문제가 생기기 시작했던 거야. 해답은 한 가지밖에 없었지.

"전쟁?"

아니, 말했잖아. 투표.

목소리가 대꾸했다. 괜히 머쓱해진 나는 뒷머리를 긁적거렸다.

우리는 투표를 했다. 모든 생물체의 의견을 하나로 모았지. 모아진 의견은 명확했어. 공동체에 가장 도움이 되지 않는 이를 선별해서, 그들에게 육체를 빼앗아 공간을 확보하기로 한 거야. 이윽고 우리는 빅뱅을 일으켰고 나를 포함해 선별된 자들은 거기서 산산이 부서졌다.

"아니…… 아니 그게 뭐예요. 너무한데."

나도 모르게 그렇게 중얼거렸다. 목소리가 물었다.

음? 뭐가 너무해?

"무슨 기준으로 선별한 건데요? 나이? 능력? 학벌?"

그런 건 인간의 기준일 뿐이야. 우리에겐 훨씬 더 심도 깊고 유능한 선별 시스템이 있었지. 시스템의 결정은 언제나 옳아. 선택된 자들은 선택되지 않은 자들보다 공동체에 덜 기여한다. 그건 확실해.

"확실하긴 뭐가 확실해요. 고등하다더니 순 엉터리네."

나도 모르게 목소리가 점점 커지고 있었다. 나는 침대에서 벌떡 일어났다. 어젯밤까지만 해도 평생 걸을 수 없을 것만 같았던 무릎이 다시 멀쩡하게 움직이고 있었지만, 이 안에 뭔가가 들어 있다는 생각을 하니 아무래도 신경이 쓰이긴 했다. 하지만 나는 성큼성큼 방 안을 걸어다니기 시작했다.

"아는지 모르겠지만 지구도, 아니 다른 나라는 모르겠고 아무튼 한국도 사정이 비슷해요. 땅덩어리 좁고, 돈 없고. 근데 그렇다고 해서 도움 안 되는 사람들을 다 죽이진 않아요. 뭐 무시하고 괴롭히고 그러긴 하지만 그래도 죽여야겠단 생각은 아무도 안 한다고요. 그럼 뭐, 돈 많고 똑똑한 사람들만 살아남게?"

말했잖아, 선별에 재산이나 지능은 영향을 주지 않았다니까.

"아무튼 뭔가 기준이 있었을 거 아니에요. 기준 외의 것들은 다 없애고 간다는 생각 자체가 거지같고 허접한데요? 그게 고등한 생물들의 생각이에요?"

목소리는 한참 말이 없었다. 너무했나 싶어 나도 말을 멈추고 도로 침대에 주저앉았다. 아무래도 내 얘기 같아서, 정말 내 얘기 같아서 과하게 몰입한 것 같다는 창피함이 스물스물 올라왔다. 혹시 모르지, 어쩌면 내가 만약 내가 아니었다면, 그러니까 돈 많고 똑똑하고 많이 배운 사람이었다면 다르게 말했을지도. 안 그래도 북적이고 지저분한 이 지구에 꼭 이 모든 사람들이 전부 다 필요하냐고, 사실 어떤 사람들은 없어도 되지 않느냐고. 그러니 내가 이렇게 분개하는 건 그냥 이 세계에선 내가 가장 먼저 떨려 나갈 사람이라는 생각 때문일지도 모른다. 그렇게 생각하니 창피하고 비참해서 나도 묵묵히 무릎만 쳐다보고 있었다.

어쩌면 네가 맞을지도 모르지.

한참 뒤 목소리가 우울한 어조로 말했다.

나도 이런 상태가 되고 보니 기분이 썩 좋진 않더라고. 꽤나 오랫동안 슬퍼하며 보냈다.

"슬퍼할 게 아니라 나가서 싸우든지 따지든지 해야죠. 난 거기에 응했다는 게 더 이상하네. 밟는다고 밟혀요? 꿈틀이라도 해야지."

……너는 정말로 지구인이구나. 그래, 내가 지켜본 지구의 역사도 그랬다. 옳지 않은 것이 있으면 따지고 덤비고, 흐르는 피를 아까워하지 않고 싸웠다.

"그럼요. 그래야죠. 인간들이 또 대단한 생물들이거든요."

저는 별로 대단치 않지만, 이라는 말을 붙이려다 말았다. 사실이 그렇긴 했다. 말은 대단하게 해 놨지만 나라고 뭐 싸워 본 적이 있나, 하고 싶은 것도 해야 할 것도 찾지 못하고 그저 납작 엎드려 근근이 아르바이트로 먹고사는 주제인걸. 그러나 목소리는 기쁜 어조로 말했다.

과연 내가 올바른 인간을 찾았구나. 너 같은 사람을, 아니 너를 기다리고 있었다.

"저를요? 왜요?"

방금 싸워야 했다고 얘기하지 않았어?

"어어, 그렇긴 한데……."

얘기를 마저 들어 봐. 내 몸은 이렇게 작은 조각이 되었지만, 아직 많은 것들을 할 수 있다. 예를 들어 너의 운동에너지를 직접 흡수하고 증폭시켜서 추진력으로 바꾸는 것 같은 일 말이야. 지구 중력을 벗어날 수 있는 정도의 힘이면 된다. 일단 우주로 나가면, 돌아갈 수 있어.

"엥? 돌아가겠다고요?"

별들의 중력을 이용하면 돼. 중력 궤도를 요리조리 이용해서 우주를 항해하는 기술 정도야 아직도 갖고 있다.

외계인이 말을 이었다.

돌아가고 싶다는 생각이야 오랫동안 해 왔었다. 나를 돌아가게 해 줄 수 있는 사람을 오랫동안 기다렸지. 그렇지만 한편으론 알 수 없었어. 거길 돌아가서 뭘 하겠다는 것인지, 이미 한번 배제당한 내가 뭘 할 수 있을지를. 그런데 이제 네 얘기를 들으니 알겠다. 나는 돌아가서 내 눈으로 보겠어. 시스템이 옳았는지 아닌지를. 그리고 옳지 않았다면, 싸우겠다.

마지막 말은 우렁우렁, 꿈에서 그랬듯 온 방 안을 울렸다. 마치 아름다운 노래처럼, 멀리서 울리는 북소리처럼 내 마음까지 뭔가 근질근질하게 만드는 힘이 있는 소리였다. 나는 나도 모르게 고개를 끄덕였다.

"좋아요, 그렇게 하세요. 뭐 거슬리는 것도 아니니까, 무릎에 계시게는 해 드릴게요."

아니야, 그러기 위해선 네 도움이 좀 필요하다.

윽, 이건 또 무슨 소리야. 나는 무릎을 내려다보았다. 이왕이면 이 꿰맨 상처도 없애 주면 좋으련만, 거기까진 힘이 딸리는지 시꺼먼 실로 듬성듬성 꿰매 놓은 부분은 그대로였다. 둥글고 못생긴 무릎 한가운데에 난 꿰맨 흉터가 꼭 입 같았다. 눈도 코도 없이, 그 입이 조잘조잘 말했다.

딱히 어려운 일은 아냐. 그냥 지금처럼 달리기만 하면 된다. 운동에너지는 내가 알아서 흡수할 테니까. 정말 조금만 있으면 된다.

"……잠시만요, 생각 좀 해 보고요."

나는 무릎을 내려다보며 고민에 빠졌다. 우선 이토록 오래 이야기를 나눴지만 아직도 이게 진짜인지 얼떨떨한 것이 사실이었다. 혹시 이 모든 게 그냥 내가 미친 거라면, 미쳐서 환청을 듣고 있는 거라면. 그렇게 생각하니 그런 것도 같았지만 이 외계인의 말마따나 오늘 새벽 꿰맨 무릎이 전혀 아프지 않은 것 역시 사실이었고 그럼 이 모든 것은 정말일까. 정말이라도 그렇지, 이런 뜬구름을 잡을 만큼 내가 한가한 사람인가. 사실 바쁜 일도 해야 할 일도 없긴 했지만 이건 또 이것대로 큰일인 거 아닌가. 자격증이든 시험이든 뭐든 그놈의 적성이라는 것을 찾아서 슬슬 시작하지 않으면 정말 나야말로 인간 사회에서 떨려 나갈지도 모르는 판인데. 하지만 당장 뭘 해야 하는지 생각하면 막막하기만 한 것도 사실이었다.

"……두 시간."

응?

"하루 두 시간 정도면 내드릴 수 있을 것 같아요. 그 이상은 안 돼요. 저도 바쁘거든요. 알바도 다녀야 되고 공부, 뭐 아무튼 이런저런 거 해야 되고. 아무튼 달리기든 뭘 하든 두 시간만이에요."

알았다. 알았어.

영 탐탁지 않은 목소리였지만 어쩔 수 없었다. 나는 약속의 의미로 무릎을 툭 쳤다.

"진짜 아무 데나 뛸 거예요. 에너지인지 뭔지는 알아서 모아요."

아무 곳이나 상관없어. 너는 잘 뛰는 인간이었으니까 금세 모일 거야.

"잘 뛰긴요. 멍청하게 뛰면서 별이나 올려다보다가 이 꼴이 됐는데요."

아니다, 거길 오가는 많은 사람들을 지켜봤지만 너는 꽤 잘 달렸어. 그런데 매일 뛰어서 어디로 가고 있었던 거지? 그 늦은 시간에.

"어딜 가긴요. 그냥 달렸죠. 할 일이 없으니까."

나는 무릎을 만지작거리며 머쓱하게 대꾸했다. 사실이 그랬다. 아르바이트가 끝나고 돌아오면 녹초가 되었으나 밤이 늦도록 선뜻 잠들지 못하고 뒤척거렸던 것은, 그러다 새벽이 깊어지면 이어폰을 꽂고 기어이 천변을 뛰었던 것은 할 일이 없어서였다. 잠을 자면 안 될 것 같은데, 뭔가 해야 할 것 같은데 그게 뭔지 알 수가 없어서. 침대에 누우면 올려다보는 천장이 그대로 불안이 되어 내 얼굴로 쏟아져 내리는데 그걸 피하려면 무엇을 어떻게 해야 하는 것일까. 그런 생각이 들면 나는 집을 박차고 나가 길 끝에 해답이 놓여 있기라도 할 것처럼 내달리곤 했다. 달리는 도중 머릿속이 맑아지고 땅을 내딛는 발에만 집중했느냐 하면 그것도 아니었다. 오직 걱정스러운 일들만을 생각했다. 공부를 해 볼까. 할 수 있을지 아닐지는 모르겠지만 이제 와서 적성 따위를 찾을 처지는 아니니 공무원이니 군무원이니 간호조무사니 그런 것들을 당장 내일부터 시작할까. 아니면 그냥 엄마 아빠 말대로 고향에나 내려갈까. 거길 간다고 뾰족한 수가 있나. 땀에 푹 젖어 더 이상 달릴 수 없을 만큼 달려도 알 수 없었고 매번 터덜터덜 집으로 돌아오곤 했었다. 그런 내 모습을 누군가 보고 있었다니, 못할 짓을 한 것도 아니건만 괜히 부끄럽고 창피했다.

할 일이 없어 달리는 인간치곤 제법 잘 달리던데. 계속 그렇게 달리기만 해. 무릎은 고쳐 줬으니까.

외계인이 거들먹거렸다. 달리기라. 달리기만 하면 될까. 나는 일어서서 무릎을 쭉 뻗어 보았다. 다치기 전과 똑같이 잘 뻗어지고 잘 굽혀졌다. 달릴 수 있을 것 같긴 했다. 그런다고 뭐가 될는지는 알 수 없었지만.

"아 몰라, 아무튼 그럼 전 진짜 달리기만 해요. 알았죠?"

무릎에서는 대답 대신 끼익끼익, 뭔가를 긁는 듯한 소리가 들렸다.

그날은 어영부영 집에 머무르며 새 아르바이트 자리나 끼적끼적 알아보다 날이 어두워졌다. 식비도 아낄 겸 일찌감치 잠자리에 눕고서야 생각했다. 그게 어쩌면 웃는 소리였을지도 모른다고. 아주 오래오래 살면 인간과 다른 웃음 포인트를 갖게 되는 걸까. 정말 그렇다면 오래 사는 것도 나쁘지 않을지도. 나는 웅크리고 누운 채로 손을 뻗어 무릎을 만지작거렸다. 매끈하고 동그란 가운데 난 상처는 까칠했지만 만져도 아프지 않았고 오히려 잠이 솔솔 오는 것 같았다.

다음 날부터, 나는 하루에 꼬박꼬박 두 시간씩 창릉천을 달렸다.

마침 달리기 딱 좋은 초여름이었다. 점차 푸르러지기 시작한 천변의 녹음을 옆에 끼고 달리는 기분은 생각보다 괜찮았다. 내친김에 팔뚝에 감는 스포츠 밴드도 하나 장만했다. 지하철역 아래 가판대에서 파는 싸구려였지만 휴대폰을 집어넣고 달리니 주머니가 가벼워 한결 수월했다. 거기에 목 긴 양말을 신고 헤어밴드까지 착용하니 꽤나 본격적인 달리는 사람의 차림새가 되었다.

물론 외계인은 외계인대로 바빴다. 내가 달리기 전 몸을 푸는 동안, 외계인은 자기 몸의 뭐라더라 하는 기관을 작동시켜 에너지를 흡수할 준비를 했다. 도대체 어떻게 그렇게 되는지는 모르겠지만. 언젠가 외계인으로부터 엔트로피 어쩌구 하는 기나긴 설명을 한 번 들은 적도 있었지만 전혀 이해할 수 없어서 그런가 보다 하고 말았을 뿐이었다.

달리면서, 나는 무릎과 이런 대화를 주고받았다.

"잘 모으고 있어요?"

어어, 잘 모으고 있어. 잘 뛰고 있지?

"그럼요, 잘 뛰고 있어요."

누가 들으면 미친놈인 줄 알겠군, 생각했지만 창릉천에는 의외로 이상한 사람들이 많았다. 허리에 찬 작은 라디오로 노래를 크게 튼 사람, 내디딜 때마다 불빛이 번쩍번쩍하는 신발을 신은 사람, 초여름에도 비닐 땀복을 두텁게 입은 사람 등 이상한 사람은 한도 끝도 없었고 그들은 모두 저마다의 세계에 빠져 무아지경으로 달리고 있었다. 혼잣말을 하는 사람 정도는 귀여운 축에 속할 만큼. 그러므로 나도 아무 생각 없이 달렸다. 처음에는 숨이 가빠 중간중간 멈춰서 훅훅, 가쁜 숨을 골라야 했다. 그러나 그게 며칠 반복되자 이제는 빠르진 않았지만 한두 번만 쉬고도 방화대교가 보이는 지점까지, 그러니까 한강까지도 갈 수 있게 되었고 그 단계에 접어들자 달리는 것에도 점점 재미가 붙었달까. 물론 처음에 달리기 시작할 때까지만 해도 과연 이게 소용이 있는 짓일까 생각하긴 했지만 달리기 시작하면 그런 잡념은 이윽고 사라졌고 달리는 행위 그 자체에만 집중하게 되었다. 지금까지는 그저 뛰었다면 이번에는 비록 내 것은 아니지만 목표가 있었고 그래서 그런가 뭔가 확실히 전과는 달랐다. 달린다는 것은 뭐랄까, 몇 초 전의 나를 끊임없이 뒤에 두고 오는 일 같았다. 아주 조금씩이지만 그걸 반복해 나가면 결국 어느 순간 과거의 나와 전혀 다른 내가 되어 발 앞의 공간으로 내뻗어질 수 있는 거였다. 그 상쾌함을 깨닫게 되자 그것에 이르기 위해 그 생각만 하며 달렸고 저절로 잡생각이 사라졌다. 마음속으로 정해 둔 반환점인 방화대교의 끄트머리가 멀찍이 보일 때면 묘한 뿌듯함마저 느껴졌다.

물론 그렇다고 해서 현실의 모든 걱정이 없어진 건

아니었다.

달리기는 보통 해가 지고 나서 시원해진 시간을 택했으므로 아침엔 아르바이트를 했다. 무릎에 외계인이 사는 것과는 별개로 나도 먹고살아야 했으니까. 원체 건강 체질인 몸뚱이에 달리기로 다져진 체력이 더해져 이틀에 한 번 나가던 택배 상하차 일을 사흘에 두 번씩 해도 끄떡없게 된 것이 다행이라면 다행이었다. 몸은 고되고 시급은 짰지만 거긴 항상 일손이 부족했으므로 마음대로 시간을 골라잡아 일할 수 있었다. 나는 새벽에 일어나 지하철역 앞으로 오는 통근 버스를 탔다. 용인으로, 구로로, 천안으로 가는 그 버스들은 왜 그렇게들 다 똑같이 생겼는지. 앞좌석에 달린 그물 주머니 안에 누군가 구겨 넣어 놓은 과자 봉지를 응시하며 나는 쉽게 착잡해지곤 했다. 언제까지 이 꼴을 봐야만 할까, 하고. 차창에 머리를 기대면 뿌옇게 흐려졌다 사라졌다 하는 입김이 꼭 하루 벌어 하루 먹고사는 나 같았다. 그럴 때면 굽혀 앉은 무릎에서 외계인이 속삭이곤 했다.

걱정 마라. 이 페이스라면 금세 돌아갈 수 있을 거야. 그러면 꼭 은혜를 갚겠다.

"그게 가능이나 할까요."

그럼, 당연하지.

확신에 찬 목소리는 듣기엔 좋았지만 그러나 그게 과연 그렇게 될까. 무슨 부귀영화를 누리게 해 줄지야 모르겠으나 그보다는 당장 입에 들어갈 것이 중요했으므로 나는 눈을 감고 잠을 청했다. 잠깐이라도 눈을 붙여 두는 편이 일하기에 수월했다.

버스에서 줄지어 내리면 조끼를 갈아입고 택배를 날랐다. 트럭이 끊임없이 부려 놓고 가는 짐들이 컨베이어벨트를 타고 다가오면 그것들을 분류하고 새로 스티커를 붙이고 카트에 실었다. 땀이 등허리에 흥건하다 못해 옷 속으로 뚝뚝 흘렀다. 끊임없이 물을 들이켰지만 땀으로 다 나가는 통에 화장실도 한 번 가지 않았다. 이대로 집에 가고 싶다, 집에만 돌아간다면 내일부턴 굶어 죽는 한이 있어도 절대 이딴 일은 하지 않을 거야, 나는 속으로 끝없이 그런 생각만을 하며 움직였다. 밥을 주면 밥을 먹고 물을 주면 물을 마셨다. 손목시계를 차고 있었지만 일부러 시간은 보지 않았다. 생각보다 훨씬 적게 흐른 시간에 절망하게 되는 게 무서워서였다. 대신 팔다리가 돌덩이처럼 무거워지는 것, 입안이 까칠까칠해지는 것, 그런 것들을 시간의 지표로 삼았다. 오늘 일한 것은 내일 오후

4시면 돈으로 바뀌어 통장에 들어올 거였다.

집에 돌아오면 곧바로 몸을 씻고 누웠다. 무릎에서 외계인이 수고했다, 하고 말했지만 대개는 대답하지 않고 그대로 눈을 감았다. 수고했나, 나. 정말로 수고하긴 했지만 칭찬을 받을 만한 수고라고는 전혀 생각되지 않았다. 나는 대신 다른 것들을 생각했다. 죽을 것처럼 힘들었지만 하지 않으면 정말로 굶어 죽을 거라는, 하지만 이것조차 영원히 할 수는 없다는 그런 사실들을. 그러다가 불편한 자세로 잠이 들었고 서너 시간을 자고 나면 무릎이 나를 깨웠다.

일어나. 달리러 가자.

아주 가끔, 일을 하지 않는 날이면 나는 외계인과 맥주를 마셨다. 밖에 나가 사 먹을 돈은 없었으므로 장소는 항상 집이었다. 네 캔에 만 원 하는 맥주에 통조림 참치 캔, 오징어 다리 따위를 펼쳐 놓은 채로. 물론 술은 나 혼자 마셨지만 어떻게 된 일인지 내가 취기가 오르면 외계인도 조금 알딸딸하다고 말해 오곤 했고 한 명분의 술로 둘이 취할 수 있다니 아무튼 좋은 일이었다.

"이런 거 거기에도 있었어요?"

비슷한 거 있었지. 액체 상태는 아니었지만.

술이 들어가면 말수가 적어졌고 외계인도 그런 타입인지 우리는 마실수록 조용해졌다. 조용한 방. 적막한 방. 무릎의 외계인과 나 단둘, 아니 외계인은 몸이 없고 나는 쓸모가 없으니 반푼이들 둘이 합쳐 하나로 셀까. 농담 삼아 그런 말을 하자 외계인은 또 끼익끼익 소리를 내며 웃었다. 나는 그런 외계인에게 예전부터 궁금하던 것을 물었다.

"그쪽은 돌아가면 뭘 하고 싶어요?"

싸워야지.

"싸우는 거 끝나면."

글쎄. 그건 딱히 모르겠구나.

"되고 싶었던 건 있어요?"

외계인이 망설이다 대답했다.

음, 난 항상 선생이 되고 싶었어.

"선생님 좋죠."

좋지.

"나중에 꼭 되세요."

되면 돌아와서 자랑할게.

그리고 나서 우리는 또다시 말없이 술을 마셨다. 아마도 각자 다른 것을 생각하고 있었을 테지만 무엇을 생각하는지는 말하지 않았다. 사실 말하지 않아도 알 수 있는 일이었다.

그런 밤이면 꿈을 꾸었다. 높은 탑과 멋진 깃발이 사방에 걸린 도시를 걷는 꿈이었다. 하늘에는 다섯 개의 달이 떠 있었고 흐릿한 은빛 필름 같은 생물들이 거리에 북적였다. 지구가 아닌 이곳을 나는 아련하고 그리운 마음으로 걸었다. 둘러볼수록 쾌적하고 아름다운 곳이었다. 그곳을 이루고 있는 모든 것들이 조화롭고 각자의 자리에서 쓸모 있었다.

그런 꿈을 꾸다 깨었을 때 나는 묻곤 했다.

"거기 있어요?"

외계인은 틀림없이 대답했다.

있어.

그러면 나는 안심하고 다시 잠들었다.

외계인이 이제 떠나겠다고 말해 온 것은 계절이 바뀔 무렵이었다.

오늘 밤엔 갈 수 있을 것 같아.

"어딜요?"

멍청하게도 나는 그렇게 되물었고 외계인은 대답하지 않았다.

"어딜 가냐니까요?"

이번에도 대답은 없었고 그제서야 깨달았다.

"다 모인 거예요?"

그래, 이 정도면 지구의 중력쯤은 충분히 벗어날 수 있어.

왜 며칠간 잠잠하다 하필 자려고 누운 이 마당에야 이런 얘길 하는지 알 수 없었지만 나는 침대에서 벌떡 일어났다. 벗어 놓은 옷을 주섬주섬 꺼내 입으며 물었다.

"뭘 어떻게 해야 돼요?"

너의 운동에너지를 추진력 삼아 네 몸에서 빠져나가 볼 테니, 너는 평소처럼 달리기만 하면 돼.

그 말만 하고 무릎은 아무 말이 없었다. 그 침묵에서 눈치챘다. 에너지가 다 모인 건 사실 한참 전의 일이었으리라는 것을. 하지만 나는 더 말하지 않았다. 대신 옷을 단단히 입고 러닝화 끈을 조여맸다. 익숙한 창릉천 러닝 트랙까지 묵묵히 걸었다. 발목을 돌리며 몸을 푸는 동안에도 우리는 입을 꾹 다물고 있었다.

"자, 그럼 뛰겝니다."

나는 제자리걸음을 몇 번 뛰고 달리기 시작했다.

처음에는 천천히, 서둘지 않고 발이 땅에 닿는 감각을 느끼며 조금씩 속도를 붙여 나가는 것에 집중했다. 그렇게 몇백 미터를 뛰었을 때쯤 무릎이 말했다.

지금이야.

나는 앞으로 튀어나갔다. 허벅지에 힘을 꽉 주고 죽어라 달렸다. 그와 동시에, 오른쪽 무릎에서 뭔가 간지러운 느낌이 들었다. 정신없이 뛰면서도 아래를 내려다보니 세상에, 무릎이 조금씩 빛나고 있었다. 그 빛을 보니 왠지 마음이 벅차, 나는 더욱 다리에 힘을 주고 달렸다. 주변 풍경이, 밤의 공기가, 바로 방금 전까지 나를 둘러싸고 있던 모든 것들이 빠르게 나를 스쳐 지나갔다.

좀 더 빨리!

숨이 턱 끝까지 찼지만 나는 멈추지 않고 달렸다. 무릎은 달리면 달릴수록 더욱 밝게 빛나, 이제는 내려다보지 않아도 그 빛이 앞을 환히 밝힐 정도였다. 건너편 천변의 사람들이 이쪽을 바라보았고 그 모습도 순식간에 등 뒤로 멀어졌다. 나는 그야말로 바람처럼 달렸다. 달리면 달릴수록 이상하게도 몸이 가벼워지는 것 같은 느낌이었다.

그때였다. 무릎에서 푸슝, 하는 소리가 들렸다. 온

몸의 감각이 열려 있지 않았다면 듣지 못했을 만큼 작은 소리였다. 깜짝 놀라 무릎을 내려다보았는데 더 이상 빛이 나지 않았다. 그제서야 뒤를 돌아보았다.

나간 걸까.

"저기요, 갔어요?"

나는 제자리에 멈춰서서 헉헉거리며 무릎에 대고 물었다. 대답은 없었다.

"갔냐고요, 인사도 없이?"

여전히 대답은 없었다. 나는 이마의 땀을 손바닥으로 훔치며 옆걸음으로 러닝 트랙에서 빠져나왔다. 휴대폰 플래시를 켜서 무릎을 비춰 보았는데 쭉 찢어진 흉터 한 줄만 덜렁 있을 뿐, 겉보기에는 달라진 게 없어 보였다. 진짜 간 건가. 은혜도 모르는 외계인 같으니라고, 인사도 한마디 없이 가 버리다니. 맥이 빠져 내가 달려온 저 뒤쪽 너머를 빤히 바라보았다. 아무것도 보이지 않았다. 하긴 우주 너머까지 갈 작정이니 모르긴 몰라도 지금쯤이면 이미 지구쯤은 빠져나갔겠지. 나는 손차양을 하고 하늘을 올려다보았다. 새벽 하늘에 별이 한두 개 빛나고 있었다. 언젠가 저 별을 올려다보며 달리다 넘어졌던 일을 생각했다. 저 별보다 훨씬 먼 어딘가로 가는 거겠지. 그곳은 지금 어떨까. 외계인의 꿈에서 보았던 것처럼 아름다울까.

정말 그렇다면 어떡하지.

사실 오랫동안 생각해 왔었다. 꿈에서 그 아름다운 도시를 볼 때마다, 외계인이 침묵을 지키던 긴긴 밤마다 나는 손톱을 깨물며 상상했었다. 시스템이 옳았다면 어떡하지. 외계인이 돌아간 그곳이 지금 아름답고 완전하다면, 불필요한 존재들이 사라진 자리에 필요롭고 쓸모 있는 것만 남아 모든 것이 잘 돌아가고 있다면. 명분도 있을 곳도 없어진 채로 싸우기도 전부터 져 버린다면. 오랫동안 걱정했지만 입 밖으로 꺼내지 않은 건 단순히 그게 그의 결심에 초를 치는 일이기 때문만이 아니었다. 외계인은 분명 가 보기 전까진 모르는 일이라고 말할 테고 그러면 이번에는 내 쪽에서 할 말이 없어졌을 테니까. 예전부터 지금까지 그리고 아마 앞으로도, 내게는 가고 싶은 곳조차 없었고 그런 내 처지를 그와 비교하며 비참해졌을 테니까. 그걸 알았기 때문에 우리는 아무 말도 하지 않았다.

선생이 되면 돌아와서 자랑하겠다고 했었지.

그때까지는 나도 찾아 두고 싶다, 나는 땅에 발을 구르며 생각했다. 뭘 찾고 싶은 건지는 아직도 모르겠지만. 외계인이 돌아온다는 건 싸움에서 이겼다는 뜻일 것이다. 그걸 알리러 기나긴 길을 달려온 그에게 난 아직도 뭐가 뭔지 모르겠다는 소리나 하고 있을 순 없으니까. 실패하든 성공하든 뭐가 됐든 좋으니 일단 가 본 다음에, 그게 맞았는지 아니었는지 이야기해야지. 그땐 더 비싼 술을 마셔야지, 네 캔에 만 원짜리 말고.

나는 밤하늘을 멍하니 올려다보다 돌아섰다. 집 반대쪽으로 천천히, 곧이어 빠르게 달리기 시작했다.

비늦방울 퐁

유현은 그날 저녁도 평소처럼 정확한 시간에 집에 돌아왔다. 현관에서는 운동화를 벗어 가지런히 돌려 놓았고 티셔츠와 양말을 빨래통에 넣은 뒤에는 자몽 향이 나는 비누로 손발을 씻고 깨끗한 실내복으로 갈아입었다. 저녁은? 묻자 먹고 왔다며 고개를 저었다. 그러면서 유현은 철 지난 영화를 보고 있던 내 옆에 살그머니 앉았다. 그리고 속삭였다.

나 오늘 비눗방울 되는 약 먹었어.

나는 꼿꼿한 목을 하고 텔레비전만을 응시했다. 못 들은 척하면 안 들은 게 되리라고 믿는 사람처럼. 마침 영화에선 누군가 끊임없이 쫓기는 장면이 이어지고 있었다. 좁은 골목을 계속해서 달려가는 그의 발치로 총알이 빗발쳤다. 잡히지 마. 잡히지 마라. 나는 속으로 되뇌었다. 그가 잡히면 모든 것이 끝날 것만 같았다. 나는 눈을 부릅떴다. 유현은 크흠, 하고 목을 한 번 가다듬었다.

살 만큼 살았다, 그것이 유현의 대답이었다.

좋은 이들도 많이 만났고 맛있는 것도 많이 먹었고 가 보고 싶던 곳에도 모두 가 보았으니 이제 남은 삶에서 더 이상 새로이 좋은 일은 없을 것만 같아, 그러므로 나는 이쯤하여 그만두려고 해. 언뜻 생각하면 말도 안 되는 소리 같으나 정작 토를 달자니 그럴 만한 구석이 없는 그 말에 그만 말문이 막히고 말았다. 유현은 아무튼 허튼소리는 하지 않는 사람이었으니까. 유현이 말하는 것들은 항상 오랜 생각으로 다듬어진 문장들뿐이었고 그의 바로 그런 점을 나는 아주아주 사랑했었다. 얼마나 사랑했느냐면 유현의 모든 말을 그저 이해하고 받아들일 만큼. 유현이 그렇다고 결정한 일은 아무런 의심 없이 그렇구나 하고 생각해 버릴 만큼. 하지만 이번의 일은 아무래도 그럴 수가 없었다. 그럼 나는? 나는 어떡해? 하고 구차한 소리를 한마디 하지 않고서는 아무래도 도무지.

그래서 마지막 시간을 너와 보내려는 거야.

유현은 차분하게 대꾸했다.

아이고 그것 참 고맙네. 고마워서 눈물이 난다.

쏘아붙이고 나니 정말로 눈물이 나서 나는 좀 울었다. 뚜욱뚜욱 어쩌지도 못하고 눈물방울이 옷 앞섶을 적시도록 내버려 두고 있으니 벌떡 일어난 유현이 휴지 갑을 가져다 내 앞에 놓았다. 마치 이게 필요할 거라고 미리 생각하고 있었던 사람처럼. 나는 휴지를 거세게 잡아 뽑아 눈두덩을 꾸욱 눌렀다.

그래서 며칠이나 남은 건데.

이제 삼 주 정도.

뭔 돈으로 그 약을 사 먹었어. 비싸다던데.

적금 깼지. 이제 쓸 일도 없는데.

잘났다. 잘났어 아주.

불퉁거리며 유현의 손을 확 낚아채어 잡았다. 머리 위로 들어올려 형광등 불빛에 비추어 보았다. 투명해졌나.

아직은 아무 느낌도 없어. 달라진 것도 없고.

언제부터 달라진다는데?

사람마다 다르대. 빠른 사람은 이삼일 뒤부터.

그럼 뭘 어떻게 해야 되는데.

그냥, 그냥 평소처럼 지내면 되지.

어떻게 평소처럼 지내. 니가 비눗방울이 돼서 퐁 터져 없어진다는데.

웃으라고 한 말은 결코 아니었는데 유현은 후후 소리내어 웃었다.

뭐가 웃기냐. 웃기냐, 이게.

좋잖아. 깔끔하고 흔적 없이 퐁.

유현은 집게손가락을 뻗어 허공을 찌르는 시늉을 하며 입술을 동그랗게 모아 퐁, 하고 소리냈다. 이상하게도 그 모습에서 그냥 알 수 있었다. 많이 생각하고 생각해서 내린 결정이라는 사실을. 그러자 갑자기 마음이 조금 편안해지는 것 같기도 했다. 어떻게 말렸어도 듣지 않았을 것을 알았기 때문에. 눈물과 고함 소리, 다툼과 미움으로 얼룩질 뻔했던 마지막을 평화로이 보낼 수 있는 기회가 주어졌음을 깨달았기 때문에.

하고 싶은 거 있냐. 뭐든지.

눈물 콧물을 닦은 휴지를 손아귀에서 구기며 나는 물었고 유현은 의외로 시원하게 대답했다.

참외가 먹고 싶어.

나는 눈이 둥그래져서 되물었다.

참외? 무슨 참외?

그러자 유현은 바로 그 질문을 기다렸다는 듯이 설명하기 시작했다. 자신이 먹고 싶은 바로 그 참외에 대해서.

보통의 참외보다 작고 단단한데 황금빛 껍질이 아주 얇고 부드럽다고 했다. 반으로 잘라 보면 과육은 하얗다기보다 약간 노오란 빛이 돌고, 그 단면에서 배어 나오는 즙이며 향이 먹어 보지 않아도 아주 맛있다는 것을 단박에 알 수 있는 그런 참외. 아까운 과육이 베어져 나가지 않도록 최대한 조심하며 얇게 얇게 껍질을 벗겨낸 뒤 움쓱 깨물면 입안으로 물컥 치미는 단맛이 웬만한 멜론이나 수박엔 댈 수도 없는 정도라나. 씨앗과 그 주변을 둘러싼 부드러운 부분은 그야말로 꿀처럼 단박에 입에서 녹아 없어지고 부스러진 과육은 혀 위에서 춤추다 꼴딱 넘어간다고 했다.

나는 입을 헤벌리고 유현의 말을 들었다. 물론 묘사한 그 참외의 맛이라는 것도 굉장했지만 그보다는 먹을 것에 대해 이토록 신이 나서 말하는 유현의 모습이 조금 낯설어서였다. 유현은 소문난 소식가인 데다 뭔가를 맛있고 복스럽게 먹는 사람이 전혀 아니었다. 그런 유현이 먹을 것을 이토록 찾는 건 정말로 처음 보는 일이었다.

언제 먹었는데 그런 걸?

오 년 전쯤.

어디서 사 먹었어?

사 먹은 게 아냐.

유현은 바로 여기서부터 이야기가 재미있어진다는 듯이 슬쩍 미소 짓고는 물었다.

혜령이, 기억나?

혜령, 분명 알고 있는 이름이라는 생각은 들었지만 그게 누군지 한 번에 떠오르지 않아 나는 고개를 갸웃했다. 혜령, 혜령. 그러는 동안 유현은 빙글빙글 웃으며 마치 넌센스 퀴즈라도 낸 사람처럼 내 얼굴을 바라보고 있었다. 그 얼굴을 마주 보다 갑자기 생각났다, 혜령이 누구였는지.

너 예전에 만나던 그 여자?

맞아. 용케도 기억하네.

기억하지 않을 리가, 유현과 5년이 넘게 함께 살았던 사람인걸. 같은 과였던 학부생 시절에는 선남선녀

커플로 대학에서 유명했다고 들은 적이 있었다. 뭐 관심이 없었던 게 아니기도 했지만, 그런 말을 들은 이상 궁금증을 참을 수 없어 그 여자의 SNS를 찾아보기도 했었다. 뭐 예쁘게 생겼네, 하고 질투 섞인 평가를 중얼거린 뒤엔 잊어버리려고 애썼고 실제로 잊고 지냈다. 그런데 이제 와서 갑자기 그 이름이 나오는 이유는 뭐란 말이야. 무슨 말이 나올지 전혀 예상하지 못한 채로 나는 유현의 얼굴만 쳐다보았다.

혜령이 부모님이 강릉에서 감자 농사를 지으셨거든. 매년 늦여름마다 택배 상자에 감자랑 옥수수랑 뭐랑 해서 이것저것 가득 담아 보내 주시곤 했어. 그 참외는 거기 들어 있던 거거든. 한 개 아니면 두 개, 그냥 생각나서 넣었다는 듯 무심히 들어 있던 그게 왜 그렇게 맛있던지. 해마다 날씨가 따뜻해지면 그 택배를 기다리는 재미로 시간을 보냈어. 부담스러우실까 해서 언제 보내 주시는지 여쭤보지도 못하고 말야.

보통 때 같으면 하이고, 그게 그렇게도 좋았냐 하면서 통박을 놓을 타이밍이건만 나는 가만히 귀를 기울이고 있었다. 그깟 참외를 오매불망 기다렸다는 오래전의 유현은 아무래도 귀여웠으므로, 아니 내용보다는 그 조곤조곤하고 따뜻한 말투가 좋았고 꿈꾸는 듯한 유현의 표정도 좋았으므로.

혜령이랑 헤어질 때도 나는 생각했어. 혜령이에겐 미안하지만 혜령이보다 그 참외 맛이 더 그리울지도 모르겠다고. 실제로 그랬지 뭐야, 그 애는 얼굴도 가물가물한데 참외 맛은 어제 먹었던 것처럼 생생해. 여름마다 아, 먹고 싶다, 하고 생각했는데 말야. 올해 여름에 사라진다면 단 하나 아쉬운 건 그거였어. 다시는 그 참외를 먹어 보지 못한다는 거. 딱 한 번만, 한 입만 먹으면 될 것 같은데.

유현이 말을 마치고는 이해하지, 하는 얼굴로 나를 바라보았다. 나는 입술을 단단히 모으고 생각했다. 사라지기 전 단 하나 아쉬운 것이 고작 그 참외의 맛이라는 것이, 그러니까 내가 아니라는 것이 섭섭하면 안 된다고. 나는 네게 대체 무엇이었냐고 묻고 싶은 마음은 굴뚝같았지만 그 서운함을 토로하느라 금쪽 같은 시간을 낭비하면 나중엔 분명 가슴을 치며 후회하게 될 거라고. 마음속에 떠오른 수많은 원망의 말 대신 나는 말했다.

……그 여자랑 연락돼?

유현은 고개를 저었다. 거기서부터는 우리가 함께

해야 할 일이라는 것처럼. 나는 한숨을 푹 내쉬었다. 유현의 휴대폰을 찾아 혜령의 이름을 검색했다. 번호가 저장되어 있다는 건 알고 있었지만 그것을 이렇게 찾을 일이 생길 거라곤 상상도 하지 못했었는데. 나는 그 전화번호를 내 휴대폰으로 옮겨 적었다. 그런데 뭐라고 해야 할까. 전화를 걸 깜냥은 없고 메시지를 보내는 게 좋을 듯하여 문자메시지 창을 켜긴 했지만, 그렇다고 선뜻 꺼낼 말도 애매해 나는 의미 없는 단어들을 썼다 지웠다 했고 그러다 건너다본 유현의 얼굴은 여전히 웃고 있었다.

답장은 하루 뒤에야 도착했다.

안녕하세요, 뭐라고 답장을 보내야 할지 몰라 망설이다가 이제야 메시지를 씁니다. 유현이 비눗방울이 된다니, 수정 씨만큼은 아니겠지만 저 역시 충격이 크네요. 하지만 뭔가…… 유현이답다는 생각도 듭니다. 제가 아는 유현과 한치도 변한 것이 없구나 싶기도 해요.

저는 지금 강원도 강릉에 살고 있어요. 작년에 부모님이 갑자기 돌아가셨거든요. 부모님이 돌보던 감자밭을 내버려 둘 수 없어 직장을 그만두고 내려왔는데, 혼자 지내기가 외로워 개를 한 마리 키우고 있어요. 이름은 밤돌이고 진도 믹스입니다. 참, 왜 개 얘기를 하고 있는지 모르겠지만…… 아무튼 그래요. 수정 씨와 유현이가 와 준다면 반가울 거예요. 마침 다음 주쯤 감자를 캐려고 했는데 혼자선 엄두가 나지 않던 참이거든요. 두 분이 감자 캐는 걸 도와주실래요? 말씀하신 참외도 나누어 먹고요. 일부러 키운 것도 아니고 밭두렁에 저 혼자 자란 참외지만 유현이 말처럼 아주 맛있답니다. 언제든 오셔도 돼요. 전화를 주시면 터미널로 마중 나가겠습니다.

우리가 고속버스터미널로 출발한 것은 그 문자를 받고서 나흘 뒤였다.

얼마나 머무르게 될지는 모르겠으나 터미널로 떠나는 나는 거의 내 몸집 반만 한 배낭을 메고 손에는 여행용 캐리어도 하나 든, 제법 먼 여행을 떠나는 사람의 모습을 하고 있었고 그 배낭에 든 것은 기본적인 옷가지와 여행용품 외에도 다음과 같았다. 호미 두 개, 팔토시와 장갑 다섯 켤레, 챙이 넓은 모자, 긴 목양말, 그리고 허리에 매는 밭일용 둥그런 의자. 모두 농사 도구를 파는 인터넷 사이트에서 한꺼번에 주문한 것들이었다. 혜령 씨는 전부 집에 있으니 아무것도 가져오지 말라고 당부했지만 신세 지는 차에 어디 그럴 수가 있어야지, 노파심에 이것저것 사다 보니 짐이 이만큼이나 늘어난 거였다.

게다가 가장 중요한 짐, 그러니까 유현이 있었다. 점점 가벼워지기 시작한 유현은 결국 사흘째 되던 날 둥실 떠올라 지면에서 사오 센티미터 정도 높이에 동동 떠다니기 시작했고 스스로는 걸을 수 없는 몸이 되어 버리고 말았다. 집에서야 유현이 가고 싶다는 곳으로 톡톡 밀어 주기만 하면 되었지만 함께 터미널에 가고 버스를 타는 것은 쉬운 일이 아니었다. 결국 생각해 낸 방법은 가장 꼴사나운 것이었다. 나는 다이소에 가서 강아지 산책용으로 나온 리드줄을 하나 사 왔다. 목걸이 부분이 푹신하게 되어 있어 아프지 않을 것 같은데다 버튼을 누르면 줄이 자동으로 감기는 릴이 붙어 있었으므로 행여나 유현과 멀어진다 해도 걱정없을 것 같았기 때문이었다. 집에서 그것을 유현의 오른 팔목에 감고 시험 삼아 몇 걸음 걸어 보니 과연 그런대로 괜찮았다. 그러고 있는 우리 모습이 슬프고 또 동시에 우스워서 울다 웃다 했음은 물론이었다.

우리는 앱으로 미리 예매해 둔 버스표 시간에 맞

추어 터미널에 도착했다. 버스가 출발하기까지 이십 분 정도 남아 있었다. 버스 앞에 일렬로 늘어선 플라스틱 의자에 앉으니 그제서야 참, 뭐라도 사 가는 게 좋으려나 싶은 생각이 들었다.

야, 빈손으로 달랑달랑 가기 좀 그렇지 않나.

그런가? 혜령이는 신경 안 쓸 텐데.

내가 신경 써. 아, 터미널에 뭐 파는 데 있을 텐데. 병 음료수 같은 거라도.

나는 터미널 안쪽을 흘끔거렸다. 말마따나 편의점 같은 것은 있었지만 마침 주말인지라 사람이 엄청나게 붐비고 있었다. 짐과 유현을 여기에 두고 가기도 뭣하고 그렇다고 이것들을 이고 지고 가기도 엄두가 나지 않아 망설이고 있는데 누군가 나를 불렀다.

아가씨, 내가 짐 봐 줄까요? 같은 버스 타는 것 같은데.

고개를 돌리니 옆 의자에 웬 아주머니 한 분이 나를 보고 있었다. 푸근한 인상의 아주머니 다리 앞에 역시 커다란 짐가방이 보였다.

아, 괜찮은데…….

이 청년하고 짐하고 두고 빨리 갔다와요, 내가 봐 줄게.

아주머니가 손을 휘휘 저었다. 나는 엉거주춤 일어났다. 내미는 손에 유현의 손목을 묶은 리드줄을 쥐여 주었다. 아주머니가 그것을 받아 쥐며 말했다.

우리 아들도 재작년에 비눗방울 약 먹었어요. 먹은 지 사나흘쯤 됐지? 그래 보이네.

나는 대답할 말을 잃은 채 그 자리에 붙박여 섰다. 아주머니가 얼른 가요, 말하며 터미널 안쪽을 눈짓했지만 발을 뗄 수가 없었다. 뭔가를 묻고 싶었지만 뭘 묻고 싶은지 알 수 없었고 사실 아무 말도 할 수 없는 상태에 더 가까웠다. 다녀와, 유현이 속삭이며 허리께를 툭 쳤고 그 반동에 튕겨 나가듯 움직이기 시작해 터미널 안으로 걸었다. 병에 든 알로에 음료 한 상자를 사 갖고 돌아왔다.

꼭 우리 아들 같네, 잘생기고 훤칠한 게.

아주머니가 웃으며 내게 리드줄 손잡이를 도로 넘겨주었다. 고맙습니다, 말하려 했는데 뭔가 웅얼거리는 이상한 소리만 목구멍에서 비어져 나왔다. 강릉이라고 쓰인 표지판을 앞 유리에 붙인 버스가 우리 앞에 와서 설 때까지 나는 그대로 아무 말도 하지 못했다. 버스 문이 열리고 앞세운 유현의 등을 톡톡 밀어 좁은 통로를 지나 자리에 앉히고 나서야 나는 멀찍이 앞쪽에 앉은 아주머니에게로 갔다.

저기…….

응?

아주머니는 어떻게 시간을 보내셨어요, 어떻게…… 그…… 마지막을.

묻고 나서야 이게 얼마나 무례하고 사적인 질문인지를 깨달았고 나는 얼굴이 빨개져 말을 더듬었다. 하지만 아주머니는 상관없다는 듯 조금의 망설임도 없이 대답해 주었다.

하고 싶다는 걸 하게 해 줬어요. 그게 제일 후회가 없을 것 같아서.

그래서 후회가 없으셨나요, 하고 묻지 말아야 한다는 건 알고 있었다. 나는 고개를 깊이 숙여 보인 뒤 자리로 돌아왔다. 어쩌면 그 말을 듣고 싶었는지도 모른다고 생각하면서. 이윽고 버스가 몸을 한번 부르르 떨고는 출발했다. 두둥실, 자꾸만 떠오르려는 유현을 잡아 앉히며 나는 창밖을 바라보았다. 느릿느릿 멀어지는 터미널의 모습을 기억해 두었다. 마음의 카메라로 사진을 찍으려는 사람처럼.

혜령 씨는 강릉 시외버스터미널 플랫폼에서 우리

를 기다리고 있었다.

우리는 서로 어색하게 인사를 주고받았다. 청바지와 티셔츠 차림의 혜령 씨는 생각보다 키가 훌쩍 컸고 그을린 얼굴은 예쁘고 건강해 보였다. 나와는 전혀 다른 타입이군, 하는 의미 없는 생각을 어쩔 수 없이 하며 나는 먼저 손을 내밀어 오는 혜령 씨와 악수했다. 유현과는 당연히 구면일 혜령 씨가 유현보다 내게 먼저 인사를 해 주었다는 사실을 상기하면서. 악수를 한 뒤에야 혜령 씨는 느긋한 표정으로 웃고 있는 유현을 노려보았다.

한 대 때려 주고 싶은데 터질까 봐 때리지도 못하겠네.

혜령 씨가 말했고 나는 깔깔 웃었다.

아, 제가 하고 싶은 말을 대신 해 주셔서 속이 시원하네요.

굳이 사양했지만 내 캐리어를 빼앗아 드는 혜령 씨를 앞세워, 우리는 터미널 앞에 세워 두었다는 트럭으로 걸어갔다. 군데군데 긁힌 자국이 있고 흙탕물이 잔뜩 튄 트럭이 멀찍이 서 있었다. 문을 열기도 전에 나는 앗! 하고 탄성을 질렀다.

강아지다!

밤돌이에요. 집에 혼자 두면 계속 짖어서.

혜령 씨가 말하며 앞좌석 문을 열었다. 커다란 황갈색 개가 튀어나와 꼬리를 붕붕 휘저으며 이미 아는 사이인 양 내 다리에 엉겨붙었다. 아이코 예쁜 것, 예쁘기도 하지. 나는 개의 얼굴을 양손으로 받치고 중얼거렸다. 둥글고 순한 개의 눈이 나를 바라보고 있었다.

개 괜찮으세요?

괜찮고말고요. 너무 좋아해요.

좌석 뒤쪽의 공간에다 내 가방을 실은 혜령 씨가 이번에는 트럭 뒤칸에 캐리어를 솜씨 좋게 실었다. 밤돌이가 유현에게로 다가가 킁킁 냄새를 맡았다. 유현이 아저씨 냄새 이상하지, 하면서 웃었다. 정말, 지금 유현에게선 어떤 냄새가 날까. 곧 비눗방울이 되어 퐁 터져 버릴 사람에게선. 나는 유현을 들어올려 트럭 가운데 자리에 앉힌 뒤 밤돌이를 무릎에 올려 안았다. 이윽고 혜령 씨가 운전석에 올라타고 시동을 걸었다.

버스 타고 오시느라 고생하셨는데 어쩌죠. 조금 멀리 가야 되는데.

괜찮아요.

이 사람은 왜 이렇게 친절한 걸까. 나는 밤돌이의 뒷덜미에 코를 묻으며 앞 유리를 바라보았다. 룸미러에 유리구슬을 꿰어 만든 묵주 비슷한 것이 걸려 있었다. 트럭이 출발하는 기세에 그것이 짤강짤강 흔들리며 아름다운 소리를 냈다. 고소한, 고소한 개의 냄새. 혜령 씨는 우리가 괜찮은지 확인하듯 운전하는 도중 오른쪽을 종종 힐끔거렸고 유현은 차를 타고 가는 내내 낮게 노래를 흥얼거렸다. 마치 즐거운 소풍길에 나선 사람처럼.

이게 다 감자예요?

감자밭을 본 나의 첫마디는 이랬다.

그럼 이게 다 감자지 뭐예요?

혜령 씨는 크게 웃으며 대답했다. 나는 머쓱해져서 따라 웃고 말았다. 하긴 말마따나 이게 다 감자지 뭐겠어. 하지만 고작해야 뒷마당이나 텃밭 정도를 생각했던 내게 혜령 씨의 감자밭은 넓어도 너무 넓었다. 검은 비닐로 덮인 기나긴 밭고랑이 한눈에 셀 수도 없을 정도였으니까. 게다가 도시에서만 자란 나는 감자라고 하면 슈퍼 야채 코너에 흙이 묻은 채로 쌓여 있는 모습만을 막연히 생각했지, 이렇게 위에 본격적인 줄기와 잎이 달린 상태의 감자는 본 적이 없었으므로 생경하기는 더 했다. 마찬가지로 서울내기인 유현도 신기했는지 밭이랑 앞에 쪼그려 앉아 비닐을 손가락으로 쿡쿡 찔러 보고 있었다.

이 땅밑에 감자가 있는 거야? 이 비닐은 왜 씌워?

와, 너 정말 아무것도 모르는구나.

혜령 씨가 한숨을 쉬었다.

멀칭이라고 하는 거야. 비닐 안 씌우면 잡초가 자라서 감당이 안 돼.

몰랐어요.

내가 대신 대답했다. 밤돌이가 밭 너머로 신나게 뛰어갔다가 헥헥대며 되돌아오기를 반복하고 있었다.

이게 다 얼마나 되는 양이에요?

캐 봐야 알 것 같아요. 일단 포대를 넉넉히 준비해 두긴 했는데.

아, 포대에 담아요?

묻고 나서야 또다시 바보 같은 질문을 했다는 것을 깨달았고 그러자 정말로 바보가 된 듯한 기분이었다. 살면서 이토록 처음인, 아무것도 모르는 일을 해 보는 건 오랜만이다 싶었다. 유현에게 참외 맛을 보여 주는 일만 생각했지 감자를 캐야 한다는 것은 사실 거의 잊고 있었는데, 잘할 수 있을까. 괜히 바쁜 시기에 혜령 씨를 거추장스럽게만 하는 게 아닐까 싶어 더럭 겁이 났다. 그런 내 표정을 읽었는지 혜령 씨가 말했다.

너무 걱정 마세요, 저도 감자 수확은 처음이거든요.

아 정말요?

네. 올여름 내내 키우기는 열심히 키웠는데.

혜령 씨가 흙이 잔뜩 묻어 돌아온 밤돌이의 머리를 쓰다듬었다. 그러면서 나지막하게 말했다.

올봄에 부모님이 사고를 당하셨어요. 두 분이 같이 돌아가셨는데⋯⋯ 너무 갑작스러워서 뭘 어떻게 해야 하는지 모르겠는 채로 어영부영 장례를 치렀어요. 정말 그야말로 어영부영.

말하면서 혜령 씨는 밭 너머 어딘가를 바라보았다. 오래 생각한 말을 하는 사람의 말투였다.

그러고 나서 이제 정리를 하려고 시골집에 내려와 보니까 엄마 아빠가 막 심어 놓은 감자가 너무 잘 자라고 있는 거예요. 아무것도 모르고. 사실 그 전까진 경황이 없어서 그랬나, 울지도 못했는데 이 밭을 보고서야 눈물이 나더라고요. 밭머리에 앉아서 펑펑 울었는데 그러고 나니까 이 감자들을 마저 키우고 싶다는 생각이 들었어요. 여기 동네 분들은 혼자서 어떻게 감당하냐며 그냥 갈아엎든지 놔두라고 하셨는데…… 결국 올해 여름 내내 새까맣게 타면서 끙끙댄 게 이거예요.

고생했겠다. 고생 많았겠다.

유현이 말했으나 나는 입을 다물고 있었다. 고생한 것은 물론 사실이겠으나 그 모든 사건들을 단순히 고생했어요, 하고 뭉뚱그려 말하는 것이 뭐랄까 타당치 않다고 느껴졌기 때문이었다. 저 감자밭에 얼마나 큰 슬픔이 주렁주렁 묻혀 있을까. 혜령 씨가 그것을 캐는 일을 도와 달라고 한 건 단지 일손이 부족해서만은 아닐 테지. 하지만 그런 이야기를 하는 대신 나는 발밑에 돋아 흔들리는 강아지풀을 한 줄기 뜯어 손에 쥐었다.

아참, 참외 보여 줘야지.

혜령 씨가 문득 생각난 듯 일어서더니, 긴 다리로 밭이랑을 성큼 익숙하게 넘어가며 우리에게 따라오라고 손짓했다. 따라간 밭 너머에 풀이 무성하게 자란 둔덕 같은 것이 있었다. 여기 어디에 참외가 있지, 생각하는데 혜령 씨가 길게 자란 풀을 양손으로 헤쳤다. 샛노랗고 동그란 참외가 꼭 일부러 그런 것처럼 딱 세 알 놓여 있었다.

와!

유현이 소리치며 허리를 숙였다. 나도 따라 자세히 들여다보았다. 어른 주먹보다 조금 큰 정도였지만 얼굴을 가까이 대니 달콤한 참외 향이 물컥 코를 찔렀다. 과연 유현이 했던 묘사만큼이나 맛있는 냄새였다.

밭일하다 먹고 버린 것이 여기 자랐나 봐요. 모양은 이래도 맛있으니까, 감자 캐고 나면 하나씩 나눠 먹어요, 우리.

혜령 씨가 미소지으며 다시 풀을 다독여 참외를 덮어 두었다. 풀벌레가 사방으로 튀었다.

해도 져 가니, 일단 오늘은 쉬고 내일부터 시작해요. 동네 분들도 도와주러 오신다고 하셨으니까. 빈 방을 치워 뒀어요.

고맙습니다.

나는 겨우 말했다. 고맙다는 말이 얼마나 공허하고 작은 말인지 생각하면서. 줄지어 밭이랑을 도로 건너뛴 우리는 혜령 씨의 집으로 걷기 시작했다. 밤돌이가 왕! 한 번 크게 짖고는 꼬리를 풍차처럼 휘돌리며 앞서 달려갔다. 나는 아까 꺾은 강아지풀을 그

때까지도 손에 꼭 쥐고 있었다.

유현아 자냐.

잠들었냐.

고른 숨소리만 새액새액 들릴 뿐, 유현은 대답이 없었다. 떠오르지 않도록 묵직한 이불로 눌러 놓은 유현의 몸이 둥그런 무덤 같은 실루엣을 그리고 있었다. 속 편한 녀석 같으니라고. 비눗방울 인간이 되면 잠이 많아지는 걸까. 몸이 변하느라 바쁘고 피곤해서 잠이 늘어나나. 나는 어둠 속에 모로 비스듬히 누워 천장을 바라보았다. 도시에선 불을 꺼도 어디선가 빛이 새어 들어와 어둡다는 느낌은 없었는데 이곳은 아니었다. 형광등을 끄자마자 기다렸다는 듯 새카만 어둠, 눈앞에 얼굴을 갖다 대도 모를 만큼의 깜깜함이 나타났고 거기에 적응하는 데에도 꽤 오랜 시간이 걸렸다. 이윽고 방 안의 형체들을 분간할 수 있을 즈음이 되자 나는 어둠 속에서 눈을 도록도록 굴려 보았다. 털털 소리 내며 돌아가는 선풍기, 그리고 창 바깥에서는 찌르찌르 차르르르 하는 풀벌레 소리. 구석에 놓인 커다란 서랍장이며 우리의 옷이 걸린 행거 옷걸이가 거인처럼 나를 내려다보고 있었다. 내일은 감자를 캔다고 했으니 지금 자 두는 게 좋을 테지만 도저히 잠이 올 것 같지 않았다. 시끄럽기도 시끄럽고 잠자리도 설었지만, 그보단 온갖 생각들이 누가 양동이에 담아 붓는 것처럼 자꾸만 마음 속으로 흘러들어오는 탓이었다. 유현은 언제 완전히 비눗방울이 되어 터질까. 유현이 말한 이제 그만 살아도 되겠다는 기분은 어떤 기분인 걸까. 비눗방울 약을 먹을 때 유현은 뭘 생각했을까. 조금은 생각했을까…… 나를. 거기에 생각이 이르렀을 때 나는 결국 이불을 걷어차고 말았다. 유현이 깨지 않도록 조심조심 일어난 뒤엔 뭘 어째야겠다는 생각도 없이 방을 나왔다.

원래는 부모님이 살았을 혜령 씨의 집은 작은 방 두 개와 부엌을 겸한 좁은 거실로 되어 있는 오래된 주택이었다. 거실 한쪽은 가끔 급할 때 들락거릴 수도 있을 것처럼 보이는 세 쪽짜리 커다란 창문으로 되어 있었는데, 그 창으로 수돗가가 갖춰진 작은 마당과 낮은 평상이 보였다. 그곳에 혜령 씨가 앉아 있었다. 당연히 혜령 씨겠지만 그 뒷모습을 알아보고 나서야 맵싸한 냄새가 함께 맡아졌다. 담배 냄새였다. 그러고 보니 혜령 씨는 사귈 때에도 담배를 피웠다는 얘길 유현에게 들은 적이 있는 것 같았다. 조용히 돌아가려고 했는데 어떻게 안 건지, 혜령 씨가 돌아보았다. 그러곤 나오라는 듯이 손짓하고 창문을 가리켰다.

잠이 안 오죠? 시끄러워서.

창문을 열고 빠져나온 내게 혜령 씨가 물었다.

네, 바깥도 시끄럽고 속도 시끄럽고.

웃으며 대꾸하자 혜령 씨도 담배 연기를 입 한구석으로 뿜으며 웃었다.

잠 안 오면 별 봐요. 도시에선 돈 주고도 못 보는 거니까.

나는 시키는 대로 고개를 꺾어 밤하늘을 바라보았다. 그러고는 나도 모르게 아아, 하고 말했다. 가리는 것 하나 없이 활짝 열린 하늘에 반쪽짜리 달, 그리고 별들이 누군가 멋대로 흩어 놓은 보석들처럼 빛나고 있었다. 정말로 눈을 뗄 수 없을 만큼 아름다웠다.

예쁘죠. 여기 와서 매일 밤 봤는데도 질리지 않더라고요.

유현이도 별이 될까요.

무심코 중얼거려 놓고 나는 입을 다물었다. 갑자기 엄청나게 부끄러워졌기 때문이었다. 이렇게 손발이 오그라드는 말을 할 생각은 정말 없었는데, 어린애도 아니고 나이를 먹을 만큼 먹은 사람이 무슨 이런 유치한 말을 한담. 게다가 부모님을 잃은 혜령 씨에게는 더더욱 할 말이 아니다 싶었다. 말을 주워 담을 수만 있다면 주워 담고 싶은 심정으로 밤하늘 별만 바라보는데 혜령 씨가 새 담배에 불을 붙였다.

유현이는 지은 죄가 많아서 별은 못 될걸요. 이렇게 사람 마음 아프게 하는데 별은 무슨.

혜령 씨가 내뿜은 담배 연기가 밤공기에 사르르 실려 갔다. 매끄럽게 허공을 헤엄치는 유령처럼. 나는 눈으로 그 연기를 쫓았다.

감사해요, 친절하게 대해 주셔서.

감자 캐는 거 도와주시는데 제가 고맙죠. 이런 시골까지 내려오시고.

아니에요, 즐거워요. 즐거운 상황은 아니지만.

내일은 힘드실 거예요. 밭일이라는 게 보통 일이 아니거든요.

우리는 마주보고 미소지었다. 그러자 왜일까, 분명 웃고 있는데도 마음이 미어지는 듯한 기분이 들었다. 가슴속이 뻐근해지며 귀퉁이부터 부서지는 것 같은 이 느낌, 다시는 다시 생겨날 수 없는 어떤 것이 무너져 내리는 광경. 나는 고개를 돌렸다. 혜령 씨는 말없이 그런 나를 바라보고 있었다. 지금 내가 겪고 있는 이것이 무엇인지 너무나 잘 아는 사람의 얼굴로.

먼저 들어갈게요, 너무 오래 있지는 마요. 모기 뜯기니까.

평상 밑에 담배를 비벼 끄며 혜령 씨가 말했다. 그러곤 내 어깨를 한 번 감싸 쥐고는 자리에서 일어났다. 이윽고 등 뒤에서 혜령 씨가 방문을 닫는 소리가 들렸다. 나는 혜령 씨가 쥐었던 어깨를 만져 보다가, 그만 평상에 벌렁 드러누웠다. 평상 위에 켜져 있던 전등갓에 커다란 나방이 달려들고 있었다. 저 부드럽고 덧없는 날개, 이 순간에도 유현의 몸은 차근차근 투명해지며 무게를 잃고 있겠지. 조금씩 사라질 준비를 하고 있겠지. 그런 생각을 하면서 나는 손을 허공으로 뻗었다. 밤하늘과 별과 여름 밤공기와 풀벌레 소리, 그것들을 손아귀에 쥐어 보려는 사람처럼.

다음 날 아침, 잠에서 깬 건 천장에서 들린 유현의 목소리 때문이었다.

수정아. 나 좀 내려 줘.

눈을 뜨고선 깜짝 놀라 악 소리를 질렀다. 유현이 바닥을 보고 엎드린 채 천장 가까이에 둥둥 떠 나를 내려다보고 있었다. 벌떡 일어나 아래로 뻗은 유현의 양손에 덥석 깍지를 꼈는데 그러자 다시 한 번 놀라고 말았다. 손에 잡히는 느낌이 너무나 이상했던 탓이었다. 껍질이 아주 얇고 미끄러운 풍선을 만지는 듯한 느낌이랄까, 조금만 잘못 힘을 주면 그대로 팡 터져 버릴 것 같았다. 손을 잡아 조심스럽게 유현을 끌어내린 뒤 자세히 보니 손이며 반소매 티셔츠 밑으로 늘어진 팔목에 반들반들한 투명감이 감돌고 있었다.

정말 많이 투명해졌네, 나.

유현이 제 몸을 살펴보며 중얼거렸다. 기분 탓인지 몰라도 목소리도 더 작고 가느다랗게 변한 것 같았다. 나는 입을 꾹 다물고 어제 썼던 강아지 리드줄을 가져왔다. 유현의 허리에 감은 뒤 줄을 짧게 조절했다. 그래도 어제까진 이렇게 하면 허공에 떠 있을지언정 서 있는 자세는 유지할 수 있었는데, 이제 유현은 꼭 무중력 공간에 던져진 우주비행사처럼 손발을 휘저으며 자꾸만 중심을 잃어버렸다.

이거 재미있네.

유현이 허공에서 팔다리를 저으며 헤엄치는 흉내를 냈다. 그런 유현의 머리 너머로 언뜻언뜻 방의 풍경이 비치고 있었다.

너 그래서 감자 캐겠냐.

안 될 것 같은데. 난 밭 한가운데 둥둥 떠 있을게. 응원용 풍선처럼.

웃을 상황이 아니었는데 풋, 하고 웃고 말았다. 나는 한 손에 리드줄을 쥐고 방문을 열었다. 발치에 밤돌이를 앉힌 혜령 씨가 거실에 앉아 작은 소리로 텔레비전을 보고 있었다.

일찍 일어났네요. 와 뭐야, 많이 투명해졌네.

다가온 혜령 씨가 유현을 이리저리 살펴보았다. 밤돌이가 허공에 뜬 유현을 보며 작은 소리로 으르릉거렸다. 어색하니, 나도 어색해. 나는 마음속으로 중얼거렸다. 혜령 씨가 밤돌이의 엉덩이를 툭툭 쳐 달래며 말했다.

곧 여기 마을 분들 오실 거거든요. 난 새참 준비할 테니까 좀 씻고 쉬고 있어요.

어어, 같이 해요.

아니에요. 주방이 좁아서 혼자 하는 게 편해요. 대단한 거 준비할 것도 아니고. 참, 밤돌이 산책이나 시켜 주면 고맙고요.

혜령 씨가 주방으로 갔다. 싱크대에서 물 트는 소리를 듣고서야 왜 혜령 씨가 우리가 일어나길 기다렸는지 깨달았다. 시끄러워 잠을 깰까 봐 그랬구나. 고맙고 미안해져서 잽싸게 유현을 데리고 밤돌이를 앞세워 집을 나갔다. 집 문을 나가자마자 밤돌이는 왕! 큰 소리로 한번 짖더니 와다다다 달려 나갔다. 아직 뜨겁게 데워지기 전인 늦여름 아침의 공기가 청신했다.

날씨 좋다.

그러게. 밭일하기 딱 좋은 날씨네.

그런 말을 한가로이 주고받으며 나는 길 끝에 점처럼 보이는 밤돌이를 향해 천천히 걸었다. 오른손에 쥔 줄 끝에 유현이 흔들거리며 따라왔다. 지금 몇 시쯤 되었을까, 생각하며 휴대폰을 볼까 했다가 그만두었다. 그런 것들은 생각하지 않기로 했다. 단지 저기 멀리 서서 우리를 향해 짖는 누런 개를 따라 걷는 일, 그것만을 하기로. 흙길에 타박타박 발소리가 경쾌했다.

저 앞에서 걸어오는 사람들을 발견한 건 그때였다. 한 무리의 사람들이 이쪽으로 오고 있었다. 여기엔 혜령 씨네 집밖에 없는 것 같은데, 그렇다면 저들이 오늘 감자 캐는 걸 도우러 온다던 마을 사람들일까. 가까이 올수록 그 짐작은 확실해졌다. 저마다 챙 넓은 모자에 팔토시를 하고 손에는 호미를 하나씩 들고 있었으니까. 밤돌이가 그 사람들 주변을 빙빙 돌며 혀를 빼물고 헥헥댔다.

서울 아가씨네 온 사람들인가?

맞네 맞아. 저거 둥둥 떠 있는 거 좀 봐.

어머 진짜네. 정말이네.

여기 사람들은 모두 걸음이 빠른 걸까, 어떻게 해야 할지 생각하기도 전에 그들은 이미 가까이 다가와 있었다. 오십 대쯤 되어 보이는 아주머니가 셋, 그보다 나이가 훨씬 많아 보이는 할머니가 둘이었다. 다들 하나같이 눈을 동그랗게 뜬 채였다. 선두에 선 할머니가 채 인사를 건네기도 전에 손을 쑥 뻗었다. 그러더니 별안간 유현의 팔을 덥석 잡았다.

어머나 세상에 정말로 비눗방울이네!

할머니가 유현을 슥슥 만져 보곤 탄성을 질렀다. 그게 신호라도 된 듯, 모여선 사람들이 유현을 빙 둘러싸고는 저마다 팔꿈치를 꼬집고 손을 쥐어 보기 시작했다.

이래 갖고 며칠이나 가겠어?

감자나 캘지 모르겠다. 호미만 쥐어도 터지겠구만.

어쩌다가 이랬대, 멀쩡한 몸을.

한 아주머니가 혀를 쯧쯧 차자, 다른 아주머니가 옆구리를 쿡 찔렀다.

아이고, 서울 아가씨가 그런 말 하지 말라구 했는데도 그래.

그래도 아깝잖어, 이렇게 훤칠하게 잘생겼는데.

감사합니다.

유현이 씩 웃었다. 뭐가 웃기다고 웃어, 바보같이. 나는 눈을 흘기며 뒤늦은 인사를 했다.

안녕하세요, 이수정이에요.

저는 박유현이고요.

그래, 서울에서 오느라 애썼겠네. 우린 여기 살어요.

우리가 한여름 내내 서울 아가씨 농사 도와줬지.

아주머니들이 한마디씩 했다. 나는 유현의 리드줄을 고쳐 쥐고 아주머니들과 함께 오던 길을 되돌아 걷기 시작했다. 전을 부치는지, 생선을 굽는지 고소한 기름 냄새가 혜령 씨네 집 쪽에서 풍겨 오고 있었다.

아이고, 참 준비하나 보네. 준비 안 해도 된다니까 글쎄.

이 집 아가씨가 이렇게 착해. 신세 지는 거 못 참어하고.

그 내외도 정말 착한 사람들이었어. 아깝게 갔지 그래.

그렇구나, 이 사람들은 혜령 씨의 부모님을 아는

사람들이겠구나. 나는 마치 자기 집인 양 자연스럽게 평상에 줄지어 앉는 아주머니들을 바라보며 생각했다. 그분들은 어떤 사람들이었을까, 사실 혜령 씨를 보면 그냥 알 수 있다, 좋은 분들이었으리라는 것을. 그렇다면 유현은 어떤 사람으로 기억될까. 나는 괜히 등을 곧게 폈다. 이윽고 음식 쟁반을 솜씨 좋게 머리에 인 혜령 씨를 앞세워 감자밭으로 줄지어 걸어갈 때까지도 나는 그 똑바른 자세를 유지하고 있었다. 한 손에는 호미를, 다른 손에는 유현을 맨 줄을 잡은 채로 가슴을 쭉 펴고 당당하게. 세상 어떤 슬픔이라도 당해낼 준비가 된 사람처럼.

아주머니들과 혜령 씨가 밭이랑에 덮은 검은 비닐을 걷어내는 동안, 나는 밭 옆에 서 있는 낮은 아까시나무 기둥에다 유현의 리드줄을 잘 묶어 두었다. 그 옆에 새참이 든 쟁반을 덮어 두고 돌아와 합류했다. 이불을 털듯 양쪽에서부터 비닐을 걷었고 걷은 비닐을 구석에 모아 둔 뒤엔 미리 약속이라도 한 것처럼 각자 밭이랑을 하나씩 맡았다.

잘 봐요, 시범을 보여 줄게요.

옆으로 다가와 쪼그려 앉은 혜령 씨가 말했다. 그

러고는 감자 줄기 하나를 대뜸 휘어잡고 그 아래의 땅을 호미로 푹 내리찍었다. 그대로 긁어내자 거짓말처럼 주먹만 한 감자가 데구르르 굴러 나왔다. 우와! 나는 나도 모르게 탄성을 질렀다. 혜령 씨가 웃으며 목장갑을 낀 손으로 감자를 주워 위쪽 밭골로 던졌다.

알겠어요?

네. 할 수 있을 것 같아요.

천천히 해요. 호미에 손 다치지 말고.

혜령 씨가 일어나 다른 이랑으로 갔다. 나는 방금 본 것을 마음속으로 반복했다. 왼손으로 줄기를 잡고 오른손에 쥔 호미를 몸 쪽으로 당기며 땅을 파기, 줄기는 내버려 두고 캐낸 감자는 모아서 밭이랑 위에 두기. 나는 심호흡을 한 뒤 감자 줄기를 쥐고 호미를 땅에 박았다. 너무 얕게 박았는지 첫 번째 호미질에는 땅만 긁혀 나왔을 뿐 감자는 없었다. 에잇, 좀 더 깊게 호미를 넣었다. 호미 날을 몸 쪽으로 당기자 오른팔로 흙의 무게가 뻐근하게 느껴졌다. 부드러운 줄다리기를 하는 기분이었다. 행여 감자가 다칠까 조심스럽게 호미를 당기니, 이윽고 촉촉한 땅이 갈라지며 드디어 푸릇한 감자 알이 드러났다. 와아! 나는 호미로 주변의 흙을 치운 뒤 감자들을 주워 모았다. 커다란 감자가 하나, 둘, 셋, 그리고 작은 감자들이 두셋 더 딸려 나왔다. 그것들을 양손으로 모아다가 위쪽 밭이랑에 던졌다.

응, 잘하고 있네.

감자가 떨어지는 기세에 앞 이랑을 맡은 아주머니가 돌아보며 웃었다. 분명 동시에 시작했는데 아주머니는 벌써 사오 미터나 떨어져 있었다. 나도 분발해야지, 옆걸음으로 쪼작쪼작 움직여 다음 감자로 향했다. 한번 해 봤다고 그새 익숙해진 손놀림으로 이번엔 기세 좋게 푹 호미를 박아 넣었다. 튼실한 감자가 다그르르 굴러 나왔다. 좋아, 이대로 계속하면 되는 거지. 나는 목에 두른 수건을 고쳐 매고 본격적으로 집중했다. 줄기를 쥐고 호미를 땅에 박고, 감자를 캐내서 던지고. 다시 한 번 줄기를 쥐고, 호미를 땅에 박고…….

이상한 일이었다. 그저 이 단순한 일을 반복하고 있을 뿐인데 어느새 나는 무진장 집중하고 있었다. 마치 이 세상에 감자와 나만 남은 것처럼. 그랬다, 유현도, 혜령 씨도, 곧 벌어질 일들과 찾아올 슬픔도 모두 사라지고 단지 이 땅속에 파묻힌 감자들과 나만이 있었다. 여름 내내 혜령 씨와 이 땅이 구슬땀을 흘리며 함께 키워 낸 감자알들을 캐내는 일, 그것만이 나에게 주어진 일이었다. 나는 눈도 깜박이지 않고 일했다. 어느새 쨍쨍해진 햇빛이 푹 숙인 목덜미를 달달 굽는 것이 느껴졌지만 신경 쓰이지 않았다. 아니, 오히려 기쁜 것 같기도 했다. 나는 일하는 사람의 목덜미를 갖게 될 거야. 올해 내내 새까만 목을 당당하게 내보이며 다닐 거야. 눈으로 흘러 들어가는 땀을 팔토시로 찍어내며 나는 생각했다.

그러다 문득 고개를 들었을 때, 나는 아까시나무에 묶인 채 여름 바람에 산들산들 흔들리는 유현을 보았다. 반투명한 유현의 몸을 통과한 햇빛이 꼭 물결에 비친 빛처럼 그 아래쪽으로 일렁이고 있었다. 부드럽게 풀린 유현의 얼굴이며 편안하게 허공에 놓인 팔다리가 하늘을 향했다. 몸속의 공기를 따뜻하게 데우고 있는 것 같은 모습이었다. 그 모습을 잠시 바라보다가, 나는 다시 감자 줄기를 쥐었다. 마음 깊이, 기쁘다는 생각이 들었다. 저렇듯 평화로운 마지막을 보낼 수 있게 해 주어서. 마지막으로 보는 유현의 얼굴이 저런 얼굴일 수 있어서.

부디 유현을 힘들게 했던 모든 것이 사라지기를 그리고 나도 언젠가는 유현을 잊을 수 있게 되기를. 소망하며 나는 감자 줄기를 쥐었다. 힘껏 호미를 내리찍었다. 부드러운 땅이 폭닥, 소리내며 열렸다.

그리하여 혜령 씨의 감자밭 수확이 끝난 것은 꼬박 사흘 뒤의 일이었다.

초보자 하나와 전혀 도움이 되지 않는 비눗방울 인간 하나가 섞여 있다곤 하지만, 도합 여덟 명이 삼 일 내내 온종일 달라붙은 결과였다. 전혀 지친 기색이 없는 아주머니들과 달리 나와 혜령 씨는 완전히 기진맥진하고 말았다. 그래도 수확은 푸지고 대단했다. 준비한 포대 자루에 감자를 꽉꽉 채워 담고도 포대가 모자라, 아주머니들이 각자의 집에서 양동이와 대야 따위를 가져와야 했으니까. 물론 거기에 감자를 가득 채워 준 건 당연했고, 그러고도 혜령 씨는 트럭을 몰고 다니며 각자의 집에 두어 포대씩의 감자를 부려 놓았다. 허리를 꺾으며 감사했다는 인사를 하는 것도 잊지 않았다.

아이고, 얼굴이 새빨갛게 탔네.

아주머니 한 분이 내 얼굴을 만지며 말했다.

감자를 갈아서 밀가루 좀 넣고 얹어 놔. 햇빛에 익은 데엔 직빵이니까 응?

알겠어요, 꼭 할게요.

나는 웃으며 대답했다.

짐칸을 다 비우고 돌아오자 날이 어둑해지고 있었다. 트럭을 세워 놓은 혜령 씨가 엇차, 하며 내렸다.

일단 씻고 와요, 저녁은 햇감자 쪄 먹으려니까.

혜령 씨가 담배를 한 대 물며 말했다.

그리고 참외, 참외 먹어야지.

유현이 촐싹거리며 덧붙였다. 혜령 씨와 나는 동시에 유현을 째려보았다.

아무것도 안 하고 햇빛이나 쬐고 있던 게 먹을 건 제일 밝히네.

그러게나 말이에요. 말이나 못 하면.

그러면서도 혜령 씨가 밭일을 끝내자마자 잊지 않고 참외 세 알을 따 두는 걸 보았다는 말은 하지 않았다. 나는 혜령 씨가 담배를 피우는 동안 집으로 들어가서 몸을 씻었다. 흙투성이가 된 머리를 박박 감고 따끔따끔한 팔다리를 찬물로 문지르니 한결 살 것 같았다. 물이 뚝뚝 떨어지는 머리에 수건을 두르고 나오니 벌써 집 안에는 감자 삶는 냄새가 가득했다.

혜령 씨도 씻어요. 나머지는 내가 할게요.

그럴까요, 그럼.

혜령 씨가 욕실로 들어갔다. 나는 김이 칙칙 오르는 압력솥을 바라보다가, 문득 생각난 듯 냉장고를 열어 보았다. 나무 바구니에 든 참외 세 알이 오롯이 놓여 있었다. 괜히 조심스럽게 손을 뻗어 그것을 만져 보았다. 매끄럽고 단단하고 향기로웠다.

맛있겠지.

나는 소파 팔걸이에 묶어 둔 유현을 돌아보았다. 허공에 동동 뜬 반투명한 유현이 나를 보며 웃고 있었다. 나도 대답 대신 씩 웃어 보였다. 만용일까, 그러자 모든 게 괜찮을 것만 같았다. 찐 감자 냄새가 가득한, 압력솥의 추가 치키치키 소리내며 돌아가는 이 집에서라면. 먹어 보진 않았지만 분명 달콤할 참외를 함께 먹는다면.

이윽고 돌아가는 추가 멈추고 혜령 씨가 욕실에서 나왔다. 나는 압력솥을 열었다. 김을 펄펄 뿜어내는, 껍질이 갈라지고 터진 굵직한 감자를 쟁반에 옮겨 담았다. 냉장고의 참외와 과도를 챙기는 것도 잊지 않았다. 그러는 동안 혜령 씨가 유현의 리드줄을 풀었다. 나는 쟁반을 들고, 혜령 씨는 유현을 데리고 약속이나 한 듯 평상으로 나갔다. 밤돌이가 타박타박 발톱 소리를 내며 따라 나왔다.

자, 그럼 먹어 볼까요.

혜령 씨가 둥글게 감긴 모기향에 불을 붙여 우리 양쪽으로 하나씩 놓았다. 짧은 여름해가 저물어 어느새 주변은 어둑해져 있었다. 길게 올라가는 모기향의 연기를 응시하는 유현을 통해 혜령 씨가 건너다보였다.

참외는 제가 깎을게요.

나는 과도와 참외를 집어들었다. 아까운 과육이 베어져 나가지 않도록 조심조심 껍질을 벗겨내고 세로로 네 등분하여 잘랐다. 그러는 동안 혜령 씨는 포크로 감자를 쪼개 식혀 두었다. 이윽고 참외와 감자가 준비되었다. 혜령 씨가 참외 조각을 찍은 포크를 나와 유현에게 하나씩 쥐여 주곤 자기도 하나 집었다.

자아, 그동안 감자 캐느라 수고 많으셨습니다.

혜령 씨도 수고했어요. 그리고 유현이도.

그래, 유현이도 수고했어.

살아 있느라, 살아가느라. 나는 남은 말을 꿀꺽 삼켰다. 그리고 참외를 한 입 베어물었다. 입안으로 왈칵 퍼지는 단 향기, 놀랄 만큼 아삭한 과육과 이 단맛. 저절로 눈이 동그랗게 떠지는 맛이었다. 맛있어! 나는 혜령 씨와 유현의 얼굴을 번갈아 쳐다보았다. 오물오물 입을 움직이는 두 사람이 모두 같은 얼굴을 하고 있어서 웃음이 났다. 그래, 유현은 이 맛을 보고 싶었구나. 과연 세상에서 마지막으로 먹고 싶을 만한 맛이로구나.

그리고 그다음 순간이었다, 옆에서 퐁 하는 소리가 난 것은.

너무 순식간이라 언제 어떻게 일어났다고도 말할 수 없을 만큼 찰나의 일이었다. 유현을 묶었던 리드줄이 바닥으로 스르르 떨어져내렸다. 나도 모르게 앗, 소리내며 옆을 돌아보았는데 유현은 없었고 깜짝 놀란 얼굴을 한 혜령 씨와 눈이 마주쳤다. 우리는 잠시 그렇게 서로를 바라보고 있었다. 분명 방금 전까지만 해도 여기 있었는데, 말하고 생각하고 웃는 유현이. 나는 유현이 떠 있던 평상 위를 손으로 쓸었다. 아무런 흔적도 남아 있지 않았다.

그야말로 경쾌하게도, 퐁.

참, 말도 없이 가네요.

혜령 씨가 씁쓸하게 중얼거렸다. 하지만 나는 분명 들은 것 같다고 생각했다. 응 이제 됐어, 하고 낮게 중얼거리는 유현의 목소리를.

네가 됐다면 나도 됐어. 나는 마음속으로 중얼거

리며 찐 감자를 입안 가득 물었다. 볼이 떨어져 나갈 것처럼 뜨거웠지만 꾹꾹 씹어 꿀꺽 삼켰다. 뜨거운 것이 배 속에 가득 차는 기분, 그것이 지금 내게는 가장 중요한 것이었다.

퀸크랩

성준과 나의 소망은 킹크랩을 배가 터지도록 한번 먹어 보는 것이었다. 물론 진짜 소원이랄 게 그것뿐이냐 하면 집도 갖고 싶고 차도 갖고 싶고, 아무튼 돈을 잔뜩 갖는 것이 궁극적인 소원이겠지만 우선은 킹크랩. 내 얼굴보다 큰 등딱지를 엎어 놓고 스팀에 제대로 푹푹 쪄다가 집게다리부터 우적 뜯어서 한 입에 와아아앙, 입속에서 게살이 사르르 녹아 없어질 테지. 게다가 킹크랩 딱지에 비벼 먹는 밥은 또 어떻고. 먹어 보지 않아 맛은 모르겠으나 윤기가 자르르 흐르는 밥알이 그냥 봐도 한껏 고소하고 녹진하겠지. 세상에 그것보다 맛난 건 없을 거다, 아마도.

우리의 킹크랩 타령의 시작은 일 년쯤 전 이맘때, 어느 저녁부터였다. 평소처럼 배달 일을 마치고 돌아온 성준과 라면 냄비를 사이에 두고 마주 앉아 텔레비전을 켰는데 무슨 프로에서인가 연예인 여럿이 킹크랩을 벌려 놓고 먹고 있었다. 이야 이거 진짜 맛있네요. 꽃게나 대게 따위엔 댈 게 못 되네요. 그들은 그렇게 중얼거리며 쉴 새 없이 킹크랩을 때리고 깨뜨려 살을 발라 입으로 가져갔다. 손가락 두 개보다 두꺼운 집게다리에서 비어져 나오는 두툼한 게살을 나와 성준은 입을 헤벌리고 바라보았다.

저런 건 얼마 정도 하냐.

중얼거린 성준이 휴대폰을 두드리고는 헤엑, 하는 소리를 냈다.

얼만데 그래?

둘이서 괜찮은 거 배 터지게 먹으려면 삼십만 원은 있어야겠는데.

뭐? 삼십만 원? 미쳤네.

그리고 우리는 뭘 했느냐 하면, 당연히 그냥 라면을 먹었다. 텔레비전을 보느라 퉁퉁 불어 터진 라면을 불어 터진 줄도 모르고 후룩후룩 소리를 내면서. 두 개 넣은 계란을 사이좋게 너 하나, 나 하나 나누면서. 그렇게 라면을 한 냄비 비우고는 둘이 배를 두드리며 누워서 생각한 것이다, 킹크랩을 먹고 싶다고.

그 뒤로 킹크랩은 마치 사막의 오아시스 신기루마냥 우리의 삶에 꾸준히 나타나 먼발치에서 일렁이다 사라지곤 했다. 좋은 일이 생기면 킹크랩을 먹기로 했기 때문이었다. 성준이 제대로 된 직장에 취직을 하면, 내가 마트 아르바이트를 관두고 더 좋은 일자리를 구하면, 방을 한 칸짜리에서 두 칸짜리로 옮기면, 아니 그냥 로또가 턱하니 당첨되면 그땐 정말 앉은자리에서 손에 게 냄새가 푸욱 배일 때까지 그 킹크랩이란 놈을 씹고 뜯고 맛보고 즐기자고. 물론 그런 일은 일어나지 않았다. 그 뒤로 한 해가 지나도록 한 끼에 삼십만 원을 쓸 만한 신통한 일은 우리에겐 전혀 없었고 그저 킹크랩, 킹크랩 중얼거리기만 했으니까.

그러던 어느 밤이었다. 자려고 누워 있는데 성준이 돌아누운 내 등을 쿡 찌른 것은.

자냐.

아니.

심드렁하게 대답했는데 성준은 아무 말도 없었다. 휙 돌아누워 보니 어둠 속에서 성준이 소리 없이 이를 드러내며 낄낄 웃고 있었다.

우리 킹크랩 먹을래?

뭔 소리야.

야밤에 무슨 흰소리를 하나 싶었는데 성준의 말은 이랬다. 오늘 낮에 정신없이 콜을 잡으며 배달을 하는 와중 킹크랩이며 대게를 쪄서 파는 식당을 가게 되었다. 안 그래도 잔뜩 지치고 배고픈 와중 게 찌는 냄새를 맡으며 음식이 나오기만 기다리고 서 있는데, 식당에서 주인이 나와선 가게 앞에 놓인 커다란 게 수조 뚜껑을 열더라고 했다. 거기 주먹만 한 자물통이 붙어 있었는데 하필 성준의 눈엔 주인이 누른 비밀번호 네 자리가 정확히 보였다나. 괜히 가슴을 활랑거리며 모른 척 딴 곳만 보았지만 성준은 오늘 하루 내내 오토바이를 몰면서 입속으로 구오팔사, 구오팔사 하고 그 네 자리 숫자만 곱씹고 궁굴렸단다.

그러니까 지금 그게 무슨 말이야?

무슨 말이긴. 지금 가서 한 마리 훔쳐 오자는 말이지.

씨익 웃는 성준의 입안에 새하얀 이, 그리고 장난기 넘치는 눈이 어둠 속에서 반짝반짝거렸다. 나는 누운 채로 성준의 그 얼굴을 가만히 바라보았다. 그러다 한숨을 푹 내쉬곤 이불을 박차고 일어섰다.

가자.

그렇지, 그래야지.

성준이 호들갑을 떨며 벌떡 일어나 방에 불을 켰다. 우리는 수면 잠옷 바지를 갈아입고 위에는 패딩 점퍼를 껴입었다. 나는 목도리를, 성준은 넥워머를 둘러 얼굴을 꽉꽉 가리자 그럴싸한 도둑의 복장이 되었다. 맨발에 슬리퍼를 꿰어 신으며 우리는 천 조각 너머로 삐죽 나온 눈을 서로 결연하게 마주보았다.

가서 존나 훔치자.

응. 존나 큰 새끼로 훔쳐 오자.

문을 열자 바깥은 추운 새벽이었다. 종종걸음으로 계단을 올라가 반지하방을 나선 우리는 곧이어 누가 먼저랄 것도 없이 텅 빈 골목을 달리기 시작했다. 새하얀 입김이 길게 이어지며 우리 뒤를 끈질기게 따라붙었다.

그래서 어떻게 되었느냐 하면, 그게 말이지 참.

거한 놈으로 한 마리 훔쳐 온 것까지는 좋았다. 어려운 일도 아니었다. 검은 고무천으로 덮인 수조를 들추고 비밀번호를 후다닥 누른 뒤 수조 뚜껑을 들자 정말로 커다란 킹크랩들이 얌전히 엎드려 있었으니까. 성준이 한쪽 소매를 쑥 걷고 수조 속에 맨팔을 집어넣어 그 중 가장 큰 등딱지를 가진 녀석을 대뜸 집었다. 다리를 서로 엉기며 버티는 게들을 헤치고 조심조심 끄집어내 들어올렸다. 접은 다리를 펼치면 거의 성준의 팔 한쪽과 비슷할 만큼 큼직한 놈이었다.

이야, 이거 큰 놈이네.

이놈으로 하자.

정했으면 망설일 이유가 없지, 킹크랩을 꼭 끌어안고 그대로 온 길을 되밟아 달렸다. 성준의 품 안에서 게가 버르적거리며 거품을 물었고 그것이 우리의 자취마다 똑똑 떨어져 방울졌지만 그게 무슨 상관이람. 얼굴에 스치는 비린내 섞인 바람이 더할 나위 없이 산뜻했고 발은 나는 듯이 움직이며 킹크랩과 우리를 집으로 데려갔다. 그래, 거기까진 좋았다. 문제는 이걸 어떻게 먹어야 되느냔 거였다. 우선 첫째 난관은 냄비였다. 킹크랩을 넣을 만한 크기의 큰 냄비가 우리 집에 있을 리 없었다.

아 그냥 다리 자르면 안 되냐.

여기 봐 봐. 절대 다리 자르지 말라는데. 통째로 찌라잖아.

왜?

맛이 다 빠져나간대.

나는 성준과 머리를 맞대고 휴대폰을 들여다보았다. '킹크랩 먹는 법'을 검색하니 집에서 킹크랩을 사다 쪄 먹었다는 사람들이 제법 나왔지만 그들은 모두 솥단지만 한 큰 냄비를 갖고 있는 사람들이었다. 이런 냄비는 어디서 사는 거지, 아니 사는 건 그렇다 쳐도 평소엔 어디다 수납하는 걸까. 이렇게 커다랗고 쓸데없는 걸 놓아둘 만큼 다들 집이 넓고 광활한가.

야, 우리도 하나 사자.

나는 쇼핑몰 앱을 켰다. 검색창에 '대형 냄비'라고 입력한 뒤 가장 커다래 보이는 것을 선택했다.

어우, 이 큰 걸 어디다 놓으려고 그래.

성준이 질색했지만 나는 아랑곳없었다. 이왕이면 오래 쓸 생각으로 번쩍번쩍하는 스테인리스에 맞춤한 뚜껑까지 달린 것으로 주문을 마친 뒤 카드 결제가 되었다는 문자가 띠링, 울렸을 때는 뭔지 모를 약간의 쾌감까지 들었다. 그렇다, 기분은 꽤나 좋았다. 배송까지 사흘이 걸린다는 문자가 뒤이어 오기 전까지는.

야, 이거 사흘 걸린대.

사흘?

우리는 싱크대 안에서 버걱거리는 킹크랩을 망연

해서 내려다보았다.

……애 사흘 동안 살아 있어?

성준이 중얼거렸다. 그러자 거기에 대답이라도 하듯, 킹크랩이 갑자기 거대한 집게발을 번쩍 들어올렸다. 으악! 우리는 동시에 소리를 내지르며 뒤로 물러섰다. 아까는 훔쳐 오는 데 정신이 없어 몰랐는데 지금 밝은 곳에서 다시 보니 등껍질에 뾰족뾰족한 가시며 두툼한 집게발이 꽤나 위협적으로 느껴진 탓이었다. 이 흉측하게 생긴 걸 사흘 동안이나 어떡하지, 나 참 미치겠네. 우리는 물러선 그대로 서로 눈을 마주보았다가, 그만 피식 웃음을 터뜨리고 말았다. 그러고는 이윽고 뱃가죽이 가려울 만큼 깔깔깔 소리내며 웃기 시작했다.

누가 보면 달밤에 미친 커플이라고 하겠다.

성준이 정신 나간 사람처럼 웃으며 소리쳤다. 나는 정말 그렇다는 뜻으로 고개를 크게 끄덕이며 배를 잡고 웃었고 그러거나 말거나 게는 혼자 화가 잔뜩 나서는 싱크대 안에서 거품을 버걱버걱 뿜어 대고 있었다.

다음 날 아침, 일어나자마자 싱크대로 달려간 건 물론이었다. 죽은 게는 맛이 확 떨어진다는 글을 언뜻 본 기억이 나서였다. 살아 있나? 죽었을 거라고 생각했고 그래도 어쩔 수 없다고 생각했지만 아니었다. 어제의 기세는 온데간데없고 다리를 축 늘어뜨린 폼이 기운이 하나도 없어 보이긴 했지만 녀석은 아직 살아있었다. 그렇지 그렇지, 냄비가 올 때까지는 살아 있어야지. 힘이 빠진 킹크랩은 별로 무섭지 않았으므로 나는 용기를 내어 녀석의 양쪽 집게발을 쥐고 들어올려 보았다. 묵직하게 딸려 올라오는 느낌이 나쁘지 않았다.

그런데 이 녀석은 암컷일까, 수컷일까.

갑자기 그게 궁금해진 이유는 모르겠지만 '킹'크랩이니까 수컷 아닐까, 축 늘어진 게를 조심히 내려놓고 휴대폰을 두드렸다. 배딱지가 세모나면 수컷이고 둥글넓적하면 암컷이라고 쓰여 있었다. 우리 집 킹크랩은 그럼 암놈이구나. 끄덕끄덕하며 무심코 스크롤을 내렸는데 사진 아래에 이런 글이 쓰여 있었다. "시판되는 킹크랩은 대부분 수컷입니다. 암컷은 수컷보다 살이 적고 맛이 떨어지기 때문입니다."

잘못 봤나 싶어 휴대폰 속 사진의 배딱지들과 우리 집 킹크랩의 배를 열심히 비교해 봤지만 틀림없었다. 녀석은 암컷이었다. 이게 어떻게 된 거지. 녀석을 아에 뒤집어 놓고 배를 관찰하다가 에라 모르겠다, 나는 한숨을 푹 내쉬었다. 암컷이건 수컷이건 어때, 맛만 있으면 됐지. 나는 녀석을 도로 뒤집어 싱크대에 조심히 넣어 두곤 그대로 물을 틀어 손을 헹궈 냈다. 그러고는 아직 세상 모르고 잠든 성준의 등에 손을 슥슥 문질러 닦았다. 성준이 잠결에 끙, 소리를 냈다.

성준아, 그거 아냐.

뭐.

쟤 암컷이다.

어떻게 아는데.

배딱지 보면 안대. 암컷이래.

……그럼 킹크랩 아니고 퀸크랩이네.

성준이 누운 채 중얼거렸고 우리는 동시에 피식 웃었다. 퀸크랩, 퀸크랩. 나는 녀석에게 돌아가 녀석을 가만히 들여다보았다. 자세히 보니 뾰족뾰족한 등딱지 밑으로 얼굴이라고 부를 수 있을 법한 부분이 있었고 거기에 달린 길쭉한 두 눈은 제법 순해 보이는 것도 같았다. 그 아래 붙은 저건 입인가, 그리고 이건 수염일까 더듬이일까. 암컷도 수염이 있나. 나는 축 늘어진 퀸크랩과 가만히 눈을 맞춰 보다 그만 쩝, 하고 혀를 차고 말았다.

그날 오후, 평소처럼 마트 아르바이트를 하고 있을 때였다. 냉동 만두가 두 팩 묶음 행사를 하는 중이라 나는 온종일 눈코 뜰 새 없이 바빴다. 만두 들여가세요오, 냉동실에 넣어 두면 두고두고 요긴한 냉동 만두 원 플러스 원 행사 중입니다아아, 속이 통통하니 알찬 냉동 만두 들여가세요오. 그런 말을 쩌렁쩌렁 외치며 쉴 새 없이 시식용 만두를 구웠다. 그러다 퀸크랩 생각을 한 것은 시식대 앞에 삐딱하게 서서 맞은편에 보이는 해산물 코너를 멍하니 바라다보던 중이었다. 정갈하게 줄 맞춰 놓인 고등어, 갈치, 삼치, 그리고 저기엔 축 늘어진 문어랑 봉지에 담긴 바지락, 꼬막. 물론 배를 드러내고 일렬로 누운 꽃게도 있었다. 게들 위에 대롱대롱 걸린 "제철 수게 대박 할인" 글자를 보지 않아도 이젠 배딱지 모양을 보면 쟤들은 수컷임을 알 수 있었고 수게가 맛있긴 한가, 생각하다 집에 있을 퀸크랩을 떠올렸다. 아직 살아 있을까. 그런데 그걸 먹는 나와 성준의 모습을 생각하니 이번에는 뭔가 썩 그림이 그려지지 않았다. 안 먹어 봐서 그런가.

아니, 이름을 붙여 주고 생김새가 순하다고 생각한 것을 먹는다는 게 좀 그렇지.

나는 삐딱하게 선 채로 그것에 대해 생각했다. 그러니까 퀸크랩을 먹을 때 실제로 벌어질 일들에 대해서. 그냥 먹는 것도 아니고 살아 움직이는 것을 끓는 증기에 푹푹 쪄다가 죽인 다음 다리를 뚝뚝 끊어서 살을 후벼내어 냠냠, 그건 정말로 좀 그렇지. 이름을 지어 줬으면서. 어쨌든 품에 꼭 안고 밤길을 달려왔고 눈을 마주보고 생김새를 관찰했으면서. 그런데 그렇게 치면 예쁘고 착하게 먹을 수 있는 음식이 몇이나 있겠나 싶기도 했다. 아무튼 육식이라는 게 다 그렇지 뭐, 게다가 그럼 저기 누워 있는 제철 수게들이랑 우리 집 퀸크랩은 다를 게 뭐람. 이름을 지어 주고 안 지어 주고의 차이일까? 얼굴을 마주보고 아니고?

나는 몇 걸음 걸어가 해산물 코너 앞에 섰다. 꽃게를 한 마리 집어들고 녀석의 얼굴을 바라보았다. 퀸크랩보다 훨씬 착하고 부드럽게 생긴 얼굴이었다. 나는 속삭였다. 너는 맛있니. 무슨 맛이니.

연정 씨, 게 좀 들여가게?

해산물 매대 너머로 아저씨가 아는 척을 했다. 자주 보는 생선 코너 아저씨의 얼굴이건만, 나는 아저씨의 눈을 슬쩍 피해 괜히 게를 들여다보는 척했다.

이거 맛있어요?

그럼요, 제철이라 꽃게가 제일 맛있지. 연정 씨 들여가실 거면 제가 골라 드리고.

이따 퇴근할 때 생각해 볼게요.

나는 게를 조심히 내려놓았다. 그렇게 생각하고 보니 게 옆에 놓인 고등어의 눈도 괜시리 초롱초롱한 것 같았고 아니 그 옆의 병어는 또 어떻고, 작은 입에 반짝거리는 눈이 나를 쳐다보는 것만 같아 나는 그만 홱 돌아서고 말았다. 종종걸음 쳐 만두 시식대 옆으로 돌아왔다. 배부른 생각이나 하고 있을 때가 아니지, 만두나 팔자, 만두나. 만두, 육즙 가득한 만두가 원 플러스 원. 나는 우렁차게 외치며 새로 뜯은 만두 봉지에서 만두를 꺼내 기름 부은 팬에 올렸다.

저녁, 퇴근하고 집에 돌아가니 성준은 식탁에 엎드려 자고 있었다. 바깥은 한겨울이건만 검은 바이크재킷을 그대로 입은 성준의 몸에서는 진한 땀냄새가 풍기고 있었다. 식탁에 놓인 비닐봉지를 풀어 보니 플라스틱 배달 용기에 담긴 제육볶음이 나왔다.

성준아, 일어나. 밥 먹고 자.

나는 성준을 흔들어 깨웠다. 성준이 흠칫 놀라며 몸을 일으키고는 어어어, 소리내며 상체를 이리저리

짜고 비틀었다.

오토바이 사고 나는 꿈 꾸고 있었어.

저런.

나도 종종 그런 꿈을 꾸곤 한다는 사실은 말하지 않았다. 나도 땀에 젖은 양말을 벗고 식탁에 마주 앉았다. 종일 서 있던 탓에 다리가 퉁퉁 부어 있었다. 성준이 제육볶음이 든 플라스틱 통을 열고 밥 위의 비닐을 벗겼다. 우리는 말없이 차게 식은 제육볶음을 먹기 시작했다.

데워 먹을걸 그랬나.

안 데워도 먹을 만해.

성준이 제육볶음을 한 젓가락 가득 집어 입에 집어넣었다. 그러다 그만 새빨간 양념이 한 줄기 주르르 흘러 성준의 턱으로 뚝뚝 떨어졌고 급하게 휴지를 뜯어 건네주다 왠지 생각이 나고 말았다 오늘 보고 생각했던 것들에 대해서. 생선의 눈과 게의 눈에 대해서. 내가 굽던 냉동 만두에서 흘러나오던 육즙에 대해서.

성준아, 오늘 마트에서 말야.

어어.

성준이 제육볶음을 볼 한가득 우물거리며 대답했

다. 뭐라고 말해야 할까. 뭔가 느낀 바가 있긴 있었는데 설명하기는 어려워 말을 잇는 대신 그냥 제육볶음을 한 젓가락 입에 넣었다. 식은 탓에 약간 퍽퍽했지만 씹을수록 부드러워졌고 매콤한 양념이 배어들어 맛있었다. 그렇지, 고기란 이렇게 맛있는 건데. 쓸데없는 생각 하지 말고 그냥 이 맛을 즐겨야지.

마트에서 뭐?

아니야. ……아, 잠깐! 퀸크랩!

맞다! 내가 아침에 냉장고에 넣어 뒀는데!

우리는 동시에 벌떡 일어섰다. 성준이 뛰어가 냉장고 문을 벌컥 열어젖혔다. 사방으로 밀어 둔 반찬통과 배달 음식 용기 사이에 퀸크랩이 다리를 늘어뜨린 채 놓여 있었다.

살아 있어?

……몰라.

나는 조심스럽게 퀸크랩의 얼굴 앞에 손가락을 갖다 댔다. 퀸크랩은 아무 반응이 없었다. 얼굴에 돋은 기다란 수염을 톡톡 건드리니 그제서야 움찔, 하고 조금 움직인 게 전부였다.

퀸크랩아, 죽지 마.

그래그래, 죽지 마라. 조금만 더 버텨.

성준이 손가락으로 퀸크랩의 집게를 쓰다듬었다. 그 말에 대답이라도 하듯 퀸크랩이 집게를 약간 들썩거렸다.

밥을 먹여야 하는 거 아냐? 계속 굶기면 죽지 않을까?

음? 그런가? 뭘 먹여야 되는데?

나야 모르지.

성준이 식탁에 놓아둔 휴대폰을 가져왔다. 뭐라고 검색을 해 보는 것 같더니 중얼거렸다.

글쎄, 물고기도 먹고 조갯살도 먹고 그러는 것 같은데.

물고기? 그냥 고기 줘도 되나?

몰라. 줘 볼까?

나는 싱크대로 가서 가위를 가져왔다. 냉장고 구석에 있던 찌개용 목살을 살코기 부분으로 해서 손톱만 하게 잘라 냈다. 입이 정확히 어디인지 모르겠지만 뭐 눈 근처에 붙어 있겠지, 대강 입이라고 생각되는 부위에 고기 조각을 갖다 대고 살살 흔들어 보았다.

먹어, 좀 먹어 봐.

먹어야 살지.

성준이 덧붙이며 퀸크랩의 등딱지를 만졌다. 퀸크

랩은 입을 조금 우물거리는 것 같긴 했지만 먹지는 않았다. 한참을 기다려도 먹지 않기에 우리는 결국 시무룩해서 냉장고 문을 닫고 말았다.

안 먹네.

하긴, 나 같아도 안 먹는다. 먹고 싶겠냐.

그치. 내일이면 죽을 건데.

그렇게 말하고 나니 왠지 기분이 이상해져서 우리는 다시 말없이 식탁에 앉았다. 그렇지, 내일이면 저 녀석을 쪄 낼 커다란 냄비가 올 테지. 성준과 둘이 녀석을 배부르게 나누어 먹고 맛이 어떻다 저떻다를 이야기하겠지.

……난 다시 배달 나가야 돼.

성준이 어느새 반쯤 남은 밥에 제육볶음을 푹 덜어 얹고는 쓱쓱 비비며 중얼거렸다. 나도 성준을 따라 밥을 비볐다. 양념에 빨갛게 물든 밥을 푹푹 퍼다가 입으로 집어넣었다. 이상한 기분과는 별개로 입안에서 으깨지고 부서지는 고기는 꽤 맛있었고 그래서 더 이상한 기분이었다.

오늘은 몇 시쯤 와?

오늘 금요일이니까 아마 새벽에 바쁠 거야. 기다리지 말고 자.

성준이 읏차, 하고 일어나 빈 밥그릇을 싱크대에 헹궈 냈다.

가려고?

나도 모르게 성준을 따라 벌떡 일어섰다. 왠지 집에 혼자, 정확히는 퀸크랩과 둘만 남고 싶지 않았다. 어차피 냉장고만 열지 않으면 그만이지만 그래도, 그래도…….

가야지, 그럼.

아무것도 모르는 성준이 물티슈로 입을 슥슥 닦았다. 현관에 놓아둔 오토바이 헬맷을 집어들곤 신발을 신기 시작했다. 일하러 간다는 사람을 붙잡을 수도 없으니 나는 멀거니 서서 성준을 배웅했고 문이 쾅 닫히는 것을 보고서야 푸욱, 한숨을 내쉬었다.

냉장고를 열었다. 퀸크랩은 아까와 같은 자세 그대로 엎드려 있었다. 그새 죽었나. 나는 다시 한 번 퀸크랩의 얼굴 쪽에 손가락을 갖다 대고 흔들었다. 그런데 나는 왜 퀸크랩이 죽지 않기를 바라는 걸까. 죽은 게는 맛이 없기 때문일까, 아니면 정이 들었기 때문일까. 만약 후자라면 난 이 녀석을 먹을 수 있을까.

야, 아무튼 죽지 마.

퀸크랩의 수염 한 가닥을 잡고 살살 흔들었다. 퀸

크랩은 기운 없이 한쪽 다리만을 조금 움찔거릴 뿐이었다. 삐링, 삐링, 이젠 그만 냉장고 문을 닫으라는 경고음이 울릴 때까지 퀸크랩을 간질이고 쓰다듬다가, 결국 나는 휴대폰을 열고 주문한 냄비를 취소해 버리고 말았다.

검색엔진에 '킹크랩 키우는 방법'을 검색했다. 키우는 방법은 없고 킹크랩 맛있게 찌는 방법, 살을 잘 발라먹는 방법만 줄줄 이어졌다. 정말 키울 생각은 아냐, 그냥 목숨만 붙여 놓고 싶은 거야. 나는 중얼거리며 찌고 살을 바른 킹크랩 사진들 사이에서 필요한 정보를 찾아 헤맸다. 마침내 게찜 식당을 운영하는 사장님이 수조의 유지와 관리에 대해 언급한 블로그를 하나 찾았다. 해수를 넣어 줘야 하고 수온은 3도 미만으로 유지해야만 한다는 내용을 나는 드래그를 해가며 읽었다. 바닷물, 바닷물이라.

급한 대로 화장실에 있는 큰 대야를 비웠다. 찬물을 가득 받은 뒤 주방을 뒤져 소금 봉지를 찾아와 두어 주먹을 듬뿍 뿌렸다. 냉동실에서 얼음을 있는 대로 가져와 넣고 손을 담가 보니 짜릿하게 차가웠다. 손을 휘휘 저어 가라앉은 소금을 녹이면서 온도를 가

늠해 봤다. 이 정도면 삼 도 미만이려나.

냉장고에서 퀸크랩을 조심히 끄집어냈다. 양손으로 배딱지를 받치고 화장실로 데려와 대야에 천천히 집어넣었다. 물에 잠긴 퀸크랩은 미동도 없었다. 어쩌면 이미 죽었는지도 몰랐다.

죽었어도 뭐 어쩔 수 없어.

나는 대야 앞에 쪼그려 앉아 퀸크랩을 내려다보았다. 어차피 평생 이렇게 키울 수는 없다는 걸 알고 있었고 그건 녀석이 언젠가, 아니 빠른 시일 내에 죽어버릴 거라는 뜻이니까. 그렇지만 만약 그렇게 되면 그땐 어쩌지. 아무 생각도 없이 물에 손을 담갔다.

그때, 퀸크랩이 다리를 조금 움직였다.

어어? 소리치며 얼굴을 대야 가까이 가져다 댔다. 자세히 들여다보니 퀸크랩의 얼굴에 돋은 수염이 꿈틀꿈틀, 조금씩 움직이고 있었다. 이제야 겨우 정신을 차렸고 지금 여기가 어디인지 파악해 보겠다는 것처럼.

야, 기운이 좀 나냐?

반갑게 소리쳐 놓고는 괜히 머쓱했다. 기운이 나면 어쩔 거야, 어차피 잡아먹을 건데. 나는 조금 더 쪼그려 앉아 퀸크랩을 내려다보다가 갑자기 벌떡 일어섰다. 싱크대 어디쯤에서 아까 잘라 놓았던 고기 조각을 가지고 돌아왔다. 그것을 퀸크랩의 입 근처에 닿도록 하여 물에 퐁당, 떨어뜨려 주었다.

기운 나면 먹어라. 싫으면 말고.

나오면서 화장실 불을 끄고 문을 닫았다. 조용히 쉬는 게 좋을 테니까. 뭘 해야 하지, 일단 얼음을 더 얼려 두는 게 좋을까. 그러나 텅 빈 얼음 트레이에 물을 채우면서도 나는 지금 내가 뭘 하고 있는지 알 수가 없었고 이것 참, 성준이 돌아오면 저 꼴을 보고 뭐라고 할지 생각하면 난감하기도 하고 피식피식 웃음이 나기도 하고 아무튼 이상한 기분이었다.

연정이 너 이러다가 채식주의자 되는 거 아니야?

화장실 문을 열어 본 성준의 첫마디는 이랬다. 성준이 샤워하는 서슬에 혹시나 거품물이 튈까 봐 나는 대야를 화장실 밖으로 질질 끌어냈다. 차가운 물이 퀸크랩의 등딱지를 지나 출렁출렁 넘쳤다. 벌써 두세 번 얼음을 갈아 넣은 뒤였다.

채식주의자는 무슨, 내가 고기를 얼마나 좋아하는데.

그러니까. 넌 절대로 채식 못 하지.

땀에 젖은 옷을 훌렁훌렁 벗은 성준이 낄낄 웃었다.

그래도 요즘 그런 사람들 많더라. 배달하다 보면 비건 식당이니 채식주의자 식단이니 하는 가게에 콜이 넘쳐.

어우, 고기 없는 밥을 뭔 맛으로 먹지.

나는 성준의 속옷을 가져와 퀸크랩이 담긴 대야 옆에 놓아두었다. 퀸크랩은 조용히 엎드려 있었다. 가끔 생각난 듯 움찔 움직이는 다리나 수염이 아니면 살아 있는지도 모르겠을 지경이었다.

나는 그런 거 다 가식이라고 생각해.

어떤 거?

채식이니 비건이니 하는 거.

성준이 홀랑 벗은 채로 수건을 목에 둘렀다. 꼭 끼는 바이크재킷 탓에 성준의 온몸에 벌겋게 눌린 자국이 나 있었다. 나는 그 모습을 안쓰럽게 바라보았다. 성준은 오늘 밤에만 수십 군데에 음식을 배달했을 것이다. 찬바람을 뚫고 달리면서 아슬아슬하게 차를 피하기도 했을 것이고 내게 말은 않지만 가끔은 신호를 무시하기도 했을 것이다.

그런 음식들 보면 풀떼기만 한가득이고 양도 적은데 값은 엄청 비싸. 비건, 채식 글자만 붙이면 그냥 가격이 확 뛴다고. 근데 그걸 누가 사 먹는지 모르겠는데 아무튼 다들 사 먹는단 말이지. 돈이 그렇게 많나, 진짜 신기해. 난 양 많고 값싼 게 무조건 이득이라고 생각하는데.

그렇지, 그게 이득이지.

그게 진짜 이득일까, 생각하기도 전에 나는 동의했다. 성준이 오토바이 헬멧에 눌린 뒷머리를 벅벅 긁더니 화장실로 들어갔다. 곧이어 샤워기 트는 소리가 요란하게 들려왔다. 식탁에는 성준이 가져온 배달 음식이 놓여 있었다. 포장지에 내가 좋아하는 야채곱창집 상호가 박힌 게 보였다. 밥 생각이 별로 없었지만 그걸 보니 입맛이 싹 도는 게 느껴졌다. 나는 봉지에 달려들어 포장을 뜯었다. 성준이 씻고 나오면 바로 먹을 수 있도록 비닐에 싸인 반찬 그릇을 뜯어 벌여 놓았다. 빨갛게 볶아진 토실토실한 곱창이 미지근하게 식어 가고 있었다. 그걸 내려다보다, 나는 대야 쪽으로 다가갔다. 아까 퀸크랩에게 주었던 고기 조각은 먹은 흔적 없이 그대로 물에 퉁퉁 불어 가라앉은 채였다. 손가락으로 그걸 건져 내어 싱크대에 버렸다. 이 돼지 목살도 누군가의 고기. 물론 그뿐만이 아니다 식탁 위에 놓인 저 곱창도 누군가의 고기고, 퀸크랩도 결국 누군가의 고기다. 여기서 고기가 아닌 것은 나와 성준뿐이고 그렇다면 그 이유는 뭘까. 우리가 인간이기 때문에? 이중에서 제일 힘이 세고 똑똑하기 때문에?

아이고, 이러다가 나 진짜 채식주의자인지 뭔지 되는 거 아닌가. 나는 입을 비죽이며 생각했다. 제일 힘이 세고 똑똑하면 뭐 해, 나는 마트 알바에 성준이는 배달 인생인데. 채식주의, 그런 건 돈 많고 한가한 사람들이나 하는 거다. 생명을 생각하는 것도 좋고 지구를 생각하는 것도 좋은데 일단 나는 당장 먹어서 맛있고 배부른 게 중요한 사람이니까. 고기를 먹어야 기운이 나서 하루 종일 서서 일을 할 수 있다. 쩌렁쩌렁 홍보 문구를 외치고 뛰어다니면서 재고를 채워 넣을 수 있는 것이다. 남의 살을 입에 넣어야.

화장실 안에서 물소리에 섞여 성준이 부르는 노랫소리가 들려왔다. 너에게 애정 표현 한번 하지 못하고 가슴만 뛰었던 나, 오 마이 달링 마이 달링. 하루 종일 일하고 왔는데도 성준의 목소리는 기운찼다. 그렇다, 기운이 있어야 저렇게 노래도 할 수 있는 거고 그 기운의 근원은 아마도 고기, 그것이 전부는 아니라도 일정 부분 차지하고 있을 것이다. 많이 먹고 힘내야지. 나는 곱창 그릇을 전자레인지에 집어넣었다. 성준의 노랫소리에 맞춰 윤기 나는 곱창볶음이 전자렌지 안에서 윙, 돌아가기 시작했다.

퀸크랩이 기어코 죽은 것은 그날 새벽이었다.

잠이 깨어 화장실에 갔다가 보았더니 그랬다. 비록 움직임이 없기는 아까 낮과 마찬가지였지만 죽었구나, 하고 어쩐지 한눈에 알 수 있었고 손으로 살짝 들어 본 뒤엔 손바닥에 느껴지는 감각으로 확신했다. 죽었다고. 퀸크랩이 지금 죽었다는 사실보다 아까는 살아 있었던 것이 맞았다는 게 더 놀라웠다. 나는 어쩔 줄 몰라 물속에 퀸크랩을 도로 내려놓았다. 물은 이미 미지근해져 있었다. 손을 잠옷 바지에 문질러 닦고 화장실 밖으로 나갔다.

성준아. 일어나 봐.

잠든 성준을 발로 밀어 깨웠다.

왜 그래.

죽었어, 퀸크랩.

아아.

잠에 취한 성준이 돌아누우려 했다. 나는 성준의 목덜미를 잡고 상체를 일으켜 세웠다.

죽었어. 죽었단 말이야.

그래서.

어떻게든 해 봐. 저렇게 놔둘 순 없잖아.

뭘 어떻게 해, 먹어야지.

성준이 결국 부스스 일어나 뒷머리를 비비고는 말했다. 먹는다니, 어떻게? 나는 그 자리에 한동안 가만히 서 있었다. 그러다가 서서히 이해했다. 그렇지, 저것은 애초에 먹으려고 훔쳐 온 것이었지. 그러나 이제 와서 죽은 퀸크랩을 먹는다는 것은 살아 있는 퀸크랩을 쪄 먹는 것보다 훨씬 더 이상하게 느껴졌고 왠지 모르겠지만 그래서는 안 될 것 같은 느낌마저 드는 게 사실이었다. 나는 성준이 일어나 화장실로 가는 것을 멍하니 지켜보았다.

진짜 죽었네.

화장실에서 성준의 목소리가 들렸다. 이윽고 물이 쏟아지는 소리가 났다. 성준이 대야를 비우는 모양이었다.

자, 이제 죽었으니까 마음 편하게 먹어도 되겠지.

……죽은 게는 맛없다던데.

그러니까 먹지 말자, 는 이야기인지 아닌지는 나도 알 수 없었다. 퀸크랩이 담긴 대야를 양팔 가득 안고 나온 성준도 막상 미묘한 얼굴로 식탁에 대야를 내려놓을 뿐, 딱히 먹고 싶어하는 눈치는 아니었다.

그래도 버릴 순 없잖아. 이 비싼 걸.

우리는 서로 눈을 마주보았다. 난감한 표정을 짓고 있던 성준이 곧 얼굴을 찌푸리곤 말했다.

라면에 넣어 먹으면 어떨까.

라면?

어차피 이거 들어갈 냄비도 없잖아. 다리만 떼어서 라면에 넣어 먹으면 맛이 없어도 대강 감춰질 거야.

킹크랩 라면이네.

퀸크랩 라면이라고는 차마 말할 수 없었다. 성준이 결연한 표정으로 신발장에서 목장갑을 꺼내 오는 동안, 나는 찬장을 뒤져 라면 두 개를 찾아냈다. 집에 있는 가장 큰 냄비에 물을 평소보다 많이 부어 불에 올렸다.

자, 한다.

목장갑을 낀 성준이 대야에서 퀸크랩을 들어올렸다. 다리가 힘없이 축 늘어져 있었다. 성준이 한 손으로 등딱지를 잡고는 다른 손으로 집게발을 움켜잡아 뚝, 하고 부러뜨렸다. 단단해 보였던 다리는 의외로 너무나 쉽게 뚜둑 소리를 내며 꺾여 나왔다. 관절 부

위에서 물인지 피인지 모를 맑은 것이 주르르 흘렀다. 나는 그 모습을 숨도 쉬지 않고 바라보았다. 이윽고 나머지 다리도 하나씩 떨어져 나와 대야 옆에 쌓였다. 퀸크랩은 둥글넓적한 몸통만 남아 있었다. 저 등딱지에 밥을 비벼먹는 상상을 하기도 했다는 사실이 믿어지지 않을 만큼 생경하게 느껴지는 모양새였다.

몸통은 어쩌지.

몸통도 넣어야지 뭐.

성준이 퀸크랩의 다리와 몸통을 한데 모아 냄비에 욱여넣었다. 그 위에 라면 스프를 뿌리고 국자로 휘저었다. 끓는 물에 닿으니 순식간에 퀸크랩의 껍데기가 새빨갛게 익었다. 가로세로로 부순 면을 넣고 뚜껑을 닫았다. 국물을 내려면 좀 더 끓여야 되지 않을까 싶어서 그런 것이었는데 그런 생각을 하고 나니 왠지 그 생각 자체가 굉장히 끔찍하고 엽기적인 생각인 것만 같았다.

야밤에 갑자기 라면 먹게 생겼네.

그러게.

나는 텅 빈 대야를 도로 화장실에 가져다 놓았다. 그새 비린내가 조금 배인 대야를 헹궈 벽에 걸어 두는 동안 성준이 라면을 마저 끓였다. 나와 보니 식탁 위에 냄비가 올라와 있었다. 뚜껑을 여니 게 냄새가 확 퍼졌다.

……냄새는 좋네.

성준이 젓가락으로 냄비를 휘휘 저었다. 면발과 함께 게 다리가 하나 딸려 올라왔다. 나는 가위로 게 다리를 반으로 뚝 잘라 주었다.

뭐야, 텅 비었잖아.

성준이 실망스러운 목소리로 말하며 내 쪽으로 단면을 내밀어 보였다. 정말 다리 껍데기 안에는 살이 절반도 들어 있지 않았고 대신 라면 국물인지 뭔지 모를 텁텁한 물이 가득 차 있었다.

맛은 있을지도 몰라. 먹어 봐.

성준이 다리를 통째로 입에 넣고는 쭈욱 밀어 내며 껍데기를 뱉어 냈다. 표정이 썩 좋지 않았다.

맛없어.

나도 성준처럼 나머지 절반을 입에 넣고 게살을 맛보았다. 흐물거리고 탄력 없는 살이었다. 처음에는 맛이 나는 것도 같았으나, 살을 씹으니 흙 비린내인지 물비린내인지 아무튼 불쾌한 비린 내음이 서서히 느껴졌다. 그래도 나는 그것을 꾹꾹 씹어 꿀떡 삼켰다.

……맛없네.

그치.

존나 맛없다.

존나게 맛없네.

그러나 성준도, 나도 서로에게 그럼 면만 먹으라는 말을 하지는 않았다. 우리는 면을 놓아두고 게 다리만 쏙쏙 골라 가위로 자른 뒤 살을 빨아 먹었다. 그다음엔 게딱지 차례였다. 거의 냄비 바닥에 가득 찰 만큼 커다란 게딱지를 접시에 건진 뒤, 성준이 등딱지를 열었다. 빠각 소리내며 열린 딱지 안에도 생각보다 살코기라고 부를 만한 것은 없어 보였다. 나는 과일을 찍어 먹을 때 쓰던 길쭉하고 뾰족한 포크를 가져와 성준에게도 하나 건네주었다. 우리는 그걸로 게딱지를 쑤시고 두드려 가며 살을 발라먹었다. 다릿살보다 더 비리고 맛없었지만 꾸역꾸역 먹었다. 살 한 점 흘리지 않고 깨끗하게.

라면 냄비는 어느덧 국물만 남아 있었다. 성준이 끄윽, 트림을 했다.

어휴, 배불러.

국물이 남았잖아.

나 못 먹어.

먹어.

나는 밥솥을 열고 밥을 한 주걱 크게 퍼내 냄비에 넣었다. 숟가락으로 퍽퍽 말아 죽처럼 만들고는 성준에게도 숟가락을 쥐여 주었다.

야, 야밤에 너무 많이 먹는 거 아니냐.

그래도 먹어야 돼.

식욕이며 입맛은 물론 아까부터 전혀 없었지만 나는 국물에 만 밥을 크게 한 입 떠넣었다. 국물에서도 진한 비린내가 났고 그게 밥에 쏙쏙 배어들어 오히려 면보다 더 역하게 느껴졌다. 그래도 나는 끝까지 냄비에 달려들었다. 어쩐지 남기면 안 될 것 같았다. 절대로, 퀸크랩의 국물 한 방울도.

결국 냄비가 텅텅 비었을 때는 배가 남산만 하게 불러 터질 것 같은 모양이 되어 있었다. 나는 꼼짝도 할 수 없는 상태가 되어 성준이 냄비와 게 껍데기를 치우는 것을 지켜보았다. 설거지는 내일 해야지 뭐, 우리는 손을 씻은 뒤 도로 자리에 누워 버렸다. 성준이 불을 끄고 따라 누웠다.

이런 맛이었네.

나는 천장을 보며 중얼거렸다.

응, 그런 맛이었네.

성준이 졸린 목소리로 대꾸했다.

이윽고 금세 잠에 빠져든 성준이 내는 숨소리가 들려왔다. 그 소리를 들으며 나는 오랫동안 천장을 바라보고 누워 있었다. 아직도 온 집 안에 게 냄새가 가득했고 입안에선 희미한 비린 맛이 느껴졌다. 그 맛은 내게 무엇인가를 생각하게 했는데, 쩝쩝 입맛을 다시며 도대체 이것이 무슨 생각인가 고민해 보았지만 뚜렷하게는 알 수 없었고 결국 졸음이 와서 잠이 든 순간, 나는 모든 것을 그만 잊어버리고 말았다.

작가의 말

동그란 달팽이와 뾰족한 달팽이를 기르고 있다. 동그란 쪽은 흔히 볼 수 있는 한국 토종인 동양 달팽이, 뾰족한 쪽은 금와라고도 부르는 아프리카왕달팽이다. 매일 아침 눈을 뜨면 녀석들을 돌보는 것으로 하루를 시작한다. 신선한 야채나 버섯을 찢어 주고 물그릇을 갈아 준다. 칼슘 가루를 물에 갠 것에 렙토민을 몇 알 넣으면 부드럽게 불어나 어린 달팽이도 쉽게 먹는다. 그 일이 끝나면 사육장 벽면을 닦고 달팽이들을 온욕시킨다. 내 손가락 한 마디만큼도 되지 않는 이 녀석들은 나를 두려워하지 않는다. 내가 저들의 등을 문질러 닦는데도 손바닥 위에 베— 하고 그저 늘어져 있다. 보석처럼 영롱한 달팽이의 껍데기. 나는 최소한의 힘만 쓰려고 노력한다. 그러면서 생각한다.

나는 이것들을 죽일 수도 있다.

매일 실내 자전거를 한 시간 탄 뒤 마사지 건으로 뭉친 근육을 푼다. 여름이든 겨울이든 샤워의 마무리는 정신이 번쩍 드는 찬물로, 머리에는 푸석해지지 않도록 크림을 발라 말린다. 입에 달고 살던 콜라 대신 무가당 탄산수를 마시고 비타민이니 퀘르세틴이니 유산균이니 하는 것들을 찾아 먹는다. 거기에 레몬 슬라이스를 넣은 얼음 녹차를 하루에 이 리터씩. 빨래를 개거나 설거지를 하거나 청소기를 민다. 소설을 쓰고 책을 읽고 게임을 한다. 가끔 친구들이 놀러 오면 푼돈을 걸고 카드를 친다. 위스키를 넣은 하이볼을 한 잔씩 마시면서. 그러면서 생각한다.

나는 나를 죽일 수도 있다.

모든 것은 의지의 문제다.

그러니 이왕이면, 어두운 곳을 등지고 밝은 곳으로. 모든 고통을 지나쳐 결국에는 평온한 자리로.

그 여정에 이 책이 작은 도움이 되길 바라는 마음으로 썼다.

곁에 있어 준 이들에게 감사한다. 내게 끈기를 물려 준 우주 최고의 바리스타 이운학 씨와 내게 예술을 알려 준 김치찌개 장인 손동미 씨, 러쉬 더티를 좀 과하게 뿌리지만 어쨌든 남자아이치고 향긋한 편인 이건우 씨, 최근 고맙게도 물 마시는 습관을 들인 박서련 씨, 세상 그 어떤 음식도 맛있게 먹지 않는 서호준 씨, 우리 집 소파를 제 것처럼 사용하는 여러 친구들. 먹구름 같은 회색 고양이 온유와 밤처럼 검은 고양이 꼬리, 영원히 살 것 같은 거북이 무와 마노 알맹이 같은 달팽이들.

그리고 내게 우주적인 행운과 손상 불가능한 행복을 주는 김홍에게.

평화를 빕니다.

2024년 가을

이유리

발문

다른 이름으로 저장하기
— 이유리 소설의 이별 문법 읽기

박서련(소설가)

유리와 나는 서로의 일기를 읽는 사이. 요즘은 그렇다기보담도 유리만 일기를 쓰고, 나는 그 애에게서 대체 언제 일기를 쓸 거냐 잔소리를 듣는 사이. 잔소리라는 말이 났으니 말이지만 유리는 잔소리가 많은 친구다. 그건 유리와 내가 속한 인간관계망 속에서 유리가 단연 생활문화 리더 격이라서다. 유리는 취미가 많은데 그 많은 취미의 한 가닥 공통된 결을 짚자면 그건 유리가 자기갱신을 좋아하는 사람이라는 점. 유리는 뜨개질하고, 고양이와 거북이와 달팽이를 키우고, 주기적으로 새로운 종목의 운동에 도전하면서 나머지 게으름뱅이들을 채찍질하는 역할을 맡고 있다. 너희들도 어서 일어나서 이것저것 해! 잔소리라고, 채찍질이라고 엄살은 부렸지만 그건 모두 유리식의 다정이란 점을 단단히 일러두고 싶다. 유리는 내가 평소보다 물을 많이 마시고 간만에 운동을 좀 했다는 소식을 전하는 것만으로 진심으로 기뻐해 주는 조금 이상한 친구다.

내 친구 유리는 그런 사람이고, 소설가 이유리는 어떤 작가냐 하면.

마침 우리 둘 다 소설을 쓰는 처지라 가까워진 셈이지만 소설가 이유리와 내 친구 유리가 동일 인물이라는 걸 믿을 수 없을 때도 가끔은 있다. 그 이유는 첫째로 하루가 멀다 하고 만나서 놀았는데 대체 언제 소설을 썼냐는, 시간의 문제. 만나서 있는 얘기 없는 얘기를 다 나누고 더는 할 이야기가 없으면 각자 적당한 자리를 찾아 드러눕고선 허송세월할 때도 많은데 언제 나 몰래 소설을 뚝딱 썼단 말인가. 유리는 여태 나랑 놀았다는 분명한 알리바이가 있으니 아마 소설가 이유리가 따로 있나 보다 의심해 볼 만도 한 것이다.

비슷한 맥락에서 둘째, 앞서 말했듯 유리와 나는 이미 있는 얘기 없는 얘기를 다 나누었는데 소설가 이유리는 어디다 이야기보따리를 감추고 있다가 소설로 척척 써 내는 것인지가 심원한 수수께끼다. 살아가는 이야기를 들을 때 나는 유리가 부럽기도 하고 딱하기도 하고, 사랑스럽다가 가슴이 미어질 듯하다가 드물게는 오싹하기도 하지만 대체로는 공감이 가서 끄덕끄덕하는데, 소설가 이유리의 작품을 읽을 때는 그저 어안이 벙벙해진다. 이 다채롭고 풍요한 상상력은 뭐란 말인가……. 물론 유리가 들려주는 일상 이야기에서 소설가 이유리의 차기작이나 최근 쓰고 있는 작품의 힌트가 얼핏얼핏 드러날 때도 있으며, 유리가 평소에도 아낌없이 쓰는 유머 감각에서 이유리 문장 특유의 재치가 발견되기도 하지만, 그쯤은 모두 빙산의 일각에 불과하다는 듯 매 작품 전연 새로운 이야기, 생각지도 못한 표현들로 나의 눈을 새삼 틔우는 비법은 도통 영문을 알 수가 없다.

따라서 세 번째 이유도 이미 자명하니 그것은 그냥, 소설가 이유리가 너무나 소설을 잘 쓴다는 사실이다. 그냥 잘 쓰는 것도 아니고 세상에 이 사람은 소설 쓰려고 태어난 사람이 틀림없다, 그런 생각을 하게 하는 재능을 지녔다. 내가 생각하기에 소설 쓰기의 재능이란 자기 자신마저도 속일 수 있는 천연덕스러움과, 스스로가 만들어 낸 총천연색의 화려한 허구

속에서도 끝까지 속지 않는 곧고 굳은 심지에 있고 둘 중 하나만 있어도 소설을 쓸 수 있는데, 소설가 이유리는 둘 모두를 타고났다. 참고로 유리는 내가 아는 사람 중에서도 손에 꼽게 솔직담백한 사람으로 거짓말을 못 해서 안 하는 게 아니라 할 필요를 느끼지 않아서 정직한 편. 즉 좋은 건 좋다, 싫은 건 싫다 두려움도 거리낌도 없이 말할 수 있는 사람.

구구하게 늘어놓았지만 물론 나도 알고 있다, 결국은 유리가 그런 사람이어서 이유리 소설이 이러할 수 있다는 것을. 유리는 모든 감각을 활짝 연 채 몸과 마음을 부단히 움직여 기뻐하고 슬퍼하고 사랑하고 실망하여 소설가 이유리로 산다. 금세 터져서 사라질 듯 섬약하지만 햇살을 투과하여 찬연한 빛을 자아내는 비눗방울 인간과 옹골찬 땅심을 알알이 머금은 햇감자가 한 자리에 놓일 수 있듯, 이 유리와 저 유리가 내 눈엔 양 극단에 놓인 존재들 같을지라도 그 모두가 내 친구 유리이자 소설가 이유리라는 사실을 받아들이지 않을 수 없다. 다소의 경이와 까닭이 불분명한 사랑과 함께.

아직 유리의 친구는 아니지만 일단 소설가 이유리

를 좋아하게 된 사람들이 두 번째 소설집의 작품들을 읽고 어떤 생각들을 할지 생각해 봤다. 온통 헤어지네, 자꾸 이별하네. 그것이 첫째 되는 감상이 아닐까. 첫 번째 단편집에서도 이별의 이미지는 나왔지만 그것은 대체로 주된 서사의 후경에 배치되어 있었다. 돌아가신 아버지는 나무로 돌아와 이 세계와 새로운 인연을 맺고(「빨간 열매」), 예전 연인이 유령의 모습으로 나타나자 남편과 함께 송별하며(「손톱 그림자」), 무책임한 인간과 헤어지긴 했는데 그보단 걔가 남기고 간 이구아나에게 수영을 가르치는 게 문제(「이구아나와 나」). 이별 후유증보다 급한 불들이 산적해 있었고 그것들을 해결하는 동안에 결핍은 어느새 멀리, 지나온 자리 어디쯤 남아 하나의 점으로 수렴해 가는 듯했다.

갑작스러운 이별에 정면 도전하고, 길고 꽉 끼는 이별을 벗어 던지느라 발버둥 치는 인간의 모습을 찬찬히 그린 『비눗방울 퐁』의 소설들은 얼핏 이에 대조되는 것처럼 보인다. "가슴 한가운데에 구멍이 뻥 뚫린 것처럼 허전"하고 "그 사이로 드나드는 시리고 싸늘한 바람까지 온몸으로" 느끼는(「내게 남은 사랑을 드릴게요」) 적나라한 이별은 명랑한 문장과 활달한 상상력의 이유리 유니버스에 있기에 너무 끔찍한 사건처럼 느껴지기도 한다. 하지만 그렇기에, 잔인할 만치 확실한 이별들을 경유했기에 끝내 다다르는 눈부신 장면들이 있지 않은가. 회복이라 불러도 좋고 성장이라 말해도 좋을 찬란.

이를테면 이런 식이다. 그 사건, '나'가 온 마음을 아낌없이 쏟아 사랑했던 무언가를 떠나보낸 경험은 분명 갈갈이 찢기는 아픔과 그것이 떨어져 나간 공허를 남겼지만, 이제 '나'는 더 아프지도 않고 빈자리에는 새살이 차올랐다. 하여 그 사건은 있었고, '나'는 있다. 이 덤덤한 자기 고백에 이르기 위해서는 이별이라는 재난을 축소할 수 없다. 재난이 축소되는 동시에 그것을 경유한 이의 생존과, 생존을 위해 그가 동원한 모든 자원도 초라해지기에, 『비늦방울 퐁』의 인물들은 주어진 이별을 정확하게 감싸 안는다. 감정전이 기술로 이전 연인에 대한 깊은 감정을 청산하려는 이와 그 감정을 전이받아 용서하기 어려운 남편을 다시 사랑하고자 하는 이가 등장하는 SF 소설 「내게 남은 사랑을 드릴게요」의 결말, 헤어짐의 고통을 덜기 위해 빠른 처치를 단행한 인물이 자신 또한 같은 방식으로 잊힐 수 있음을 인지하는 장면은 결코 축소할 수 없고 축소해서는 안 되는 이별의 고통을 역설적으로 드러낸다.

그런가 하면 사실, 이유리 소설은 원래 그랬다…… 라고도 말할 수 있다. 『비눗방울 퐁』 이전의 작품에서 이별은 분명 주로 후경에 머물렀지만, 이야기를 촉진하는 단초로서 존재감을 지녀 왔다. 누군가 떠난 자리에서 뜻밖의 사건이 발생하거나, 세상을 떠난 이가 다른 층위의 세계에서 살아 있는 이들을 조망하는(『좋은 곳에서 만나요』) 설정은 이유리의 작품 세계에서 주요한 위치를 차지한다. 즉 이유리의 소설로부터 일관되게 들려오는 목소리는, 지금 당면한 고통 이후에도 우리의 이야기는 계속될 것이고 거기에 생각지도 못한 재미와 아름다움이 있음을 알리는 것이다.

> 장담컨대 기억-담금주가 다 익어갈 때쯤이면 고객님의 고통스러운 기억은 술에 다 우러나 사라져 있을 테니까요. (……) 잊지 못할 맛일 겁니다. 기억이 자세하고 괴로운 만큼 술맛은 좋아지게 되어 있으니까요.(「담금주의 맛」)

뼈아픈 이별의 기억을 술맛으로 승화하는 「담금주의 맛」에서는, 있었던 일이 없었던 일이 되지는 못하지만 그것을 경유한 지금의 당신은 이렇듯 어엿하다는 이유리적 의지를 보다 직접적으로 전한다.

> 내가 알 수 있는 것은 다만 그것들이 저마다 고통스럽고, 끔찍하고, 몸서리쳐지게 싫다는 거였다. 그러나 그것들은 또한 동시에 아름다웠다. 그것들이 각자 지닌 무수한 색깔과 온기와 냄새, 그것은 모두 사는 동안 두 번은 가져 볼 수 없는 것들이었다. 잡아 둘 수 없으나 잡아 둘 필요도 없는 그런 찰나의 반짝임들. 그 하나 하나들은 사라지지만 없어지는 것은 아니었다.(「담금주의 맛」)

각자에게 주어진 고통은 어느 하나 예쁘지도 유쾌하지도 않지만 그것은 우리 각자의 것으로 고유하며, 그렇기에 그것을 통과하는 인간의 모습은 의외로 귀엽거나 매력적일 수 있다. 우리가 고통을 외면하지 않을 때, 이유리의 소설 속에서 그런 일이 가능해진다. 이유리가 매일 이별하며, 라고 선창하면 살고 있구나 하고 따라 불러도 좋을 것이다.

살고 있구나, 라는 평범한 말의 아름다움에 조금 놀라면서.

이어 주목하게 되는 것은 떠나는 이의 마음이다.

아니 이렇게까지 가뜬할 일인가? 표제작 「비눗방울 퐁」의 초기 원고를 보았을 때 속으로 놀라며 생각했던 바다. 미련이 없어도 너무 없어 산뜻하기까지 한 '헤어질 결심'이 원망스러운 인물은 「비눗방울 퐁」의 유현 말고도 몇몇 눈에 띈다. "집 비웠어, 잘 지내"라는 메시지 하나로 지난 관계를 매조지하는 「그때는 그때 가서」의 수진이나 새로운 연인을 만나고 커밍아웃을 한 다음 날 동거하던 집을 나서는 「내게 남은 사랑을 드릴게요」의 성재가 그렇고, 하물며는 무릎에 기생하다 떠나간 외계 존재조차도 그러해서, "갔냐고요, 인사도 없이?"라는 볼멘소리는 「달리는 무릎」 희수만의 것이 아닐 듯하다.

이유리의 소설에서 떠나는 자와 남는 자의 구도는 그리 낯선 것이 아니다. 다만 초점 화자가 되는 인물은 주로 남는 자이고, 사후(死後)에 화자가 되는 경우에도 의식은 육신을 떠났으되 산 자들에게 발견되지 못한 채 그들 곁에 머물러 떠나는 자와 남는 자의 중

간적 위치에 놓인다는 맥락을 살필 때, 순전히 떠나는 주인공 「그때는 그때 가서」의 수진이 별안간 돋보인다. 수진은 내내 자기가 아니라 정우가 떠난 것이라 믿으며 그건 부분적으로 옳은 생각일 수 있지만, 헤어지자 먼저 말하고 살던 집에서 걸어나온 쪽은 수진이었음을 기억해야 한다.

물론 수진이 밑도 끝도 없이 쿨한 인물은 아니다. "도시락통처럼 좁은" 고시원 방에 누워 정우를, 정우와 공유했던 사랑과 생활을, 정우가 바로 그 생활을 '기생'이라 불렀던 순간을 자꾸자꾸 곱씹는다. 주로 생계와 미래 계획 때문에 빚어진 갈등을 되새기는 것이기에 수진의 회상은 거의 처지 비관처럼 보이지만, 수진은 끝내 이런 결론에 다다른다.

> 나는 여기서 이렇게 살 테니, 너는 거기서 그렇게 살아…….(「그때는 그때 가서」)

공동의 기여로 이루어진 동거를 자신의 일방적 기생으로 일축한 전 연인의 언어폭력에도 불구하고 내가 살아가듯, 너도 살아 있으라는 축복을 전하는 말이다. 다만 이 축복의 전제는 나는 나대로, 너는 너대로 살아야만 한다는 것. 어디로 뻗어갈지 모르는 이유리의 상상력이 재회나 재결합의 가능성만큼은 조금도 재지 않는다는 사실은, 이유리의 소설을 어떻게 읽을 것인가에 대하여 작지 않은 단서가 된다.

독자인 우리에게는 좁은 고시원 침대 위에서 몸을 비틀며 괴로워하는 수진의 생각들이 고스란히 보이지만, 연인이었던 정우에게 수진은 짧은 고별사 메시지만을 남기고 사라진 존재일 것이다. 수진이 집을 나가기 전날처럼 크게 싸운 적이 한두 번은 아니었으니 어쩌면 수진이 제풀에 지쳐 돌아오리라 착각하고 있을지도 모른다. '머릿속이 꽃밭'이라는 말을 듣고도 그럼 그 밭에선 어떤 꽃이 자랄까를 상상하는 수진은 자기와 다르게 현실적이고 나잇값을 제대로 하는 정우의 세계에 편입되기를 거절하며, 정우의 삶은 거기에 두고 자기의 삶은 여기에 두기로 마음먹는다.

나의 살아 있음과 너의 살아 있음은 아무래도 별개이고 서로의 삶을 겹치지 않게 하겠다는 결심, 너의 세계에는 내가 없고 나의 세계에도 네가 없다는 것, 우리가 아는 개념 중 이에 가장 가까운 것은 죽음일 것이다. 그리하여 이유리의 세계에서 한 번의 이별은 하나의 죽음이다. 헤어짐을 준비할 인지 능력을 점점 잃어버리는 실제 엄마와, 엄마의 재현으로서 이미 엄마의 부재를 예고하는 존재인 '크로노스'의 대비(「크로노스」)를 돌이킬 때 이별과 죽음이 거의 동의어라는 사실이 의미심장해진다.

이 맥락에서 이전의 독법으로 돌아가 보면 이유리가 『비눗방울 퐁』에서 그려 낸 이별과 그 고통은 우리가 익히 알던 이별통의 규모를 넘어 죽음에 필적하는 사건이 된다. 또한 가볍게 작별 인사를 건네 오는 인물들(그중 하나는 외계인)을 축소할 수 없고 피해서도 안 되는 죽음의 고통과 연동하여 읽을 때, 이들이 이 고통과 직면할 것을 스스로 선택했다는 사실은 새삼스러운 경악을 자아낸다. 그러니까 당신들은…… 남들보다 강한 심줄을 타고나서가 아니라, 이별 앞에 그 누구보다도 큰 고통을 느끼면서도, 그러지 않을 수 없었다는 거지? 제 마음처럼 연약한 비눗방울이 되어 사라지기를 택하는 유현, 뻔뻔하게도 생애 마지막으로 예전 여자친구네 집에서 보내 주던 참외를 맛보고 싶다 요구하는 그(「비눗방울 퐁」)조차도 이유리의 세계에서는 빌런이 될 수 없다는 이야기다.

어떻게 그럴 수 있을까? 이에 대한 답이야말로 가뜬하고 산뜻하다. 죽음과 그 고통, 그것을 방불케 하는 이별의 아픔 이후에도 이야기는 계속될 수 있기 때문이다. 이 아픔을 경유한 후 우리는 새로운 것이 된다. 그전과는 다른 존재가 된다. 이 고통 없이는 될 수 없는 '나'가 있다. 「보험과 야쿠르트」의 화자 희주, 『비눗방울 퐁』의 등장인물 중 가장 나이가 많은 한편 다른 인물들 못잖은 경제적 곤란을 겪고 있는 희주가 유독 유들유들하고 유머러스한 이유를 여기에서 찾아낼 수도 있을 것이다. 이 작품에서는 이별이 나오지 않지만, 애인 혜원과 희주가 신장 결석과 자궁 근종 때문에 나란히 죽을 고비를 넘기면서 유사 이별을, 그것도 두 차례나 겪는다. 그럼에도 희주는 혜원과 자기가 나오는 시트콤을 상상하고, 야쿠르트 아줌마 노래 다음 선곡할 노래를 고민한다. 이어질 미래를 두려움 없이 노래하려 한다.

죽을 만큼 사랑했던 누군가를 또한 죽음과 같은 통증과 함께 떠나보내는 중인 주인공들은 묻는다. "그럼 나는? 나는 어떡해?"(「비눗방울 퐁」) 혹은, "나는 얼마나 별거 아닌 사람이었던 걸까."(「담금주의 맛」) 이들 역시 시작된 균열을 돌이키거나 다시 이어 붙일 수 없다는 것을 안다. 이들의 물음표에서 '나'가 주어가 될 때 이들이 진정 알고 싶어 하는 것은 떠나는 이와 공유하던 감정이 진짜였는지, 나는 당신을 이토록 사랑했는데 당신은 그게 아니었는지다. 이야기가 무르익을 동안 인물들은 서서히, 물론 그 생생한 사랑과 행복들 모두 가짜가 아니었으며 이어지는 이 고통 또한 더할 나위 없는 진짜라는 것을 깨달아 간다.

이 답에 이르기 위한 질문의 주어가 '나'인 까닭은 사랑과 스스로를 분간하지 않는 존재 양태에 있다. 이별 이전에는 너를 사랑하기 때문에 '나'가 존재했고, '나'의 의의는 너에게 받는 사랑에 있었다. 당연히 이 맹목에도 아름다움은 있다. 전심전력으로 사랑하고 온전히 사랑받음을 조금도 의심하지 않는 천진하고도 순정한 믿음에 아름다움이 없다면 다른 어디에서 그것을 찾을 수 있을까. 그런데 이 사랑의 진위를 사후적으로 판가름하는 기준은 역설적으로 이별의 고통에 있다. 그토록의 사랑이 아니었다면 이토록의 고통도 아니었을 것. 이 고통과 이 깨달음을 경유하여 이르는 성숙에도 뜻밖의 아름다움이 있다.

이별의 고통에서 회복한 이들은 더 이상 나는 뭐냐고 묻지 않게 된다. 스스로가 그때 무엇이었고 지금은 무엇인지를 정의할 수 있게 되었거나, 최소한 더는 타인에게 그 정의를 대행시킬 필요가 없어지는 것이다. 무엇이 어떠한지를 정의하고 사물과 사건에 의의를 부여하는 주체성은 스스로에게 돌아온다. “나도 나지만 너도 너”고(「크로노스」), “나는 여기서, (……) 너는 거기서” 살면 되고, 담금주는 “더럽게 맛있”고(「담금주의 맛」)……. 그리하여 『비늣방울 퐁』의 이별은 급습된 사건, 피치 못할 재난 즉 ‘당하는’ 것에 다름 아닌 동시에, 사랑에 내주었던 나의 모든 감각과 의견들을 ‘나’의 영역으로 되찾아오는 주체성 회복의 계기가 되기도 한다.

그리하여 이별을 견뎌낸 존재는 마침내, 다른 이름으로 저장된다. 큰 줄기는 그대로지만 이전과 같은 이야기가 아니게 된다. ‘너’를 쓴 문장들을 삭제하고도 다시 완연해진 서사로서의 나를 〔SAVE〕하는 이야기. 나는 이유리가 서사 속 존재에게 주는 가장 큰 선물이 바로 이것이라 믿는다.

유리와 나의 몇 안 되는 공통적 취미는 거의 유리가 계발해 온 것이다. 원래부터 나도 좋아했노라고 자신 있게 말할 수 있는 건 게임 정도. 유리는 세계를 직접 건설할 수 있는 「스타듀 밸리」나 세계관이 워낙에 방대하여 파도 파도 끝이 없는 「포켓몬」 시리즈를 좋아한다. 유리는 언제나 세계를 갖고 싶어 했고, 이 유리의 소설을 볼 때 나는 가끔 속으로 뇌인다. 욕심도 많아라, 이미 주렁주렁 가지고 있구먼.

이따금은 공공연히 이유리 소설 속에 들어가 살고 싶다고 말하기도 한다. 유리가 좋아하는 작가님께서 일찍이 "문학 속 인물이라뇨. 그런 것이…… 되고 싶겠습니까?"(『젊은 작가의 책』, 2016)라고 말씀하신 바가 있고 그 말씀에 공감을 안 하는 게 아니지만 이유리의 책에서라면 살아 보아도 좋을 것 같다……. 여기에 있는 고통이 거기에도 있다는 것을 알지만, 잘 알지만 거기서라면 나는 여기에서보다 씩씩하고 단호한 사람이 되어 볼 수도 있을 것 같다는 생각이 들어서.

실은 발문이라는 것을 처음 쓰는 나야말로 욕심이 주렁주렁 해 가지고, 이유리 소설의 비평이라기도 뭣하고 내 친구 유리에 대한 에세이라기도 애매한 뭔가를 써 버렸다. 다만 '발문'을 사전에 찾아보니 책의 계통과 연대를 판단하고 진위를 감정하는 단서가 된다고 하는데, 이 글이 2024년 소설가 이유리, 내 친구 유리의 한 면모를 증언하는 하나의 자료가 된다는 사실이 내게는 더없는 기쁨이라는 사실을 부연해 둔

다. 내 이름은 박서련, 소설가 이유리의 애독자다. 이리하여 나 또한 나의 이름을 다시 저장하게 되었다고 말해 본다.

수록 작품 발표 지면

「크로노스」, 《에피(EPI)》 20호

「그때는 그때 가서」, 『혹시 MBTI가 어떻게 되세요?』

「내게 남은 사랑을 드릴게요」, 『내게 남은 사랑을 드릴게요』

「담금주의 맛」, 《어션테일즈》 10호

「보험과 야쿠르트」, 『나의 레즈비언 여자 친구에게』

「달리는 무릎」, 『Illust Lim: 달리는 무릎』

「비눗방울 퐁」, 《문학사상》 2024년 3월호

「퀸크랩」, 《현대문학》 2024년 1월호

비늣방울 퐁

1판 1쇄 펴냄 2024년 11월 8일
1판 4쇄 펴냄 2025년 3월 4일

지은이 이유리
발행인 박근섭, 박상준
펴낸곳 (주)민음사

출판등록 1966. 5. 19. (제16-490호)
서울특별시 강남구 도산대로1길 62(신사동) 강남출판문화센터 5층
대표전화 02-515-2000 팩시밀리 02-515-2007
www.minumsa.com

ISBN 978-89-374-2823-4